KATIE COTUGNO

Mit dir hatte ich nicht gerechnet

Über die Autorin:

Katie Cotugno ist eine New-York-Times-Bestseller-Autorin und hat in den USA bereits mehrere Liebesgeschichten mit großem Erfolg veröffentlicht. Sie hat Kreatives Schreiben, Amerikanische Literatur und Buchwissenschaften studiert und war für mehrere amerikanische Buchpreise nominiert. Sie liebt Mozzarella-und-Honig-Sandwiches und lebt mit ihrem Mann und ihrem Hund in Boston, USA.

KATIE COTUGNO

Mit dir hatte ich nicht gerechnet

ROMAN

Aus dem Amerikanischen
von Angela Koonen

lübbe

Dieser Titel ist auch als E-Book erschienen

Die Bastei Lübbe AG verfolgt eine nachhaltige Buchproduktion.
Wir verwenden Papiere aus nachhaltiger Forstwirtschaft und verzichten darauf, Bücher einzeln in Folie zu verpacken. Wir stellen unsere Bücher in Deutschland und Europa (EU) her und arbeiten mit den Druckereien kontinuierlich an einer positiven Ökobilanz.

MIX
Papier aus verantwortungsvollen Quellen
FSC® C014496

Vollständige Taschenbuchausgabe

Deutsche Erstausgabe

Titel der amerikanischen Originalausgabe: »Birds of California«
Originalverlag: Harper Perennial, New York

Textredaktion: Dr. Ulrike Strerath-Bolz, Friedberg
Umschlaggestaltung: zero-media.net, München unter Verwendung von Illustrationen von © 2016 ALITA ONG; FinePic®, München
Satz: two-up, Düsseldorf
Gesetzt aus der Utopia
Druck und Verarbeitung: GGP Media GmbH, Pößneck
Printed in Germany
ISBN 978-3-404-18596-2

1 3 5 4 2

Sie finden uns im Internet unter luebbe.de
Bitte beachten Sie auch: lesejury.de

Fiona

Am Donnerstag hat der Heidelberg schon wieder einen Papierstau. Fiona steht auf Zehenspitzen über das Gerät gebeugt und windet die Finger in seine mechanischen Eingeweide, als das Glöckchen über der Tür der Druckerei seinen Gruß bimmelt.

»Hallo«, ruft sie und richtet sich auf. Beim Verlassen der Werkstatt wischt sie sich Tonerstaub am Hosenboden ihres Overalls ab und nimmt ihren Platz hinterm Ladentisch ein. »Was kann ich für Sie tun?«

»Ich will ein Spruchband abholen.« Der Kunde ist vermutlich fünf Jahre jünger als sie, etwa zweiundzwanzig oder dreiundzwanzig, trägt ein kurzärmliges Button-Down-Hemd mit kleinen Hula-Mädchen darauf, eine nach hinten gedrehte USC-Kappe auf dem Kopf und ein Flechtarmband an seinem braun gebrannten, fleischigen Handgelenk. »Für das Sigma-Tau-Grillfest.«

Ah. »Die sechzehnte Frühlingswochenend-Würstchenparty?«

Hulahemd grinst. *»Bratwursts Never Say Die«*, bestätigt er mit geschwellter Brust. »Das sind wir.«

Fiona zieht aus einem Regalfach hinter sich eine Posterrolle heraus und entrollt das gewaltige Spruchband, damit er es prüfen kann. Es ist gut geworden, besser als die digitale Vorlage des Kunden, da sie darin drei Rechtschreibfehler ausgemerzt hat. Doch als sie aufblickt, stellt sie fest, dass Dumpfbacke sie über den Rand seiner sportlichen Plastiksonnenbrille hinweg mustert. Sie wappnet sich wie ein Boxer für den nächsten Hieb.

Und da kommt er auch schon. »Hey.« Der Typ zeigt mit einem dicken Finger auf sie. »Bist du nicht ...«

»Boss!« Blitzschnell streckt Richie den Kopf in den Durchgang zur Werkstatt, sodass seine dunklen Haare zur Seite schwingen. Er schraubt an dem Drucker herum und winkt jetzt hektisch mit der Bedienungsanleitung. »Entschuldige. Kannst du mir mal kurz helfen?«

»Klar.« Fiona wirft ihm einen dankbaren Blick zu. Das ist ihre stillschweigende Abmachung: Er rettet sie vor Gesprächen wie dem, das sich gerade mit Grillhengst anbahnt, und sie macht ihm keinen Stress, wenn er an vier oder fünf Tagen pro Woche mit zugedröhnter Birne zur Arbeit erscheint. »Entschuldigung, mein Kollege übernimmt hier«, sagt sie zu Wurstfest, rollt das Spruchband zusammen und steckt es in die Posterrolle.

Der Typ ignoriert das. »Doch, du bist es.« Er zeigt wieder auf sie und lächelt selbstgefällig wie ein Kandidat bei *Jeopardy!*, der mit der falschen Antwort gewonnen hat, indem er nur einen Dollar setzte. »Riley Bird, stimmt's?«

So geht's los. Fiona seufzt. In den letzten fünf Jahren hat sie sich viele kreative Antworten darauf einfallen lassen, aber neuerdings ist es ihr zu anstrengend, etwas anderes als die Wahrheit aufzubieten. »Jep. Die war ich mal.«

»Ich wusste es.« Grinsend zieht der Typ sein Handy aus der Tasche.

Fiona schaudert. »Hey, Sie können nicht ...« Doch er

knipst sie schon, und seine Daumen fliegen über das Display, als er das Foto verschickt, vermutlich an seine Kameraden der Sigma-Tau-Bratwursts, und die Bildunterschrift lautet garantiert nicht: *Seht euch diese Privatperson an, die sich an ihrem Arbeitsplatz um ihren eigenen Kram kümmert.*

»Unfassbar, dass du jetzt hier arbeitest«, sagt er. »Mein Zimmergenosse hatte letztes Jahr ein Poster von dir an der Wand. Das mit der Echse«, fügt er sicherheitshalber hinzu, als gäbe es noch andere. Es ist erstaunlich, wie viele Leute das immer noch zu ihr sagen. Das hört sie fast so oft wie: *Ich habe auf Twitter gelesen, dass du tot bist.*

Inzwischen ist Richie hereingekommen, um zu kassieren. Er zieht die Kreditkarte durch und gibt dem Kunden die Posterrolle, damit er seiner Wege gehen kann. Fiona will wieder in die Werkstatt, um sich mit dem Heidelberg zu befassen – nur ihr Vater weiß genau, wie man die Störungen nachhaltig behebt, doch seit er praktisch nicht mehr zur Arbeit kommt, halten sie und Richie den Drucker mit Spucke und Klebeband zusammen. Doch der Typ greift über den Ladentisch und hält sie am Handgelenk fest.

»Hör zu«, sagt er, unbeeindruckt von ihrem Widerwillen gegen die Berührung. Sie sträubt sich wie eine Katze vor dem Wasser. »Das Grillfest ist immer ein Megaspaß, falls du dieses Wochenende Zeit hast. Mein Zimmergenosse würde dich bestimmt gern kennenlernen.« Er zwinkert. »Obwohl, vielleicht verrate ich ihm gar nicht, dass du kommst. Vielleicht will ich dich ja für mich allein haben.«

Fiona schafft es so gerade, ihn nicht auszulachen. »Das ist ... ein tolles Angebot«, sagt sie, während sie ihren Arm aus seiner schweißfeuchten Faust zieht. Aber ich hab schon was vor.«

Sigma Tau fixiert sie mit einem äußerst skeptischen Blick und deutet auf den leeren Kundenbereich. »Was denn?«, meint er höhnisch grinsend. »Bist du etwa mit Arbeit eingedeckt?«

Fiona strafft den Rücken. In letzter Zeit hält sie ihre Wut mit Klauen und Zähnen zurück, doch sie spürt sie bereits im ganzen Oberkörper. Bruce Banner lässt ein, zwei Knöpfe wegplatzen. Die Druckerei haben ihre Eltern eröffnet, als sie noch keine Kinder hatten. »Elektrokonvulsionstherapie«, flüstert sie traurig. »Schockbehandlung.«

Einen Vorteil hat es, wenn man ausgiebig bei allem möglichen extrem fragwürdigen Scheiß gefilmt wurde: Im ersten Moment weiß sie oft selber nicht, ob das ernst gemeint ist. Darauf schüttelt er den Kopf. »Weißt du was? Vergiss es.«

»Keine Sorge«, verspricht Fiona. »Werde ich definitiv.«

Wurstfest zieht verächtlich die Mundwinkel runter. »Blöde Bitch«, murmelt er, klemmt sich die Posterrolle unter den Arm und trampelt hinaus, sodass das Glöckchen wieder fröhlich bimmelt.

»Tut mir leid«, sagt Richie.

Fiona zuckt mit den Schultern. »Alles gut«, versichert sie. Eigentlich nicht, aber das ist nicht Richies Schuld. Sie wiederholen diesen Einakter mindestens einmal alle paar Tage mit Fahrradkurieren, Reparaturtechnikern und künftigen Bräuten, die sich die Schriftart für ihre Hochzeitseinladungen aussuchen. Einmal hat sie fast einen Monat lang keiner erkannt. Ein andermal, als Darcy Sinclairs Klatschblog einen Artikel über sie postete, ohne Namen zu nennen – *Welcher notorisch wilde Vogel ist mit eingeklemmten Schwanzfedern ins heimische Nest zurückgeflattert?* –, mussten sie für eine Woche schließen, bis es den Leuten zu langweilig wurde, den ganzen Tag vor der Druckerei herumzulungern, um sie mal kurz zu Gesicht zu kriegen. Sie überlegt, ob sie vielleicht eins dieser Lagerhausschilder drucken sollten, auf denen angeschrieben wird, wie lange schon keiner mehr einen Arm in der Packpresse verloren hat: *Keiner hat Fiona auf das Echsenposter angesprochen seit ____ Tagen.*

Dabei versteht sie durchaus, warum die Leute neugierig sind. Sie war ein Kinderstar, der blitzsaubere Teeny-Liebling des UBC Family Network, und spielte in der allseits bejubelten Dramedy *Birds of California* die mutige Tochter eines verwitweten Ornithologen, der in einem Wildreservat lebt – und zwar vier enorm lukrative Staffeln lang.

Doch dann ist sie nach landläufiger Meinung durchgedreht.

Schließlich kriegen sie den Heidelberg wieder zum Laufen und drucken einen Packen Alumni-Rundschreiben für eine noble Prepschool, außerdem die bestellten Infoblätter über Zahnfleischentzündung für die Praxis eines örtlichen Paradontologen. Fiona verbringt eine Stunde am Arbeitstisch mit dem Falzbein, um die Infoblätter sauber in der Mitte zu falten, sichert die akkuraten Stapel mit Gummibändern und packt sie in einen Lieferkarton. Als Kind dachte sie immer, sie würde vor Langeweile eingehen, wenn sie diese Arbeit machen müsste, doch inzwischen mag sie die narkotische Wiederholung und die betäubende Haptik des Papiers. Manchmal ist es schön, vergessen zu können.

In der Mittagspause rennt sie zur Ecke, um sich eine Burrito-Bowl zu holen, und isst sie im Stehen in der Werkstatt. Dabei scrollt sie müßig durch ihre Social-Media-Accounts, die sie nur behält, damit sie sich weitläufige alte Häuser in New England und gerettete Hunde in ihrem neuen, zufriedenen Leben ansehen kann. Selten macht sie sich die Mühe, ihre E-Mails abzurufen - darunter ist praktisch nie etwas, das ihre sofortige Aufmerksamkeit erfordert -, aber heute befindet sich unter den Junk-Mails und gelegentlichen ungebetenen Penisbildern eine Nachricht, die sie tatsächlich öffnet.

Absender: LaSalle, Caroline
Betreff: Kurzes Hallo

Fiona stöhnt, bevor sie den Impuls unterdrücken kann. Seit sieben Jahren ist Caroline nicht mehr ihre Agentin, und Fiona hat seitdem auch keinen anderen Agenten gehabt, aber wenn sie Carolines Name sieht, flackert wieder Angst auf, das demütigende Gefühl, jemanden tief enttäuscht zu haben, obwohl sie ihres Wissens in letzter Zeit nichts Falsches getan hat. Das Gespenst ihrer alten Scham.

Hallo Fiona,
meine Güte, es ist eine ganze Weile her! Ich hoffe, du bist gesund und gut drauf. Du hast vielleicht mitbekommen, dass ich letztes Jahr bei LGP aufgehört und eine eigene Agentur gegründet habe – aber vielleicht auch nicht! Weiß nicht, wie sehr du dich über solche Vorgänge in der Branche auf dem Laufenden hältst. Jedenfalls habe ich ein Angebot, über das ich gern mit dir reden würde. Kannst du mich diese Woche mal anrufen?

Fiona zuckt zusammen, als hätte jemand sie geohrfeigt. *Kannst du mich mal anrufen?* Das schrieb Caroline immer, wenn Fiona sich in der Öffentlichkeit peinlich aufgeführt hatte: Kannst du mich mal bitte anrufen, weil du dem Fotografen den Stinkefinger gezeigt hast? Kannst du mich mal bitte anrufen, weil du mit neunzehn Jahren sichtlich alkoholisiert in einer beliebten Vormittagstalkshow gesessen hast? Kannst du mich mal bitte anrufen, damit ich dir sagen kann, dass deine Serie abgesetzt wurde, deine Karriere vorbei ist, du dein Leben ruiniert hast und wer weiß wie viele hart arbeitende Leute ihren Job verloren haben, nur weil du dich nicht zusammenreißen konntest?

Nein, denkt Fiona, schiebt das Handy in die Hosentasche, ohne die zwei Folgenachrichten von Caroline zu lesen, und wirft den Rest der Burrito-Bowl in den Mülleimer. Tatsächlich kann sie nicht mal bitte anrufen.

»Alles okay?«, fragt Richie. Er mustert sie vorsichtig vom Ladentisch aus, wo er aus einem Zettel aus dem Altpapier einen kunstvollen Origami-Fuchs faltet. Er hat einen ganzen Zoo dreidimensionaler Papiertiere an die Pinnwand in der Werkstatt geheftet, neben die vorgeschriebenen Arbeitnehmerschutzposter und einen Flyer, der für einen Auftritt seiner Ska-Band in einer Kellerkneipe in der Innenstadt wirbt.

»Alles bestens«, sagt Fiona und sieht zu, wie er mit flinken Fingern das Papier handhabt. Sie wollte ihn schon mal bitten, ihr zu zeigen, wie er das macht, doch Richie ist, na ja, der einzige Kerl im Universum, der noch nie auf die Idee gekommen ist, er könnte mit ihr schlafen, und sie will ihn nicht auf dumme Gedanken bringen. »Ging mir nie besser.«

»Okay«, sagt er und geht zur Ladentheke, weil dort das Telefon klingelt. Vorher gibt er ihr den Papierfuchs.

Als sie nach Hause kommt, sitzt ihr Vater vor der Tür in einem Gartenstuhl, was ein Fortschritt ist, denn gestern saß er im abgedunkelten Wohnzimmer vor dem Fernseher, die Jalousien sperrten die Sonne von Sherman Oaks aus, und es roch ein bisschen ungewaschen. »Hey«, sagt Fiona gut gelaunt. »Ich hab was zum Abendessen mitgebracht.« Und als er nicht antwortet: »Dad?«

»Was?« Er blinzelt und kommt vage lächelnd zu sich. »Das ist prima. Danke, Liebes.«

Sie wartet darauf, dass er aufsteht und mit reinkommt, doch er bleibt sitzen. Also geht sie in die Küche und stellt die Einkaufstüten ab, dann öffnet sie die Schiebetür zum Garten, überquert das trockene, pikende Gras und geht nach nebenan in Estelles Haus. »Hallo«, ruft sie. »Jemand zu Hause?«

»Hier sind wir!«, ruft ihre Schwester Claudia.

Sie findet sie im Wohnzimmer, wo sie fernsehen. Sie haben beide eine koreanische Vliesmaske aufgelegt, und auf dem Sofatisch stehen auf Malachituntersetzern zwei beschlagene Longdrinkgläser mit Gingerale. Zwischen ihnen auf dem Sofa döst Brando, Estelles schläfriger Pitbull. »Hi, Schatz«, grüßt Estelle – zumindest glaubt Fiona, dass sie das sagt. Wegen der Gesichtsmaske ist sie schwer zu verstehen. Estelle wohnt nebenan, soweit Fiona zurückdenken kann. Sie ist keine Nachbarin, die ständig Aufläufe vorbeibringt, aber sie hat ihnen einen ganzen Monat lang Lean Cuisine vor die Tür gestellt, nachdem Fionas Mutter abgehauen war.

»Wie war's in der Schule?« Fiona hockt sich auf die breite Seitenlehne des Fünfzigerjahresofas. Sie selbst ist mit vierzehn aus der Schule geflogen, und sie liebt es, sich von Claudia alles detailliert erzählen zu lassen, je banaler die

Begebenheiten, desto besser: zwischen welchen Essen sie in der Cafeteria wählen konnte und wer Ärger bekommen hat, weil er in der Stillbeschäftigungsstunde quatschte, und wer von den Lehrern am besten angezogen ist. Teils, weil sie Claudia wirklich gernhat, vor allem aber, weil sie den geheimnisvollen Zauber einer echten Highschool liebt, die ihr mal wie eine Katastrophe erscheint, der sie knapp entronnen ist, und mal wie glamouröse Ferien, die sie wegen Krankheit versäumt hat.

Claudia zieht ihre Maske vom Gesicht. Zum Vorschein kommen hohe Wangenbogen, die gleichen wie bei Fiona, und Sommersprossen auf ihrer siebzehn Jahre alten Nase. »Einschläfernd, wie immer.« Sie schaut weiter zum Fernseher, wo eine vollbusige Krankenschwester in einem seltsam tief ausgeschnittenen Kittel einen zerzausten Arzt in ein freies Untersuchungszimmer zerrt, zu einer gefühlvollen Coverversion eines Pophits aus den Achtzigern als Hintergrundmusik. »Aber einer aus meinem Chemiekurs wurde rausgeworfen, weil er in seinem Schreibtisch eine Pop-Tart angezündet hat.«

Fiona staunt sowohl über die Anekdote als auch über das Fernsehprogramm. »Moment mal«, sagt sie nach einem Moment, denn jetzt fallen ihr an dem sexy Arzt die breiten Schultern und der vertraute Zug des Mundes auf. Blöderweise bekommt sie sofort heiße Wangen. »Ist das ...?«

»Ein Genie im OP.« Ironisch zitiert Estelle den Slogan auf den dramatisch beleuchteten Reklamewänden, die überall in L.A. zu sehen sind. »Ein verliebter Narr.«

»O mein Gott.« Fiona lacht, aber nur, um eine andere Reaktion zu unterdrücken. Sie sieht noch einmal verstohlen zum Bildschirm. »Die Serie ist ein Graus«, sagt sie, obwohl sie noch keine Folge geguckt hat. Die ganze Witz von *The Heart Surgeon* besteht ihres Wissens darin, dass der Held, ein gut aussehender, charismatischer Fachidiot, der international für Größe bekannt ist, seinen Lümmel nicht in der Hose lassen kann.

»Sei nicht gemein!«, tadelt Claudia und stößt Fionas Knie mit der Schulter an. »Das ist gut. Na ja, trashig, aber gut.«

»Hm-hm« Fiona beugt sich vor, um von Claudias Gingerale zu trinken. »Mit *dem* Spruch sollten sie werben.«

»Klar, das ist nicht gerade *Masterpiece Theatre*, aber trotzdem.« Estelle deutet auf den Arzt, der sich das Hemd auszieht und einen Waschbrettbauch entblößt, auf dem man die Grasflecken aus seiner Jeans rausbekäme. »Man könnte argumentieren, dass die Ästhetik auf ihre Art genauso ansprechend ist.«

»Fiona war mal mit ihm zusammen«, meldet Claudia und langt zu Brando hinüber, um seinen glatten rosa Bauch zu streicheln.

Das erregt Estelles Interesse. »Im Ernst?«

»Das stimmt nicht«, widerspricht Fiona. Sam Fox, der besagte Herzchirurg, spielte Fionas coolen älteren Bruder in *Birds of California* und danach in zwei herzzerreißenden jugendfreien Filmadaptionen für Netflix. Von da an tauchte er jeweils für drei Episoden als Love Interest in praktisch jeder TV-Dramedy auf, bevor laut *People* seine große Hauptdarsteller-Pause begann. Nicht dass Fiona *People* liest. Oder Sams IMDB-Seite. Ganz bestimmt nicht. »Ich war definitiv nicht mit ihm zusammen.«

Claudia schaut unbeeindruckt. »Aber ihr habt euch geküsst.«

»Ein Mal«, stellt Fiona klar. »Und ich finde nicht, dass

das zählt, denn es passierte zwischen meinem Rauswurf aus einer *Wendy*, weil ich mich vor dem Direktionsassistenten entblößt habe, und meinem Sturz von der Bühne bei den MTV Movie Awards.«

Estelle schnalzt tadelnd mit der Zunge. »Du hättest an dem Abend andere Schuhe anziehen sollen.«

»Aber sicher«, bestätigt Fiona ernst. »Die Schuhe waren das Problem.«

»Na ja, Schatz, man kann wohl fairerweise sagen, dass sie die Situation nicht verbessert haben.« Estelle zieht sich die Maske ab, sodass die klobigen Armbänder an ihren zarten Handgelenken klirren. Sie war in den Siebzigern und Achtzigern Kostümbildnerin bei MGM und kleidet sich noch dementsprechend, mit lauter Schals und Mustern und Designer-Einzelteilen in leuchtenden, poppigen Farben. Zwei ihrer drei Schlafzimmer stehen voll mit Kleiderständern, dicht behängt mit tadellos erhaltenen Vintage-Klamotten, die sie Claudia vererben wird, wenn sie einmal stirbt, aber auch keine Sekunde eher. »Wenn du nicht mit ihm zusammen warst, hättest du was dagegen tun sollen. Er ist eine Augenweide.«

»Er ist symmetrisch gebaut«, erwidert Fiona. »Und frisch gewaxt.«

Estelle fixiert sie mit einem skeptischen Blick. »Es gibt Schlimmeres.«

Fiona schaut an sich hinab auf ihre schmuddeligen Converse und die weite Jeansjacke, die sie von ihrem Vater abgestaubt hat, und findet, dass sich das schwer entkräften lässt. Im Fernsehen machen Sam und die vollbusige Krankenschwester noch immer miteinander rum. Man sieht seinen sonnengebräunten, muskulösen Rücken und wie er seine großen Hände an ihre Wangen legt. Fiona ignoriert die seltsame Reaktion ihres Magens, als für eine Sekunde seine Zunge zu sehen ist, und steht auf, wobei sie ihre Schwester sanft anstupst. »Hausaufgaben in einer halben Stunde«, sagt sie nur.

Nach dem Abendessen spült Fiona das Geschirr und wischt die Flächen in der Küche ab, anschließend geht sie die Post durch. Darunter findet sich eine Ansichtskarte von Thandie, die zurzeit in Paris filmt: nur vier rasche Zeilen über einen Violinisten auf der Straße am Montmartre und die Tauben, die auf dem schmiedeeisernen Balkongeländer ihrer Wohnung sitzen. Typisch Thandie, dass sie selbst diesen lästigen Viechern Charme verleiht. Eigentlich ist sie Fionas beste Freundin, allerdings haben sie in den letzten paar Jahren fast ausschließlich schriftlich kommuniziert. Wenn man Thandie darauf anspräche, würde sie wahrscheinlich sagen, dass sie die altmodische Sitte des Briefeschreibens mag, aber Fiona kennt den wahren Grund: Thandie kommt besser mit ihr klar, wenn sie nicht miteinander reden oder texten.

Fiona steckt die Ansichtskarte in die hintere Hosentasche und geht durch den Flur zu ihrem Zimmer. Um Gesellschaft zu haben, schaltet sie sich den True-Crime-Kanal ein. Weil *Wives with Knives* erst in einer Stunde kommt, hört sie mit halbem Ohr *Hometown Homicides*, während sie sich Boxershorts und ein Trägerhemd anzieht und ihren Lockenwust zu einem hohen Knoten schlingt. Sie fühlt sich kribbelig und unwohl, als wären ihre Haut und ihre Klamotten und ihr Leben eine Nummer zu klein für sie.

Sie benutzt die Anti-Aging-Creme, die Estelle ihr zum

achtundzwanzigsten Geburtstag geschenkt hat. Eine Zeit lang schaut sie aus dem Fenster. Schließlich nimmt sie ihr Handy vom Nachttisch. Das Display hat ein Netz von Rissen. Das Gerät ist ihr auf die Terrassenfliesen gefallen, als sie Claudia filmte, die gerade den Text von Rihannas »Desperado« in Benedict-Cumberbatch-Manier vortrug. Sie öffnet ein neues Browserfenster.

S-a-m tippt sie in die Suchmaske, und beim F fängt es an zu vibrieren.

Sie lässt es aufs Bett fallen und errötet heftig. Sie fühlt sich, als wäre sie bei etwas erwischt worden, das schräg und leicht pervers ist, etwa wie in der Kirche masturbieren oder an der roten Ampel in eine leere Eisteeflasche pinkeln.

Tatsächlich ist sie derart erschrocken, dass sie den Namen erst beim zweiten Hinsehen registriert.

Scheiße.

Sie ist entschlossen, die Mailbox anspringen zu lassen, doch ihr Finger zuckt, oder ihr Gehirn hat einen Kurzschluss, oder vielleicht ist sie so irre und selbstzerstörerisch, wie alle glauben, denn sie tippt auf den grünen Button und hebt das Handy ans Ohr. »Caroline«, sagt sie und bereut es im selben Moment. Damals in der Klinik riet ihre Therapeutin immer, sie solle zuerst von zehn an rückwärts zählen, um nicht kopflos zu handeln. Ihre Impulskontrolle ist ... nicht die beste. »Hi.«

»Fiona!«, sagt Caroline herzlich. »Wie schön, deine Stimme zu hören.«

Fiona lächelt darüber, sie kann nicht anders. Muskelgedächtnis. »Deine auch«, sagt sie und meint das in dem Moment ehrlich. Als Teenager hat sie die große blonde Caroline verehrt, die kühle Schönheit, die immer makellos wirkte, nie einen miesen Tag zu haben schien. Fiona weiß noch, dass sie damals dachte, eigentlich sollte Caroline vor der Kamera stehen.

»Es tut mir leid, dass ich dich aus heiterem Himmel und so spät noch anrufe«, sagt Caroline, obwohl das natürlich nicht aus heiterem Himmel kommt, das wissen sie beide. »Ich wollte mich zuerst per E-Mail melden, aber dann dachte ich, dass sich deine Adresse geändert haben könnte, oder ...« Sie hält einen Moment inne, vermutlich damit Fiona sich dazu äußern kann, dann redet sie weiter. »Wie auch immer. Letzte Woche hat Bob Arkin angerufen. Er wusste wohl nicht, wie er dich anders erreichen kann außer durch mich.«

»Er hätte ein Grillfestbanner bestellen können«, erwidert Fiona reflexhaft.

Carolines Stirnrunzeln ist praktisch zu hören. »Wie bitte?«

»Nichts.« Sie schiebt das Unvermeidliche nur hinaus. »Was wollte er?«

»Nun ja, Bob und Jamie Hartley wollen eine Fortsetzung von *Birds of California* drehen.«

Ein Erdbeben erschüttert das Haus, wirft die Bücher aus den Regalen und die Bilder von den Wänden. Zumindest kommt es Fiona so vor, denn als sie sich benommen umschaut, stellt sie überrascht fest, dass alles noch an seinem Platz ist. »Im Ernst?« Mehr Worte hat sie gerade nicht.

Caroline lacht. Es hört sich jedoch nicht so an, als fände sie das lustig. »Fiona, glaubst du, ich würde dich anrufen, wenn es nicht so wäre?«

Okay. Das kann Fiona nicht bestreiten. Bob ist der Boss von Family Network. Jamie hat in der Serie den Vater gespielt, er war aber auch der Schöpfer und Produktionsleiter, und die ganze Serie war eine Liebeserklärung an seine Kindheit als Sohn eines Rangers auf einer Insel vor der Küste von British Columbia. Zuletzt hörte sie, dass er für HBO an einem großen Fantasy-Projekt arbeitet. »Warum?«

»Ich …« Caroline klingt genauso ratlos. »Aus nostalgischen Gründen? Wegen Geld? Sie halten es wohl für eine gute Idee. Meinem Eindruck nach befindet sich Jamie derzeit in einer Position, wo er so ziemlich alles bewilligt bekommt.«

»Nicht das«, sagt Fiona.

Caroline seufzt. »Okay, bevor wir tiefer einsteigen: Darf ich etwas vorschlagen? Als alte Freundin?«

Wieder schwankt das Haus. Fiona spürt es. Damals, als es wirklich schlimm war – in den ein, zwei Jahren, nachdem man die Serie abgesetzt hatte, war ihr fleckiges Gesicht täglich auf Darcy Sinclairs Website zu sehen –, hat sie nur ein einziges Mal geweint, nämlich als Caroline sie fallen ließ. »Bitte, ich kann mich bessern«, flehte sie. Danach nahm Caroline ihre Anrufe nicht mehr an.

Bei der Erinnerung möchte sie aus ihrer Haut herauskriechen. »Wir sind keine Freundinnen«, sagt Fiona tatsächlich und ist sich nicht ganz sicher, wem von ihnen beiden sie das ins Gedächtnis rufen will.

Caroline schweigt. Fiona sieht sie vor sich, wie sie mit dem Telefon in der Hand bis zehn zählt und die rot geschminkten Lippen zusammenkneift. »Okay«, sagt Caroline. »Meinetwegen. Dann eben als deine frühere Agentin. Ich kenne deine augenblickliche Situation nicht. Vielleicht bist du ja glücklich damit, für immer aus dem Spiel zu sein. Das kann ich respektieren, nach allem, was du durchgemacht hast. Aber wenn du irgendein Interesse hast, je wieder zu spielen – je wieder beruflich vor der Kamera zu stehen –, dann würde ich an deiner Stelle lange und gründlich nachdenken, bevor ich über das Angebot die Nase rümpfe. Eine zweite Chance bietet sich nicht so oft, besonders nicht …« Sie verzichtet auf den Rest des Satzes.

»Besonders nicht für Leute wie mich«, ergänzt Fiona. »Ist angekommen. Danke für den Hinweis.«

Caroline seufzt. »Fiona …«

»Du kannst Bob Arkin sagen, ich bin nicht interessiert. Und du kannst Jamie Hartley sagen, er kann mich mal.«

Fiona legt auf, ehe Caroline etwas erwidern kann. Sie wirft das Handy aufs Bett, steht auf und saust durch das immer noch bebende Haus am Wohnzimmer vorbei, wo ihr Vater mit leerem Blick Guy Fieri anstarrt, und an der Küche vorbei, wo Claudia ihre BHs im Spülbecken wäscht.

»Wow«, sagt Claudia und streckt den Kopf in den Flur. »Wohin willst du?«

»Raus«, schnauzt Fiona. Im selben Moment kommt sie sich vor wie ein Miststück, aber es ist zu spät, um das zu ändern, denn ihre Beine tragen sie schon den Weg hinunter, und ihre Finger angeln nach dem Autoschlüssel, während ihre Unterlippe bedenklich zittert. Sie beißt die Zähne zusammen und setzt zurück auf die Straße, öffnet alle Fenster, um die heiße, trockene Luft hereinzulassen.

Eine Stunde lang fährt sie, vor sich die dunklen Silhouetten der Palmen im letzten bläulichen Tageslicht, neben sich die verschwommenen Farben vorbeiziehender Leuchtreklamen. Sie hält erst an, als sie keine Straße mehr vor sich hat. Auf dem Parkplatz am Strand lässt sie den Motor laufen und die Fahrertür offen und läuft zum Wasser. Als sie den

Sand zwischen den Zehen spürt, fällt ihr auf, dass sie keine Schuhe anhat.

Sie watet bis zu den Knien hinein und schnappt nach Luft: Das Wasser ist kalt und endlos, der weite Himmel schwarz. Sie steht so still sie kann und so lange, wie sie es aushält. Dann kehrt sie zum Wagen zurück und fährt nach Hause.

Sam

Verkatert und mit hämmernden Kopfschmerzen wacht Sam auf Erins Couch auf. Sein Mund schmeckt wie eine Sporttasche von innen.

Und sein Schwanz liegt frei.

»Wieso bin ich nackt?« Alarmiert späht er an sich hinunter und dann zu Erin, die in Jeans und einem schicken Blazer an der Frühstückstheke sitzt, in einer sonnengebräunten Hand den Kaffeebecher. Er setzt sich so schnell auf, dass ihm schwindlig wird. »Warte, wir haben nicht ... oder?«

»Oh, wir haben«, meldet Erin grimmig. Ohne ein Mal zu ihm rüberzusehen, scrollt sie auf ihrem Laptop durch die E-Mails. »Ehrlich, Sam, die pure maskuline Verlockung, du in den engen Lederhosen, da bin ich nach all den Jahren einfach schwach geworden.«

»Du bist ja irre witzig«, brummt Sam und schwenkt die Beine behutsam auf den Boden. Er nimmt sich die Sofadecke von der Lehne und wickelt sie sich um wie eine Toga. Dabei kippt das Zimmer zur Seite und richtet sich wieder auf. »Und die Hose ist nicht aus Leder, sondern aus beschichtetem Denim. Das ist was anderes.«

Erin zuckt mit den Schultern. »Jedenfalls hattest du sie noch an, als ich schlafen ging«, klärt sie ihn auf. »Was danach bei dir los war, weiß ich nicht.« Sie klappt den Laptop zu, der dabei das nette Klicken von sich gibt. »Übrigens schuldest du mir eine neue Sofadecke. Das Ding geht ohne Umweg in den Müll.«

»Das ist doch albern«, meint Sam vernünftigerweise. »Nach der Logik bräuchtest du auch eine neue Couch.«

»Die willst du mir auch kaufen?«, schießt Erin zurück. »Ehrlich gesagt hast du Glück, dass ich dich heute Morgen nicht nackt auf die Straße gesetzt habe. Ich habe mein Leben lang entschlossen darauf geachtet, nicht mit männlichen Genitalien in Kontakt zu kommen. Ich werde jetzt nicht in meinem eigenen Haus mit dieser Gewohnheit aufhören.«

»Du weißt, ich schwitze im Schlaf«, murmelt Sam und fährt sich mit beiden Händen durch die Haare. Er erinnert sich vage, dass er gegen drei, vier Uhr verschwitzt und ängstlich aufwachte, sich gereizt die Klamotten vom Leib zerrte und noch halb betrunken wieder einschlief. »Kann ich einen Kaffee haben?«

»Hol ihn dir selbst«, sagt Erin gut gelaunt, steht auf und stellt ihren Becher in die Spülmaschine. »Und schließ hinter dir ab, wenn du gehst. Ich muss zu einem Interview nach Pasadena.« Erin arbeitet freiberuflich als Autorin für diverse Kultur- und Unterhaltungssender in L.A., und dass sie es sich leisten kann, allein in einer Wohnung mit Spülmaschine zu leben, beweist, wie gut sie ist.

Sam runzelt die Stirn. »Kannst du das verschieben?« Bei dem Gedanken, dass sie ihn gleich allein lässt, durchfährt ihn panische Angst. »Lass uns zusammen frühstücken.«

Erin macht an der Tür Halt und kneift ihre dunklen Augen zusammen. Drei Jahre lang haben sie sich eine Wohnung geteilt, als sie noch Bloggerin war und Sam Statistenrollen zu kriegen versuchte. Sie ist praktisch die einzige Familie, die er in L.A. hat. »Geht es dir nicht gut?«, fragt sie.

»Doch, doch«, sagt er, aber zu hastig, als dass es überzeugend klingen kann. »Na ja, ich habe einen höllischen Kater, aber sonst ...«

»Wie du meinst.« Sie wendet sich der Tür zu. »Na, dann bis später.«

»Warte!«, stößt Sam hervor und verliert beim Aufspringen beinahe seine Deckentoga. »Was ist aus dem Mädchen mit der Hipsterbrille geworden, mit der du dich gestern Abend unterhalten hast?«

»Okay, jetzt mal im Ernst.« Erin stößt den Atem aus. »Was ist mit dir los?«

»Warum sollte mit mir was los sein, nur weil ich dich nach deinem Liebesleben frage?« Er klingt gekränkt. »Ich bin ein mitfühlender Mensch.«

Erin schnaubt. »Ich weiß nicht, ob ich dich so beschreiben würde.«

Sam hebt den Saum der Decke an und tappt zur Kaffeemaschine. Er empfindet eine ängstliche Unruhe und geht sorgfältig die möglichen Ursachen durch, so wie man im Mund nach einem abgesplitterten Zahn fühlt. In letzter Zeit vermischen sich die Bilder vergangener Abende, wenn er ehrlich sein soll, doch soweit er sich erinnern kann, ist es gestern Abend schön gewesen: ein Haufen Leute auf dem Patio eines mexikanischen Hauses in West Hollywood, Austern und Tequila und Guacamole mit Hummer-Ceviche. Eine niedliche Blonde von einem CW-Shop, die ihm immer wieder sagte, wie lustig er sei, obwohl er sich ziemlich sicher war, dass er nichts Lustiges gesagt hatte. Nach der Party hat er woanders weitergetrunken, und die Barkeeperin kam mit seiner Kreditkarte zurück: »Die wurde nicht akzeptiert.«

Aha. Es ist seltsam befriedigend, sich nach und nach zu erinnern, auch wenn er sich dadurch konkret und nicht nur allgemein mies fühlt. Plötzlich sieht er völlig klar, als hätte er keinen Tropfen getrunken: »Ups«, sagte er und lächelte die Barkeeperin an, sogar noch als Erschrecken und Peinlichkeit sich in einer Doppelhelix sein Rückgrat hinaufwanden. »Würden Sie es freundlicherweise noch mal probieren?«

»Hab ich schon drei Mal«, sagte sie.

»Noch ein Mal dann?« Er neigte bittend den Kopf zur Seite, wodurch er immer erreicht, was er will. Das gelang ihm auch diesmal, doch einen Moment später kam sie zurück und schob ihm die Karte kopfschüttelnd über die glänzende Theke.

»Tut mir leid«, sagte sie – leise, wofür Sam ihr dankbar war. »Keine Chance.«

Daraufhin gab er ihr seine Debitkarte, und die funktionierte zum Glück. Doch als er seine Banking-App öffnete, sah er, dass er nicht nur seinen Kreditrahmen ausgeschöpft hatte, sondern dass ihm nach der letzten Runde Cocktails – er hatte für alle gezahlt und sich großzügig gefühlt – genau 314,83 Dollar geblieben waren.

Ist okay, sagt er sich jetzt und starrt auf die Kaffeemaschine. In etwa einer Woche kommt wieder Geld rein. Doch wenn seine Miete und die Kosten fürs Auto abgebucht sind und er Geld nach Hause geschickt hat für Adam und seine Mutter …

Erin reißt ihn aus seinen Gedanken. »Geh joggen«, rät sie. Er drängt seine Angst zurück in seine Eingeweide, wo sie hingehört. »Oder geh wenigstens duschen.« Sie zieht die Brauen hoch und öffnet die Tür. »Am besten bei dir zu Hause.«

»Bei dir ist der Wasserdruck besser«, wendet er schwach ein. Erin zeigt ihm den Stinkefinger.

Sobald sie weg ist, setzt er sich mit seinem Kaffee auf die Couch und zieht sein Handy aus der hingeworfenen Jeans. Erstaunt sieht er, dass 412 Nachrichten eingegangen sind. Seine Angst steigt hoch wie Abwasser aus dem Gully, bis er glaubt, es an den Fußsohlen zu spüren. Nicht mal nach dem Pilotfilm zu *The Heart Surgeon*, der letztes Jahr rauskam, hatte er so viele. Sofort fürchtet er, er könnte etwas Beleidigendes über Kleinwüchsige getwittert oder ein Sexvideo gemacht haben, als er nicht so ganz bei sich war. Als er durch die ersten paar Nachrichten scrollt, steigt die kalte Angst über die Fußknöchel bis zu den Knien hoch.

Alter, schrieb sein Trainer heute früh, das ist echt hart.

Russ, sein Agent, schrieb um fünf – um die Zeit macht er immer Anrufe von seinem Peloton: Keine Panik. Ruf mich an. Lass uns heute zusammen zu Mittag essen.

Sogar seine Mutter in Milwaukee hat sich vor zwei Stunden gemeldet: Ich habe versucht, dich anzurufen, aber du hast nicht abgenommen! Denk daran, wir lieben dich, egal was los ist.

Jetzt spürt er die Angst schon im Hals, und sie steigt schnell. Er holt tief Luft wie vor einem Kopfsprung ins Wasser, dann öffnet er den Browser und gibt seinen Namen in die Suchmaske ein. Die erste Nachrichtenmeldung stammt aus dem *Hollywood Reporter*. Die Überschrift lautet: »Abgesetzte Serien: *Riptide, Lightning Jones* bei ABN«.

Na ja, das ist okay, denkt Sam, während er den Artikel überfliegt. Er hat keine Rolle bei *Riptide* oder *Lightning Jones*. Er liest weiter.

»Ebenfalls gestrichen: *The Unlikelies, Half-Moon Bay, The Heart Surgeon.*«

Seine Serie.

Verdammte Scheiße.

Sam springt auf und blickt entsetzt durch Erins ordentliches Wohnzimmer. Dann erst wird ihm wieder bewusst, dass er noch nackt ist. Er weiß nicht, was schlimmer ist, dass die Serie abgesetzt wird oder dass sie erst im zweiten Absatz und an dritter Stelle genannt wurde. Er denkt an sein leeres Konto. Er denkt an die Ratenzahlung für das Haus seiner Mutter in Wisconsin. Er denkt an seinen Tesla, der vor Erins Wohnhaus steht – sie hat ihn heute Nacht nach Silver Lake gefahren, fällt ihm plötzlich ein, weil er zu betrunken war –, und fühlt sich ein bisschen, als ob er krank wird.

Er wusste, dass so etwas passieren kann, natürlich. Er hätte nur nicht gedacht, dass *ihm* das passiert.

Er stellt seinen Kaffee auf den Beistelltisch und sieht auf dem Handy nach, wie spät es ist. Zu Hause ist jetzt fast Mittag, denkt er. An der Ostküste drei Stunden später. »Verdammt«, murmelt er. Dann öffnet er Erins Kühlschrank und holt eine Flasche Wodka heraus.

Er ruft Russ an und kriegt seine Assistentin an den Apparat, eine Weißblonde namens Sherri, die ihm sagt, dass er Russ zum Essen auf der Terrasse im Soho House treffen soll. »Wie geht's denn, Kleiner?«, fragt sie ihn. Sam weiß nicht, wieso ausgerechnet Sherri nett zu ihm ist, und verspürt den Impuls, sich mitten auf den Sunset Boulevard zu legen und vom Bus überfahren zu lassen.

Trotzdem fährt er nach Hause. In der Dusche holt er sich einen runter, albert eine Weile mit seinen Haaren herum, glättet seine Brauen mit Vaseline. Er zieht sich sein Lieblingshemd über, ein weißes Button-Down aus Leinen, in dem seine Bräune sehr natürlich aussieht. Und nach all dem und dem Vormittagscocktail fühlt er sich, als er den Autoschlüssel dem Parkservice übergibt, ein wenig stabiler. Er liebt das Soho House: den Glamour, die Romantik, die Lounge-Sessel und die Laternen, den schwachen Chlorgeruch vom Pool. Nicht in den Clubs oder am Set, sondern hier fühlt er am stärksten, dass er in L.A. ist, dass er tatsächlich tut, was er immer verkündet hat.

Nun ja. Dass er mal *tat*, was er immer verkündet hat.

Jetzt ist er wohl arbeitslos.

Russ sitzt an seinem gewohnten Tisch am Ende der überdachten Terrasse, vor sich ein Mineralwasser mit Zitrone. Selbst nachdem er hier jahrelang gelebt hat, stellt sich Sam jeden Agenten wie Ari Gold in *Entourage* vor, aber tatsächlich sieht Russ mehr aus wie König Triton aus *Arielle*, mit graumeliertem Bart und langen Haaren und extrem muskulöser Brust. Wenn er in einem Restaurant vom Tisch aufsteht, erwartet Sam immer für einen Moment, bei ihm Froschfüße zu sehen.

»Hallo, Kumpel«, sagt Russ, als wäre er Sams Vater oder wie ein Vater, den er gern gehabt hätte. Russ trägt ein sehr eng sitzendes Button-Down-Hemd und butterweich aussehende Loafers. An seinem Handgelenk lugt dezent eine Jaeger hervor. »Wie hältst du dich?«

»Gut«, antwortet Sam automatisch und versucht, die geübte Nonchalance eines routinierten Schauspielers an den Tag zu legen. Aus irgendeinem Grund ist es ihm wichtig, dass Russ ihn für einen ausgeglichenen, lässigen Lebemann hält. »Ich bin nur ... ein wenig verwundert? Ich dachte, die Einschaltquoten wären gut.« Das ist nicht ganz wahr. Sam wusste, dass sie eigentlich nicht gut waren. Doch jeder hat ihm ständig gesagt, alles wäre gut, und er hakte meistens nicht nach, weil es ihn weniger stresste, wenn er ihnen glaubte. Es ist ein eigentümliches Nebenprodukt seiner Teenager-Karriere, dass die Leute ihn meistens wie einen Teenager behandeln, und das ist tatsächlich nicht so schlecht, wie es sich anhört.

Die Kellnerin erscheint am Tisch, bevor Russ darauf eingehen kann. »Möchten die Herren schon bestellen?«, fragt sie.

»Sehr gern«, sagt Russ, obwohl Sam noch gar nicht in die Speisekarte geschaut hat. Russ bestellt sich einen Cobb Salad, und Sam wird nervös und bestellt sich kurzerhand dasselbe, obwohl er weder Blauschimmelkäse noch hart gekochte Eier mag, und ausgebratenen Speck hat er sich seit der Präsidentschaft Obamas auch nicht mehr erlaubt. Die Kellnerin lächelt, als hätte sie ihn erkannt, oder aber sie hat ihn nicht erkannt und findet ihn lediglich schön anzusehen. Sam lächelt zurück und vergisst darüber, dass er arbeitslos ist und sich gerade ein widerliches Essen bestellt hat, das er unberührt stehen lassen wird.

»Du solltest das nicht persönlich nehmen«, empfiehlt Russ, nachdem sie gegangen ist, schaut auf sein Handy und legt es mit dem Display nach unten auf den Tisch. »Solche Dinge passieren eben, das ist alles. Weiter zum nächsten Punkt. Ich habe für morgen ein Vorsprechen für dich arrangiert, und eventuell noch eins am Ende der Woche.«

»Für einen Film?«, fragt Sam hoffnungsvoll.

Russ schüttelt den Kopf. »Diesmal nicht.«

Sam bemüht sich, nicht enttäuscht zu wirken. Er versucht schon seit einer Ewigkeit, eine Filmrolle zu bekommen. Vor ein paar Jahren hat er in einem rührseligen Teeniefilm über ein Mädchen mit Skoliose mitgespielt, aber danach bekam er nur Gastauftritte in Notarztserien oder die Rolle des netten, nichtssagenden Typen, bei dem die Heldin erkennt, wen sie in Wirklichkeit liebt. Schließlich bekam er die Hauptrolle des Herzchirurgen. Er hat überlegt, sein Glück bei einem anderen Agenten zu versuchen, aber das könnte viel Aufwand bedeuten, ohne dass klar ist, wie viel dabei herauskommt. Er ist schon lange bei Russ.

»Jedenfalls habe ich noch eine gute Neuigkeit für dich«, sagt Russ jetzt, als spürte er möglicherweise, dass Sam an einen Wechsel denkt. Dabei blickt er wieder auf sein Handy. »Es besteht Interesse an einer Fortsetzung von *Birds of California*.«

Sam sieht ihn groß an. »Moment, wirklich?« *Birds* spielt in seinen Gedanken kaum noch eine Rolle. Der Vertrag, den er damals unterschrieben hat, trieb ihn praktisch in die Schuldknechtschaft. Also ist es nicht gerade so, als hätte er jede Menge Tantiemenschecks bekommen. »Bei Family Network?«

»Nun, ja und nein«, sagt Russ. »Sie wollen einen Streaming-Dienst gründen und suchen nach einem Publikumsmagneten. Ich hatte ein paar Anrufe. Arkin klang sehr erwartungsvoll. Hartley hat schon ein paar Episoden geschrieben.«

»Und Fiona hat zugesagt?«

»Nun ja.« Russ zieht seine buschigen Brauen hoch. »Das ist die große Frage. Sie wollen das Projekt nur machen, wenn sie mit ins Boot kommt.«

»Können die sie überhaupt versichern?«

»Lass uns nicht zu weit vorausdenken«, sagt Russ. »So viel ich weiß, zögert sie noch, was wahrscheinlich klug ist. Das Mädchen ist eine Katastrophe.«

Sam zuckt ein wenig zusammen wegen des Ausdrucks. Er konnte Fiona immer gut leiden, als sie noch zusammenarbeiteten. Sie hatte einen beißenden Humor, und sie konnte immer ihren Text. Und ja, am Ende schien sie einigen Scheiß durchzumachen – er denkt plötzlich an ihre letzte Begegnung, den Geschmack von Wildheit bei ihrem Kuss –, aber als sie wirklich anfing, durchzudrehen, trat er schon nicht mehr in der Serie auf, also war das nicht sein Problem.

Er erinnert sich, dass sie in ihrem Wohnwagen Bücher las und dass ihr Lachen wirklich schön klang.

Aber jetzt? Er hat keine Ahnung. Wahrscheinlich war sie es irgendwann leid, barfuß durch Malibu zu schlurfen und Journalisten anzubrüllen, denn seit einer Weile taucht sie in den Blogs nicht mehr auf. Einmal gab es ein Gerücht, sie sei tot, aber wenn das wahr gewesen wäre, hätte ihn bestimmt jemand angerufen.

»Wie auch immer. Man hat mir gegenüber angeregt, dass du sie anrufen und mit ihr darüber reden könntest.« Russ blickt an Sam vorbei und nickt jemandem zu. »Wenn sie erfährt, dass du unterschreibst, wird die ganze Sache schon ein wenig konkreter …«

»Moment.« Sam ist verwirrt. Er weiß, er arbeitet schon lange genug in L.A., um begriffen zu haben, wie diese Dinge eingefädelt werden, doch er hat das Gefühl, als hätte er die Chancen dafür verpasst und jetzt sei es zu spät, um zu fragen – und wenn er jetzt zugäbe, dass er nicht immer ganz versteht, was in seiner Karriere vor sich geht, dann würde er als der Hochstapler dastehen, für den er sich eigentlich hält. »Es ist noch nicht konkret?«

»Doch, natürlich«, versichert Russ schnell. »Meinst du, ich würde das sonst an dich herantragen? Ich denke, man muss ihr nur ein bisschen gut zureden, das ist alles. Hartley scheint zu glauben, dass du der Richtige für die Aufgabe bist.«

»Das denkt Jamie?« Sam grinst. Er mag Jamie sehr. Und auch wenn er Fiona nicht für jemanden hält, der sich durch gutes Zureden zu etwas bewegen lässt, so könnte es sich dennoch lohnen, mit ihr darüber zu sprechen. Der Dreh könnte immerhin Spaß machen.

Und was noch wichtiger ist: Er muss Geld verdienen.

»Okay«, sagt er und lächelt die Kellnerin dankbar an, als sie ihm den widerlichen Salat vorsetzt. »Sicher. Ich bin dabei.«

»Natürlich bist du dabei.« Russ schaut noch mal auf sein Handy und greift nach seiner Serviette. »Iss deinen Salat.«

Fiona

Fiona hat heute Abend Theaterprobe. Nachdem sie in der Druckerei mit der Arbeit fertig ist, dreht sie in ihrem glutheißen Auto die Klimaanlage auf und fährt in die Innenstadt. Während Kate Bush im Radio vor sich hin jault, kriecht Fiona im Berufsverkehr. Sie wirft eine Handvoll Vierteldollarmünzen in die Parkuhr und geht ins Gebäude, die Treppe hinunter und durch den langen, nach Pisse stinkenden Flur zum Theater. Georgie und Larry sitzen bereits im Zuschauerraum und streiten über ein Meme, das Larry auf Facebook gesehen hat.

»Frances!«, ruft Georgie und winkt ihr mit einer molligen, gepflegten Hand. »Du musst was für uns klären, ja?«

»Was verlangst du von ihr?«, fragt Larry mürrisch. Er trägt ein weites kariertes Button-Down-Hemd und Papajeans, seine graumelierten Haare stehen nach allen Seiten ab wie Baby-Rucola. »Leute ihres Alters gehen nicht wählen.«

»Ich gehe wählen«, sagt Fiona, was größtenteils wahr ist. »Aufwärmen in fünf Minuten.«

Sie stellt ihren Rucksack in der zweiten Reihe ab und holt ihr abgegriffenes Skript heraus, stützt die Füße auf die Rückenlehne vor ihr und liest noch einmal die Szene, an der sie heute Abend arbeiten werden, während Larry und Georgie sich weiter anmosern und die übrige Besetzung nach und nach eintrifft. Das Angel City Playhouse war in den Achtzigern ein Pornokino, wurde dann im Rahmen eines städtischen Erneuerungsprojekts von einer Entwicklungsgesellschaft übernommen, die jedoch nichts daraus machte. Jetzt ist es ein schwarzer Kasten mit einem Garderobenraum von der Größe eines begehbaren Kleiderschranks und einem Bad, das sie sich mit dem Verein teilen, der die Büroräume über ihnen gemietet hat. Das Theater hat dreiundachtzig Plätze. Soweit Fiona weiß, war noch nie eine Vorstellung ausverkauft.

Sie kramt einen Bleistift aus der Tasche und schreibt für sich ein paar Anmerkungen an den Rand. Sie hat nicht vorgehabt, je wieder zu schauspielern. Nicht, dass diese Bühnenrolle irgendwie zählt, denn das tut sie nicht, aber im vergangenen Winter hat sie einen Haufen altes Zeug von ihrer Mutter bei dem Goodwill-Laden auf der anderen Straßenseite abgegeben und dabei das handgeschriebene Schild an der Tür gesehen: *Angel City Players. Vorsprechen heute!*

Fiona weiß noch immer nicht, warum sie hinging. Das war wohl die Fiona, die es für eine gute Idee hielt, sich in der Toilette der Bar am Sunset Tower von einem Typen aus Justin Biebers Entourage ein Abziehtattoo machen zu lassen – die unbesonnene Fiona, die zuerst handelt und später über die Folgen nachdenkt. Jedenfalls schrieb sie einen erfundenen Namen auf das Anmeldeblatt und rasselte denselben Text herunter wie bei jedem Vorsprechen: Helenas Rede aus dem Sommernachtstraum, in der sie behauptet, dass die Liebe mit dem Gemüt, nicht mit den Augen sieht. Damit erntete sie als Jugendliche viel Gelächter – vermutlich wegen der Absurdität, so als wäre sie ein Hund, der das Alphabet bellen kann.

Diane kicherte nicht einmal. »Danke«, sagte sie, als Fiona fertig war, riss einen von sechs Kulis aus ihrem leuchtend roten Haarknoten und schrieb etwas auf einen Notizblock. Dabei hatte sie kaum einmal aufgeblickt. »Wir geben dir Bescheid.« Fiona ging nach Hause und vergaß die Angelegenheit, bis Diane sie drei Tage später auf dem Handy anrief und ihr, Frances Fairbanks, die Rolle der Elaine in *Arsen und Spitzenhäubchen* anbot.

Das ist jetzt achtzehn Monate her. Seitdem spielte sie die Catherine in *Proof* und Mollie Ralston in der *Mausefalle* und die Geschworene Nr. 3 in einer gemischten Inszenierung der *Zwölf Geschworenen*. Jedes Mal wenn das Licht ausgeht, rechnet sie damit, dass dies das letzte Mal für sie ist, weil jemand in der hintersten Reihe aufspringt und auf sie zeigt, als wäre sie eine Hexe aus *Hexenjagd*, aber bisher wurde sie nicht ertappt.

Wahrscheinlich, weil immer nur höchstens zwölf Leute im Zuschauerraum sitzen.

»Seid ihr so weit?«, fragt sie, steht auf und bindet sich die Haare hoch. Vor zwei Monaten haben Diane und ihre Frau zwei Zwillingsmädchen in Pflege genommen, die gerade von der Neugeborenenintensivstation entlassen worden waren, und so kam es, dass Fiona nebenberuflich bei diesem Stück Regie führt, eine moderne Inszenierung von *Nora oder Ein Puppenheim* – nicht, weil sie sich mit Regiearbeit auskennt, sondern weil sie in der ersten Reihe saß und einen Lachs-Bagel aß, als Diane von der Sozialarbeiterin angerufen wurde. »Kannst du das übernehmen?«, fragte Diane und drückte Fiona ihr mit Markierungen und Notizen versehenes Skript in die Hand, um zu Target zu eilen und Babyschalen und Windeln zu kaufen. Auf dem Deckel ist noch der Fettfleck von dem Frühlingszwiebelfrischkäse zu sehen. Fiona hatte noch nie im Leben Regie geführt – sie fuhr nach Hause und bestellte sich bei Book Soup eine Anleitung für Theaterregie –, doch zu ihrer Überraschung stellte sie fest, dass ihr die Arbeit sehr gefiel: sich jede Szene vor der Probe vorzustellen, mit jedem Schauspieler über seine Rolle und die Motive seiner Figur zu sprechen. Das gibt ihr das Gefühl, über etwas die Kontrolle zu haben, selbst wenn dieses Etwas eine billige Inszenierung eines übertriebenen Ibsen-Stücks ist. Und es gibt ihr das Gefühl innerer Ruhe.

»Okay«, sagt sie, sobald sie auf der Bühne steht, und schaut in die Gesichter der Darsteller – Larry und Georgie, Hector, DeShaun und Pamela, die ein Frettchen hält und immer schwarz gekleidet kommt. Fiona weiß, es ist nur eine Frage der Zeit, bis einer von ihnen entdeckt, wer sie ist, und sie das Theater verlassen muss. Sie versucht, die Zeit zu genießen, solange sie dauert. »Machen wir uns an die Arbeit.«

Als sie von der Probe nach Hause kommt, macht sie sich einen Toast und geht mit einem Stift und einem Block mit historischen Ansichtskarten von L.A. auf die Terrasse, wo sie sich an den wackligen Eisentisch setzt. Die alten Partylichterketten an der Pergola werfen Lichtflecken auf den Rasen. Fiona sitzt lange Zeit still da und lauscht dem Summen von Estelles Klimagerät und dem fernen Geheul eines Kojoten. Schließlich beißt sie die Zähne zusammen und senkt den Kopf über die Ansichtskarte.

Liebe Thandie, schreibt sie, dann zerreißt sie die Karte und nimmt sich eine neue. Sie will nur drei unbeschwerte

Zeilen zustande bringen, kein Empfehlungsschreiben für die Graduiertenschule formulieren.

Sie versucht es mit *Hey Lady!* und wird rot, sowie sie die Wörter auf dem Papier sieht. O Mann, das geht gar nicht. So ist es immer, wenn sie an Thandie schreiben will: tausend Fehlversuche und stapelweise vergeudetes Papier, weil sie sich mit ihrem fröhlichen Bullshit einnebelt, anstatt klarzusehen. Sie erinnert sich an die Zeit, als sie noch konstant miteinander redeten und alles, was sie zueinander sagten, wie ein langes, fortwährendes Gespräch erschien. Sie erinnert sich an die Zeit, als sie sich so gut kannten, dass sie gar nicht viel zu sagen brauchten.

> Bonjour, mon petit fromage,
> Paris klingt absolut traumhaft. Ich sehe dich vor mir, wie ich mir alle Franzosen gern vorstelle, mit einer Baskenmütze auf dem Kopf und einem Baguette unter dem Arm, sogar (besonders?) wenn sie schlafen oder duschen.
> Hier ist alles gut! Ruhig, was immer das Ziel ist. Ich überlege, Estelle zu fragen, ob sie mich in den Buchclub aufnehmen. Sie lesen BDSM-Erotik, obwohl darin alles rigoros verschleiert wird und ich nicht sicher bin, ob ich mich freiwillig der Gnade von einem Dutzend sexgeiler Siebzigjähriger ausliefern will, die eine Schwäche für Peitschen und Ballknebel haben.

Du fehlst mir wirklich sehr, schreibt sie noch, bevor sie endlich aufhört und den ganzen Schrieb durchstreicht, um von vorne anzufangen.

Der nächste Tag beginnt versmogt und bewölkt. Ihr Vater hat einen harten Morgen, darum lässt Fiona ihn am Küchentisch in seinem Bademantel sitzen und fährt die zwanzig Minuten zur Druckerei, um selbst aufzuschließen. Grillfest hatte recht, das Geschäft boomt nicht gerade – die Wahrheit ist, sie erzielen seit Jahren gerade so viel Gewinn, dass sie sich über Wasser halten können. Ihre Eltern haben das vernachlässigte Gebäude in Eagle Rock in den Neunzigern gekauft und mussten dann erleben, wie das Viertel ringsherum gentrifiziert wurde und in beängstigender Weise aufblühte. Jetzt gibt es allein in diesem Block drei verschiedene Fitnessstudios.

In dem vertrauten Geruch von Toner und umgewälzter Luft schaltet sie das Licht ein und fährt die Drucker und den Computer hoch. Sie haben zwei digitale Bestellungen, die heute rausmüssen, außerdem eine Reihe von Hochzeitseinladungen mit einem halben Dutzend kniffliger Bestandteile. Sie wird auf Richie warten müssen, um mit denen anzufangen, denn selbst nachdem sie ihrem Vater zwanzig Jahre zugesehen hat, kommt sie mit der Buchdruckmaschine nicht klar. Daher schaltet sie das Radio ein und öffnet eine Lieferung von der Papierfabrik, packt Cardstock nach Farbe und Gewicht geordnet in das Regal. Kurz bevor sie damit fertig ist, läutet die Türglocke. »Komme gleich!«, ruft sie und zerlegt den letzten Karton schwungvoll mit einem Cutter.

Als sie in den Kundenraum tritt, steht Sam Fox vor dem Ladentisch, eine Dodgers-Kappe tief ins Gesicht gezogen.

Im ersten Moment erstarrt sie. Dann macht sie kehrt und flüchtet in die Werkstatt, wo sie volle zehn Sekunden lang auf den Heidelberg starrt und ernsthaft erwägt, sich durch die Hintertür wegzustehlen und bis nach Mexiko zu fahren. Aber: Claudia. Also beißt sie stattdessen die Zähne zusammen und geht wieder in den Laden, wo Sam noch mit den Händen in den Taschen dasteht und den Kopf fragend zur Seite neigt.

»Hi«, sagt sie, als wäre er ein beliebiger Kunde und nicht ... was immer er nach all der Zeit für sie sein mag. Nichts, sagt sie sich bestimmt. Er ist nichts. »Kann ich etwas für dich tun?«

»Heilige Scheiße«, sagt er leise. Seine grünen Augen sind groß wie zwei sprachlose Monde. »Du bist es tatsächlich.«

Fiona runzelt die Stirn. »Was denn?«

Er zuckt die Schultern in seinem teuer aussehenden weißen T-Shirt. »Ich wollte nur ... Ich dachte, vielleicht ist das bloß ein Gerücht. Als sie meinten, dass du hier arbeitest.«

»Was?« Heilige Scheiße, sie kann es nicht fassen, was gerade passiert. Sie hat geglaubt, sie sei inzwischen unempfindlich gegen solche ätzenden Demütigungen und ihr Peinlichkeitsimpuls müsse irgendwann abgestumpft sein. Aber da hat sie sich gründlich geirrt. »Wer denn?«

»Äh ... niemand.« Sam schüttelt kleinlaut den Kopf. »Hi.«

Fiona atmet. »Hi«, sagt sie noch einmal. Sie stehen voreinander, jeder auf seiner Seite des Ladentischs, und blicken sich an. Sie hat ihn acht Jahre lang nicht gesehen, seit dem Abend der Cast-Party für seine letzte Staffel von *Birds*. Tatsächlich war das dann die letzte vollständige Staffel von *Birds*, endgültig, doch das wusste zu dem Zeitpunkt noch niemand. Es sollte noch ein paar Monate dauern, bis der Sender die Geduld verlor und den Stecker zog. »Willst du etwas kopieren lassen?«, fragt sie.

»Ich ... nein.« Sam schaut verwirrt. »Wieso?«

Herrgott noch mal. »Warum bist du hier?«

»Ich habe nach dir gesucht«, antwortet er, und kurz gerät ihr Herz ins Stocken. »Ich wollte mit dir über die Fortsetzung sprechen.«

Oh. »Oh.« Fiona beschwört sich, nicht die Schultern sinken zu lassen. Natürlich ist er deswegen hier. Wieso hat sie sich das nicht gleich gedacht, als sie ihn da stehen sah? Dass er hier aufkreuzt, haut sie irgendwie um, verwandelt sie wieder in die naive Begriffsstutzige, die sie mit siebzehn war. »Tja, die Fahrt hättest du dir sparen können«, verkündet sie. Irgendwie gelingt es ihr, mit fester Stimme zu sprechen. »Denn da gibt es nichts zu besprechen. Ich habe schon abgesagt.«

»Ja, das hörte ich.« Sam nickt. »Wie geht es dir?«, fragt er, nachdem er eine Sekunde zu lange gezögert hat. »Entschuldige, das hätte ich als Erstes fragen sollen.«

»Es geht mir gut.«

»Ja?« Er nimmt die Kappe ab und streicht sich durch seine dichten, verstrubbelten Haare. »Das ist gut. Ich weiß, du hattest eine Pechsträhne.«

Fiona stößt ein raues Lachen aus. »Eine Pechsträhne?« Plötzlich ist sie wütend: auf ihren Vater, weil er zu sehr neben der Spur ist, um sein Geschäft zu führen, und auf Richie, weil er wieder mal zu spät zur Arbeit kommt, und auf ihr treuloses Herz, weil es aufgeregt gegen die Rippen klopft, als wollte es hinausgelassen werden. Und wie immer auf Jamie. Und am meisten auf Sam. Sie spürt, dass ihre Wut nach außen dringt, leuchtend rot-orange. Man sollte damit Plakate drucken. »Das ist es, was du gehört hast?«

»Tut mir leid«, sagt Sam sofort – hebt beschwichtigend

die Hände und ist sichtlich beklommen, so als fürchtete er, sie könnte über den Ladentisch springen und ihm an die Kehle fahren. Sie ist zwei Mal wegen tätlichen Angriffs verhaftet worden. »Ich wollte nicht … äh …«

»Hey, Boss.« Richie kommt herein in Cargoshorts und Bob-Marley-T-Shirt und mit einem großen blauen Slurpee in der Hand. Einmal hat er erzählt, dass er zwei pro Tag trinkt, einen morgens und einen vor dem Schlafengehen, um runterzukommen. »Alles okay?«

Fiona nickt. »Klar, Richie«, sagt sie, sieht aber weiter Sam an. »Alles bestens.«

Richie zögert kurz, sein Blick saust zwischen ihnen hin und her, dann nickt er und geht in die Werkstatt. »Dein Bodyguard?«, fragt Sam, nachdem Richie außer Sicht ist.

»Ich bin mein eigener Bodyguard, danke.« Fiona spürt, dass sie ein wenig schlaffer wird, und fühlt sich plötzlich ausgelaugt. Das Wiedersehen hat sie sich immer anders vorgestellt. »Hör zu«, sagt sie schließlich. »Wenn du keine Kopien brauchst, dann lungerst du hier bloß herum, und das dulden wir nicht.«

Sam blickt auf das deutlich formulierte Schild an der Tür und sieht sie wieder an. »Habt ihr ein Problem mit Leuten, die herumlungern?«, fragt er.

Sie zieht die Brauen hoch. »Offensichtlich.«

»Oookay.« Suchend greift er in die Taschen seiner Jeans und befördert einen zerknitterten Kassenzettel vom Drugstore zutage. »Kann ich davon eine Kopie bekommen?«

Fiona nimmt ihn nicht an. »Das Minimum sind zehn pro Vorlage.«

Sam rollt die Augen. »Na schön, dann eben zehn.«

Sie reißt ihm den Kassenzettel aus der Hand und wirft

verstohlen einen Blick darauf, bevor sie ihn am Oberschenkel glattstreicht und auf die Glasplatte des Kopierers legt. Er ist von heute Morgen. Sam hat Kondome, einen Energieriegel von einer Hippie-Marke und ein Vitaminwasser in der Katerfrühstück-Geschmacksrichtung gekauft, was ihn als genau den Menschen darstellt, den Fiona immer in ihm vermutet hat. Schweigend stehen sie da, während das Gerät zu surren anfängt.

Als sie aufblickt, betrachtet er sie neugierig. »Du siehst anders aus«, bemerkt er ruhig.

Fiona zuckt am Kopierer mit den Schultern. Dabei fragt sie sich reflexhaft, ob er sie zum Vorteil oder zum Nachteil verändert findet, und sagt sich dann, dass es keine Rolle spielt. »Du siehst noch genauso aus.« Das ist offensichtlich eine freche Lüge. Sam war immer süß mit seinen dunklen Haaren und dem schiefen, scheuen Lächeln – sie erinnert sich, dass sie ihn kurz nach dem Serienstart im Wohnwagen der Maskenbildnerinnen im Spiegel betrachtete. Seine Augen waren geschlossen, die langen Wimpern warfen winzige Schatten auf seine Wangenknochen. Aber damals war er dem Teenageralter gerade erst entwachsen, hatte nichts auf den Rippen und Akne im Gesicht, die jeden Morgen in der Maske unter einer dicken Make-up-Schicht verschwand. Jetzt sieht er aus wie ein erwachsener Mann mit breiten Schultern und sonnengebräunten Unterarmen und Bartstoppeln, die Fiona von den verschlafenen Samstagmorgenfotos kennt, die er manchmal in seinen Instagram-Storys postet.

Nicht, dass sie sie liest.

Nun ja. Auf jeden Fall *folgt* sie ihm nicht auf Instagram, das steht fest.

»Warum willst du es nicht machen?«, fragt Sam, während seine Kopien eine nach der anderem im Auffangkorb landen und einen ordentlichen Stoß bilden. »Die neue Serie, meine ich.«

»Warum willst du?«

»Ich hab zuerst gefragt.«

Fiona seufzt laut und dreht sich zu ihm um. Pam, ihre alte Therapeutin, würde sie jetzt ermahnen, dass es nicht ihre Aufgabe ist, jeden dahergelaufenen Neugierigen über ihr Privatleben und ihre geistige Gesundheit aufzuklären. Trotzdem zählt sie die Gründe an den Fingern ab. »Ich stelle mich nicht mehr vor die Kamera. Ich habe kein Interesse mehr daran. Und nicht ohne Grund, denn Darcy Sinclair hat endlich aufgehört, vor meinem Haus zu warten und vielleicht ein Foto von mir zu kriegen, wie ich auf den Bürgersteig mache wie ein Tier oder was immer sie mir unterstellt.«

Das ist mehr, als sie eigentlich sagen wollte - egal zu wem, aber besonders zu Sam Fox mit seinen schmalen Hüften und der Equity-Card und den perfekt verblendeten Zähnen –, doch zu ihrer Überraschung scheint er das zu verstehen. »Das war bestimmt scheiße«, sagte er leise. »Das mit Darcys Website, meine ich.«

Fiona wendet sich wieder dem Kopierer zu und braucht unnötig lange, um das Original von der Glasscheibe zu nehmen. »War nicht so wild«, lügt sie. »Aber ich bin raus.«

»Hey, ich hab schon verstanden«, beteuert Sam. »Ich dachte nur, es könnte vielleicht Spaß machen, mehr nicht.«

Fiona schnaubt. »Ich denke, das Gegenteil wäre der Fall.«

»Ach, komm!«, protestiert er. »Wir hatten doch eine

schöne Zeit, oder? Du und ich und Thandie und ... wie hieß er noch, der kleine rotblonde Junge, der den Cousin spielte.«

»Echt jetzt?« Sie rollt die Augen. »Er heißt Max, und wir haben fünf Jahre mit ihm zusammen gedreht. Gott, du bist wirklich noch genauso idiotisch, wie du aussiehst, hm?«

Im ersten Moment wirkt Sam getroffen, was sie überrascht – sie hat ihn nie als jemanden gesehen, den man kränken kann –, doch dann blinzelt er, und der Gesichtsausdruck ist verschwunden. »Wahrscheinlich noch idiotischer«, räumt er ein, aber mit einem schiefen Lächeln, das sagt: Bin ich nicht charmant? »Aber ich meine es ernst. Ich finde, du solltest noch mal darüber nachdenken.«

»Werde ich. Bitte sehr.« Fiona reicht ihm die Kopien über den Ladentisch. Eigentlich sind sie ein bisschen unscharf, sieht sie jetzt. Wenn ihr Vater da wäre, würde er ihr auftragen, sie neu zu machen.

Sam sind die Kopien egal. »Behalte sie.« Er winkt ab und zieht mit der anderen Hand das Portemonnaie. »Was schulde ich dir?«

Fiona gibt den Betrag in die Kasse ein und zieht seine Debit-Karte durch das alte Lesegerät. Es ist sonderbar, seinen vollen Namen auf dem Plastik zu lesen. Das führt ihr vor Augen, dass er die ganze Zeit über irgendwo da draußen gewesen ist, etwas gekauft hat, gelebt hat. Als sie sie zurückgibt, streift sie seine Finger. Die Berührung zischt ihr den Arm hoch.

»Na gut«, sagt Sam schließlich, als er das Portemonnaie wegsteckt und seine dämliche Kappe geraderückt. »Ich musste es jedenfalls versuchen. Dann lasse ich dich jetzt mal weiterarbeiten.«

»Ja«, pflichtet Fiona ihm bei, obwohl offensichtlich kein

anderer Kunde ihre Aufmerksamkeit fordert. Trotzdem will sie Sam nicht ermutigen. Zumindest glaubt sie, dass sie das nicht tut. »Das sollte ich wohl.«

Sam lächelt sie noch einmal an, unbefangen und großzügig wie ein frisch gekrönter König. »Es war schön, dich zu sehen, Fee.«

Er verschwindet nach draußen, bevor Fiona entscheiden kann, ob es auch schön war, ihn zu sehen.

Sam

Tja, okay, denkt Sam, als er vor der Druckerei vom Bordstein wegfährt. Dann wird das also nichts. Was für ihn in Ordnung ist. Er wollte das sowieso nicht. Wer will schon die zweite Geige in einer aufgewärmten Serie spielen, die sie vor einer Ewigkeit gedreht haben? Er versucht, sich weiterzuentwickeln, nicht zurück.

Den restlichen Nachmittag bereitet er sich auf das Vorsprechen vor und versucht, nicht an Fiona zu denken. Sie nach der langen Zeit wiederzusehen hat ihn umgehauen. Was nicht heißt, dass sie nicht gut aussah. Sie sah sogar unglaublich gut aus, die dunklen Augen und markanten Wangenknochen, die langen gebräunten Glieder. Sie hat in einer Weise zugenommen, die ihn an die Mädchen zu Hause in Wisconsin erinnert – die ausgeprägten Kurven, der runde Hintern in ihrer Jeans.

Was für ihn unwichtig ist, sagt er sich und wendet sich seinem Skript wieder zu. Er will für einen halbstündigen Comedy-Pilotfilm vorsprechen, in dem zwei frisch Verheiratete wieder bei den Eltern des Typen einziehen müssen, nachdem sein Start-up in Konkurs gegangen ist. Der Text ist total billig und enthält mindestens zwei Witze, bei denen Sam sich definitiv unwohl fühlt, aber es geht um die Hauptrolle. Also bereitet er sich genauso sorgfältig vor wie bei den tausend anderen Malen, seit er vor fünfzehn Jahren nach L.A. gezogen ist. Er erinnert sich noch an seinen ersten Tag am Set von *Birds of California*, wie sein Herz stolperte, als er ihre Namen an den Türen der Wohnwagen las: Sam Fox, Jamie Hartley, Fiona St. James.

Scheiße. Er sollte wirklich aufhören, an Fiona zu denken.

Er wiederholt seinen Text, bügelt sein Hemd, stylt eine Weile seine Haare. Ein bisschen macht er sich Sorgen, sie könnten dünner werden, obwohl er erst einunddreißig ist. »Hi«, sagt er, als er endlich zufrieden ist, und setzt sein charismatisches Lächeln auf. Er hofft, dass der Besetzungschef mehr von ihm angetan ist als gewisse andere Leute. »Ich bin Sam Fox.«

Beim Vorsprechen macht er einen ganz guten Eindruck, denkt er, allerdings kann er nach all der Zeit immer noch nicht wirklich einschätzen, was die da hinter dem Klapptisch denken. Zumindest ist er optimistisch. Hinterher textet er Erin vom Auto aus, um zu hören, ob sie sich am gewohnten Ort auf einen Kaffee treffen will.

Kann nicht, schreibt sie zurück. *Dinner mit der Hipsterbrillenfrau.*

Sam sendet ihr einige krasse Emojis, um mitzuteilen: Hoffe, du wirst flachgelegt. Dabei versucht er zu ignorieren, wie einsam er sich plötzlich fühlt. Denn wenn er wirklich Gesellschaft haben wollte, könnte er mindestens ein Dutzend Leute kontaktieren. Doch viele seiner hiesigen Freunde wollen immer nur über die Arbeit reden. Sie würden ihm erzählen, wer für was engagiert wurde, und ihn fragen, was er jetzt tun will, nachdem seine Serie abgesetzt wurde, und das will er heute Abend nicht.

Er denkt wieder an Fiona, aber das kommt ihm gefährlich vor. Deshalb guckt er einen Porno und schläft dabei auf seiner Couch ein. Als er aufwacht, summt sein Handy auf dem Kissen neben seinem Gesicht, auf dem Display ein Foto seines Bruders Adam mit einem Käsehut auf dem Kopf. Die Homepage der Pornoseite ist noch auf dem Computer, eine Pop-up-Werbung für ein irritierendes Computerspiel dudelt in einem fort.

»Hab ich dich geweckt?«, fragt Adam, als er den Anruf annimmt. »Du klingst verschlafen.«

»Was?« Sam blinzelt und sieht einen Moment lang zu, wie die Cartoon-Titten wackeln, ohne dass er das eigentlich will. Er klappt den Laptop zu und schiebt ihn unter die Couch. »Nein.«

Adam glaubt ihm nicht. »Ist es bei euch nicht neunzehn Uhr?«

»Ich habe nicht geschlafen.«

»Okay«, sagt Adam. »Tut mir leid wegen deiner Serie.«

»Das ist nicht weiter schlimm«, behauptet Sam automatisch. Weil er derjenige ist, der es geschafft hat, von zu Hause wegzukommen, ist es seine Aufgabe, sich nicht über sein Leben in L.A. zu beklagen und stattdessen so zu tun, als würde er sich ständig in Filmkreisen bewegen, Partys und Filmpremieren feiern und die Handabdrücke der Stars vor dem Chinese Theater durchprobieren. Er erzählt Mutter und Bruder nicht von den Regisseuren, die sich nie zurückmelden, und auch nicht von dem Thanksgiving, das er mit indischem Lieferessen allein verbracht hat, weil Erin zu ihrer Familie nach Corpus Christi geflogen ist und er zu stolz war, um Russ zu besuchen. Er erzählt ihnen auch ganz bestimmt nichts über sein Kreditkartenkonto.

»Kommst du finanziell klar?«, fragt Adam jetzt.

»Ich ... was?« Sam braucht eine Sekunde, um zu begreifen, dass Adam das fragt, weil die Serie abgesetzt wurde, und nicht, weil er Sams Gedanken gehört oder seinen Kontostand gesehen hat. »Ja, na klar.« Er räuspert sich und streicht sich schläfrig benommen übers Gesicht. »Wie war dein Tag?«

»Ganz gut«, sagt Adam. »Obwohl Benson gerade in die Abteilung Computerkriminalität versetzt wurde, weil es zwischen ihr und Stabler zu kompliziert wurde.«

»Tja, Scheiße«, sagt Sam. Seine Mutter und sein Bruder ziehen sich nach und nach alle neunundsiebzig Folgen von *Law and Order: Special Victims Unit* rein, während Krankenschwestern ihr Gift in die Adern tröpfeln, damit ihr Tumor genügend schrumpft und sie operiert werden kann. Wenn er daran denkt, hat er das Gefühl, keine Luft mehr zu bekommen, und darum blendet er das möglichst aus. Doch häufiger, als er zugeben möchte, wacht er mitten in der Nacht schweißgebadet auf und nimmt sich vor, von jetzt an ein besserer Sohn zu sein. »Du meinst, sie kommt wieder zurück?«

»Irgendwie schon.«

Sam stemmt sich von der Couch hoch, nimmt sich ein Glas Leitungswasser, um den Bier- und Schlafgeschmack aus dem Mund zu spülen. »Apropos«, sagt er. »Habe ich schon erwähnt, dass die neue Folgen von *Birds* drehen wollen?«

»Ja, hab deine SMS gelesen«, sagt Adam. »Ist das denn sicher?«

»Nein, eigentlich nicht«, gesteht Sam. »Sie warten wohl noch, dass Fiona unterschreibt.«

»O Mann«, sagt Adam, und Sam hört sein Grinsen heraus. »Fiona St. James. An die habe ich nicht mehr gedacht, seit sie mit dem Krokodil abgelichtet wurde.«

Sam leert das Glas mit einem großen Schluck. »Ich glaube, es war ein Gila-Tier.«

»Das weißt du besser als ich, Alter.« Adam lacht.

Sam runzelt die Stirn. »Was soll das heißen?«

»Du bist derjenige, der sie kennt. Und ihr beide hattet was am Laufen, nicht?«

»Äh, nee«, widerspricht Sam sofort. Er hat keine Ahnung, warum Adam das denkt. Scheiße, denken andere das etwa auch? Hält man ihn in seiner Heimatstadt für einen der tausend quasi-berühmten Typen, die Fiona St. James auf ihrem Oregon Trail durch die Boulevardblätter bumste? »Hatten wir definitiv nicht.«

Adam scheint das nicht weiter zu kümmern. »Das war ein starkes Poster«, meint er. »Mein Freund Kyle hatte das an seiner Wand in der Highschool, und wir haben alle reihum ...«

Sam zuckt zusammen. »Okay, hab schon verstanden.« Er hat sich das Heft damals auch gekauft, als es rauskam, wie jeder – obwohl die Fotos das Erste sind, was erscheint, wenn man Fiona googelt. Doch jetzt löst das bei ihm vage Schamgefühle aus, und damit will er sich lieber nicht befassen. Schließlich kann er nichts dafür, dass sie damals den Verstand verlor und mehr oder weniger nackt mit einem Reptil posierte.

»Jedenfalls wird daraus wahrscheinlich nichts«, sagt er jetzt und reibt sich den Hinterkopf. Er fühlt sich verkatert, obwohl er gar nicht so viel getrunken hat. »Aus der Fortsetzung, meine ich.« Er weiß nicht, warum er Adam das überhaupt erzählt, denn sie stehen sich nicht besonders nahe, aber aus irgendeinem Grund möchte er noch ein bisschen länger über Fiona reden. »Ich war bei ihr und habe mit ihr darüber geredet. Sie wollte sich nicht weiter mit mir abgeben.«

»Na, da hast du noch mal Glück gehabt«, meint Adam. »Oder?«

»Klar«, sagt Sam, doch so empfindet er das nicht. Tatsächlich kommt es ihm vor, als wäre er wegen einer Rolle hingegangen, die er haben wollte, und hätte es vergeigt. »Wahrscheinlich.«

Er legt auf und holt sich noch ein Bier aus dem Kühlschrank. Er öffnet YouTube auf dem Handy, tippt Fionas Name in die Suchleiste und erhält sofort eine Liste öffentlicher Peinlichkeiten, die so lang und vielseitig ist, dass die Speisekarte der Cheesecake Factory dagegen wie ein Vorbild an Selbstbeschränkung erscheint:

> Fiona St. James beschimpft Fotografen vor Hotel in Santa Monica
> Fiona St. James klaut Aufnahmen von Sicherheitskamera
> Fiona St. James betrunken bei **Ellen** (ganzes Interview)

Sam zögert mit dem Daumen über dem Display:

> UNZENSIERT Fiona St. James entblößt ihre Brüste aus dem fahrenden Auto!!!

Dann wirft er das Handy auf die Couch, wo es eine Weile liegen bleibt, bis es summt, weil von Russ eine Nachricht eingeht. Sieht so aus, als würden die Jungvermählten an uns vorbeigehen, berichtet er. Wir kriegen sie nächstes Mal!

Und bevor Sam antworten kann: Bei Riley Bird Glück gehabt?

Sam streicht sich über den Hinterkopf und überlegt. Er erinnert sich noch an ihre Hände in seinen Haaren, damals bei der Cast-Party. Er weiß noch, wie der Neonstreifen in ihren Haaren unter den Scheinwerfern am Set leuchtete. Er denkt selten mal an jene Zeit zurück, aber jetzt scheint alles in grellem Technicolor zurückzukommen: die Hitze auf der Tonbühne und die festen, zähen Bagel am Cateringbüffet und wie aufgeregt er war, weil er ins Fernsehen kommen würde. Er erinnert sich, dass er während der zweiten oder dritten Staffel von *Birds* an einer Szene mit Fiona arbeitete. Ihre Figur hatte seine angerufen, damit er sie bei einer Party abholt, und sie beide saßen auf der Motorhaube eines Wagens und unterhielten sich indirekt über Gruppenzwang. Die ganze Szene war kitschig, sowohl im Nachhinein betrachtet als auch in dem Moment, doch er war damals überrascht, wie ernst sie das nahm, wie viel Mühe sie sich gab, es richtig zu machen. Wenn er eine Zeile passend fand, wiederholte er sie bei jedem Take genau gleich, doch Fiona spielte sie jedes Mal anders - betonte andere Wörter, probierte einen anderen Gesichtsausdruck aus oder änderte die Körperhaltung.

»Und Cut«, rief die Regisseurin schließlich und setzte die Kopfhörer ab. In der Woche hatten sie eine neue, eine Frau in Doc Martens, die an der Ostküste zwei Indie-Filme gedreht hatte. Nach einigen Tagen war ihm klar, dass Jamie sie nicht besonders gut leiden konnte. Sie war bisher anstrengend gewesen, klar, allerdings war Jamie auch anstrengend. Deshalb glaubte Sam nicht, dass da das Problem lag. »Klopft Susan dir genauso oft auf den Hintern wie mir?«, hatte Jamie Sam zugeraunt, als sie eine Weile zuvor zusammen den Flur entlanggingen, und obwohl Sam tatsächlich dachte, Susan sei in Ordnung, hatte er gelacht, weil es ihm gefiel, dass Jamie ihm etwas anvertraute, selbst wenn das Anvertraute ein wenig unpassend erschien.

Susan kam durch den Set zu dem Wagen, auf dem er und Fiona saßen und auf Anweisung warteten, ob sie fertig waren. »Gute Arbeit, Leute«, sagte sie, dann wandte sie sich Fiona zu. »Und du bist unglaublich.«

Sam achtete auf seine Reaktion – er war tatsächlich neidisch und verärgert und fühlte sich übersehen, aber gleichzeitig war er, als er zu Fiona blickte und sie mit schüchtern eingezogenem Kopf sah, vor allem von ihr beeindruckt, so als könnte er von ihr noch etwas lernen. Er überlegte, was sie wohl mal tun würde, wenn all das vorbei wäre. Was immer es war, er würde es wohl sehen wollen.

Jetzt blickt er auf die Nachricht von Russ, auf die seine Antwort noch aussteht. Hab sie noch nicht erreicht, schreibt er rasch und tippt auf Senden, bevor er es sich anders überlegen kann. Versuche es morgen noch mal.

Es ist erschreckend leicht für ihn, ihre Adresse herauszufinden. Tatsächlich hat er deswegen ein wenig Angst um sie. Am nächsten Morgen ruft er in ihrer alten Agentur an und flirtet eine Weile mit der Assistentin, und ehe er sich versieht, gibt er eine Adresse im Valley in die Suchleiste im Handy ein. Das GPS gibt eifrig Anweisungen.

Doch als er an den Bordstein fährt, denkt er im ersten Moment, dass er an der falschen Adresse ist, dass sie nur als Attrappe dient: Es ist ein einstöckiges, bescheidenes Backsteinhaus mit einem verkümmerten Rasen davor und einer violetten Gartenkugel auf einem Sockel neben dem breiten Fenster. Damals in ihrer gemeinsamen Zeit hat er sich immer vorgestellt, Fiona würde eines Tages in einem großen Haus in einer bewachten Wohnanlage in Brentwood leben, wo ein Springbrunnen im Vorgarten steht und tausend Kinderfrauen und Köche und Trainer herumlaufen. Das Auto in der Einfahrt ist wenigstens sechs, sieben Jahre alt.

Er löst den Sicherheitsgut um die Paradiesvogelpflanze auf dem Beifahrersitz und trägt sie auf eine Hüfte gestützt den Weg zum Haus entlang. Er klingelt. Niemand kommt zur Tür. Er klingelt noch einmal, aber im Haus bleibt es dunkel. Gerade will er aufgeben, als ein Hund zu bellen anfängt. Im nächsten Moment kommt ein Pitbull um die Hausecke gerast, der wegen seiner breiten Schultern bei den L.A. Rams als Verteidiger spielen könnte.

Sam lässt beinahe die Topfpflanze fallen. »Scheiße«, zischt er und wappnet sich gegen den Aufprall. Das ist typisch Fiona St. James, dass sie auch noch einen furchteinflößenden Wachhund hat. Jetzt hat er ein Problem, denkt er. Wer wird ihn mit Narbengesicht und fehlenden Fingern für einen Film engagieren? Er wird den verdammten Text von *Phantom der Oper* lernen müssen.

»Brando!«, schreit eine Frau vom Nachbarhaus. »Brando, nein!« Und plötzlich ist sie da, kommt aus dem hinteren Garten mit einem Dutt und in abgeschnittenen Jeans. Der Hund wirft sich sofort auf den Boden, dreht sich auf den Rücken und schubbert sich genüsslich an dem vertrockneten Gras.

»Ach, du bist es«, sagt Sam und winkt ihr zu.

Fiona bleibt abrupt stehen, als sie ihn sieht, und starrt ihn mit leicht geöffnetem Mund an. In der Sekunde, bevor sie ein erbostes Gesicht zieht, sieht er ihr an, dass sie über sein Erscheinen nicht *restlos* unglücklich ist.

Weitgehend unglücklich, sicher.

Aber nicht restlos.

Und Sam?

Sam kann damit arbeiten.

»Wir müssen aufhören, uns auf diese Weise zu treffen«, sagt sie. Sie trägt ein weißes Trägerhemd über einem schwarzen Sport-BH und steht barfuß auf den Zementplatten. Sam ist sehr darauf bedacht, ihr ins Gesicht zu sehen.

»Zuerst wollte ich anrufen, aber ich dachte, du gehst vielleicht nicht ran.«

»Sehr scharfsichtig«, sagt sie. Dann blickt sie an seinem Kopf vorbei und macht ein entsetztes Gesicht. »Ist das dein Wagen?«

Sam dreht sich um und schaut zu seinem glänzenden, frisch gewaschenen Tesla. »Ja?«

Fiona öffnet den Mund, um etwas zu sagen, scheint sich aber bewusst dagegen zu entscheiden und deutet mit dem Kinn auf die Topfpflanze in seinem Arm. »Und was ist das?«

»Oh!« Er hält sie ihr hin. »Das ist eine Paradiesvogelblume. Meine Mutter würde mir den Kopf abreißen, wenn sie wüsste, dass ich jemanden mit leeren Händen besuche. Also, das nennt sich Wisconsingruß. Na, jedenfalls nennt meine Mom es so. Wir sind aus Milwaukee. Kann sein, dass das im Urban Dictionary eine andere Bedeutung hat.«

Er plappert. Scheiße, ist er nervös. Warum ist er nervös? Er war gestern nicht nervös. Fiona sieht ihn mit großen Augen an, und ein Ausdruck huscht über ihr Gesicht, den er von ihr noch nicht kennt. »Du bringst mir eine Pflanze mit?«, fragt sie leise.

»Ja«, räumt er ein.

»Fiona, Schatz?«, ruft jemand vom Garten her. »Wer ist es?«

Fiona strafft die Schultern. »Niemand!«, ruft sie zurück.

»Autsch«, sagt Sam. In dem Moment kommt eine Frau nach vorn gehumpelt. Sie ist in den Siebzigern und hat zusammengerollte Küchentücher zwischen die Zehen gewunden, deren Nägel frisch lackiert sind. Eine Teenagerin im Seidenpyjama folgt ihr auf den Fersen.

»Es klingt nicht, als ob du mit niemandem ... oh!« Die alte Dame hält an, sowie sie ihn sieht, nimmt sofort die Schultern zurück und schiebt eine Hüfte vor. »Hallo«, grüßt sie und wendet sich an Fiona. »Wer ist dein Gast?«

Fiona seufzt theatralisch. »Das ist Sam. Er geht gleich wieder.«

»Ich bringe ihr eine Topfpflanze«, erklärt Sam. Er lächelt das Mädchen an – Fionas Schwester, erkennt er plötzlich und zieht ihren Namen in einem bravourösen Augenblick aus den nebligen Tiefen seines Gedächtnisses. »Claudia, stimmt's?«

Fiona fährt ihn an: »Woher weißt du ihren Namen? An Max konntest du dich nicht erinnern, aber an meine kleine Schwester? Was bist du? Ein Perverser?«

»Fiona«, sagt die Frau milde tadelnd und streckt ihm eine manikürte Hand hin, als erwarte sie von Sam einen Kuss. »Estelle Halliday.«

»Sam Fox«, sagt Sam und drückt die Lippen auf ihre Knöchel.

»Oh, das wissen wir«, sagt Estelle, während Fiona hörbar verärgert mit der Zunge schnalzt. »Wir sind große Fans Ihrer Serie.«

»Die man in die Tonne getreten hat«, klärt Fiona sie unverblümt auf.

Estelle reißt die Augen auf. »Fiona!«

»Tja, es ist aber wahr.« Sie wendet sich Sam wieder zu. »Deshalb bist du gestern zur Druckerei gekommen. Und deshalb kommst du auch jetzt hierher.«

»Er war im Geschäft?«, fragt Claudia mit großen Augen.

Fiona reißt sich das Haargummi aus ihrem großen Dutt, schüttelt die Haare nach vorn, reibt sich kurz die Kopfhaut und reißt den Kopf so rasch wieder hoch, dass Sam von den hochschnellenden Haaren gestreift wird. »Sie wollen *Birds* fortsetzen«, verkündet sie.

Claudia und Estelle erschrecken. Auf ihren Gesichtern malt sich der gleiche Ausdruck ab, nur mit sechzig Jahren Altersunterschied. »Wirklich?«, fragt Estelle leise.

»Warum hast du nichts gesagt?«, will Claudia wissen.

»Weil ich da nicht mitmache. Und das habe ich denen auch schon gesagt.« Sie wendet sich Sam zu. »Liege ich falsch?«, fragt sie hart und fordernd. »Bist du nicht deshalb hergekommen?«

Sam starrt sie an, obwohl er das eigentlich nicht will. Sie hat eine lange, lockige Löwenmähne, dunkelblonde ... Filmstarhaare, denkt er. Ihre Augen leuchten wie glühende Kohlen. »Ich bin hier, um zu fragen, ob du mit mir Mittagessen gehst«, hört er sich sagen.

Fiona schnappt nach Luft. Er sieht ihren Puls unter

der zarten verletzlichen Haut am Hals pochen. »Ich kann nicht«, entscheidet sie rundweg, und im selben Moment sagt Estelle: »Das wird sie liebend gern.«

Fiona sieht sie böse an. »Ich habe einiges zu erledigen. Ich wollte gerade gehen.«

»Was musst du denn erledigen?«, will Estelle wissen.

»Kostüme kaufen«, antwortet Fiona sofort und ist erleichtert, weil ihr das eingefallen ist. »Für die Aufführung.«

»Na, das ist doch etwas, was ihr zusammen tun könnt.« Estelle wendet sich ihm zu. »Sie führt bei einem Stück Regie«, erzählt sie. »Und tritt auch darin auf! Die Leute haben noch nicht begriffen, wie groß ihr Talent ist.«

»Estelle«, sagt Fiona. »Herrgott noch mal.«

»Aber das stimmt doch!«

»Das stimmt«, pflichtet Sam bei. »Und ich gehe sehr gern mit.«

»Nicht nötig.« Fiona hebt eine Hand. »Ich komme schon klar.«

»Es wäre sicher nützlich, jemanden bei sich zu haben«, sagt Estelle nüchtern. »Jemand, der die schweren Sachen trägt.«

»Ich trage gern schwere Sachen.« Sam hebt demonstrativ die Topfpflanze an. »Ich überlege sogar, mir einen Job als Hausbursche im Beverly Hills Hotel zu besorgen.« Er zieht die Brauen hoch. »Jetzt, da sie meine Serie in die Tonne getreten haben.«

Fionas Mund macht etwas, das vielleicht ein Lächeln sein könnte, und daran erkennt Sam, dass er sie hat. »Na schön«, sagt sie, nimmt ihm die Pflanze ab, drückt sie ihrer Schwester in den Arm und wischt sich die Hände am Hosenboden ab. »Lass uns gehen.«

Fiona

Okay«, sagt Fiona eine halbe Stunde später und sieht ihn augenrollend an, als sie eine hässliche Tischlampe umdreht, um auf das Preisschild zu blicken. »Kannst du das bitte lassen?«

»Was lassen?«, fragt Sam. Sie stehen in der Haushaltswarenabteilung eines Goodwill in einem Außenbezirk von Hollywood, umgeben von den ausrangierten Sachen anderer Leute.

»So erhaben hin und her zu gondeln«, sagt Fiona. Sie stellt die Lampe wieder hin und geht in die Hocke, um einen wacklig wirkenden Beistelltisch zu untersuchen. »Nicht jeder von uns legt es darauf an, um ein Autogramm gebeten zu werden.«

Sam runzelt die Stirn. »Ich gondele nicht«, beteuert er ein wenig gekränkt. »Das ist mein normaler Gang.«

»Es ist nicht nur deine Art zu gehen.« Sie richtet sich wieder auf. »Es ist auch dein ganzes …« Sie deutet vage auf sein Äußeres. Er trägt dunkle Jeans, teuer aussehende Schnürstiefel, die für L.A. zu warm sind, und ein Chambray-Hemd mit aufgekrempelten Ärmeln. Eine Sonnenbrille, die wahrscheinlich so viel gekostet hat wie ihr Auto, hängt eingehakt im Ausschnitt seines demonstrativ aufgeknöpften Kragens. »Ach, vergiss es.«

Sam folgt ihr den Gang entlang an dem Wandschmuck vorbei, wo auf einem wackligen Metallregal ein halbes Dutzend »Leben Lachen Lieben«-Bilder wie Dominosteine kippgefährdet aneinander lehnen. »Und jeder, der behauptet, dass er nicht um Autogramme gebeten werden will, lügt. Man tut nicht, was wir tun, wenn man nicht um ein Autogramm gebeten werden will.«

»Was *du* tust«, korrigiert Fiona.

Doch Sam schüttelt den Kopf. »Netter Versuch.« Er legt sich einen Makraméwandbehang um die Schultern wie eine Stola. »Wenn man unberücksichtigt lässt, dass du offenbar heimlich schauspielerst.«

Darauf weiß Fiona keine Antwort, doch zum Glück erwartet Sam auch keine. Er legt den Wandbehang an seinen Platz zurück und schlendert zum Büromaterial, wo vor allem leere Schachteln von langen Briefumschlägen und Aktenordner mit abgerissenen Klebeschildern stehen. »Wieso riecht es in allen Goodwills gleich?«, fragt er sich laut.

»Wut und zerstörte Träume«, sagt Fiona und sieht ihn von der Seite an. »Warst du überhaupt schon in so vielen Goodwills?«

»Tatsächlich ja.« Sam gibt das ohne Zögern zu und zuckt mit den Schultern. »Zumindest bevor ich anfing, für Werbeanzeigen zu modeln.«

Das überrascht sie. Fiona dachte immer, er stamme aus einer reichen Familiendynastie im Mittleren Westen, sein Vater mache in Stahl oder Öl oder dergleichen und sie hätten Jahreskarten für die Green Bay Packers. »Wann war das?«

»Als ich zehn war. Oder vielleicht neun? Ich hatte das richtige Aussehen für Schulklamotten.«

»Das hast du noch immer.«

»Danke.«

»Wie kommst du darauf, dass das ein Kompliment war?«

»Weil dein Ton nett war.«

»War er das?«

»Ja«, sagt er selbstbewusst, und ehe Fiona eine gute Erwiderung einfällt, stößt er ein lautes Lachen aus. »Heilige Scheiße«, kräht er ungläubig. »Sieh dir das an.«

»Was?«, fragt Fiona voller Grauen. Bei Goodwill stößt man mitunter auf böse Überraschungen. Einmal hat sie in der Tasche einer Häkelstrickjacke, die sie für *Arsen und Spitzenhäubchen* kaufte, ein Mäusenest mit Jungen gefunden.

Doch als er sich zu ihr umdreht, grinst er. »Ach, nichts«, flötet er und hält ein – du meine Güte – *Birds-of-California*-Federmäppchen hoch. Es ist leuchtend pink, hat einen gelben Reißverschluss und auf der Vorderseite ein grelles Cartoon-Porträt von Fiona mit einem hellgrünen Papagei auf ihrer Schulter. »Ich überlege nur gerade, wofür ich diesen Schatz benutzen könnte.«

Fiona schnaubt. »Gib mir das«, fordert sie und greift danach, doch Sam reißt es weg, hält es über seinen Kopf und wirft es von einer Hand in die andere, als spielten sie Neckball auf dem Schulhof. Er ist viel größer als in ihrer Erinnerung, und von Nahem riecht er nach Rasierwasser und Deo und ein bisschen nach Schweiß.

»Die Antwort ist natürlich: Gras und Papierchen«, sagt er nachdenklich und hält das Federmäppchen hoch wie die Flagge eines Landes, in dem sie in einem anderen Leben gewohnt haben. »Aber das fühlt sich fast zu einfach an. Sicher können wir das besser.«

»Oh, du bist super witzig.«

»Kostet nur neunundneunzig Cent«, berichtet er fröhlich. »Ein Schnäppchen zum doppelten Preis.«

Fiona wendet sich kopfschüttelnd ab und schiebt den Einkaufswagen Richtung Damenbekleidung. Soll er das Ding doch haben. Besser, als ihn merken zu lassen, dass es ihr etwas ausmacht. Bei dem bloßen Gedanken, dass es noch *Birds-of-California*-Schnickschnack gibt - der sich in Second-Hand-Läden und auf Mülldeponien anhäuft, in Plastikboxen im Keller von Elternhäusern schmort und zur Erderwärmung beiträgt -, möchte sie sich die Haut abreißen wie alte Tapete. »Gibt es da auch *Heart-Surgeon*-Zeug? Katheter mit deinem Konterfei?«

»Bettpfannen vielleicht«, sagt Sam und trabt hinter ihr her. »Ich habe einen Lizenzvertrag unterschrieben. Wenn es solche gibt, sollte ich vermutlich zuschlagen. Das werden mal Sammlerobjekte.«

Fiona brummt. »Bist du deswegen deprimiert?« Sie muss ihn das fragen. »Wegen deiner Serie?« Sie hängt einen ausgestellten Rock und eine Rüschenbluse über den Rand des Einkaufswagens.

Sam zuckt mit den Schultern. »Ja, natürlich.« Er zieht eine Truckermütze mit dem Logo der San Francisco 49ers aus einem Korb und modelt damit lässig vor einem Spiegel. »Ich mochte die Leute, mit denen ich arbeitete. Außerdem ist es schwer, sich nicht verantwortlich zu fühlen, weißt du? Niemand will der Grund dafür sein, wenn eine ganze Crew entlassen wird.« Darauf blickt er sie an und wird blass. »Ich meine …«

Fiona grinst höhnisch, obwohl seine Bemerkung auch ein bisschen wehtut. Doch sie weiß, dass es wahr ist. Jamie sagte zu ihr etwas Ähnliches, nachdem sie so viele unanständige Dinge in der Öffentlichkeit getan hatte und *Birds* deswegen aus dem Programm gestrichen wurde. »Begreifst du, was du da getan hast?«, fragte er. Unter seinen Bartstoppeln bekam er vor Wut rote Flecke, und in einem Mundwinkel hing ein Speicheltropfen. »Du hast auf das Leben vieler hart arbeitender Leute geschissen.« Sie war zu der Zeit zwanzig Jahre alt.

»Du wirst Läuse kriegen«, sagt sie jetzt, zieht Sam die Mütze vom Kopf, legt sie ins Regal zurück, überlegt es sich im letzten Moment anders und wirft sie in den Einkaufswagen. Sie wird sie desinfizieren und in die Waschmaschine stecken. Claudia wird sie gefallen. »Komm, lass uns gehen.«

Sam folgt ihr zur Kasse. »Jedenfalls versuche ich, das als Chance zu betrachten. Du weißt schon, um Rollen zu übernehmen, die ich schon immer mal haben wollte.«

»Shakespeare?«, fragt Fiona trocken.

»Pornos«, erwidert er, dann dreht er sich um und lächelt die Kassiererin breit an, die ihn mit großen Augen anstarrt.

»Ich möchte dieses großartige Federmäppchen kaufen, bitte.«

Fiona senkt den Kopf, um ihr Grinsen zu verbergen.

»Hast du Hunger?«, fragt Sam, als er den Einkaufswagen über den Parkplatz schiebt. Eins der Räder ist verbogen und dreht sich kreischend auf dem rissigen Asphalt. Am Ende hat Fiona fast alles bekommen, was sie braucht: eine Aktentasche für Larry und passende Weihnachtsklamotten für die Kinder, zwei hässliche Gemälde für die Wohnzimmerkulisse. Ihre Mutter hat ihr den Tipp gegeben, Gebrauchtes in teuren Wohngegenden zu kaufen, und damit hat sie einmal etwas Nützliches getan. »Wir könnten einen Happen essen gehen.«

Fiona zögert. Einerseits hat sie immer Hunger, andererseits soll er nicht denken ... ach, egal. »Wo?«, fragt sie ausweichend.

»Pink's?«

Fiona schnaubt. »Warum? Damit wir in der sengenden Sonne in der Warteschlange stehen müssen und die Leute uns zusammen fotografieren, sodass jeder denkt, ich hätte mich für die Serie verpflichtet, und ich irgendwann sage: Na gut, dann kann ich ebenso gut zusagen?«

Sam sieht sie an, als wäre sie nicht ganz gescheit. »Ich habe das vorgeschlagen, weil ich Hotdogs mag«, erwidert er ruhig. »Aber ich stimme dir zu, das wäre ein guter Trick gewesen.«

Fiona sieht ihn misstrauisch an. Sie ist in Versuchung und wehrt sich dagegen. Seine Augen sind sehr, sehr grün.

»Ich weiß, wo wir hingehen können«, sagt sie.

Sie führt ihn zu einem Diner auf dem Pico Boulevard, einem altmodischen Ostküsten-Griechen mit ausgefransten Kunstledersitzbänken und Musikautomaten an der Wand neben jedem Tisch, die so aktuelle Hits bieten wie *Where Have All the Cowboys Gone?* Hinter der Ladentheke hängen tausend verschiedene Cocktailgläser in einem Gestell unter der Decke.

»Ich frage mich immer, wer in solch ein Diner geht, um sich volllaufen zu lassen.« Sam schaut skeptisch zu den staubigen Flaschen mit Crème de Menthe und Sambuca. »Also, einmal Rührei und einen Rusty Nail, bitte?«

Fiona zuckt mit den Schultern. »Hört sich für mich nach einem ausgewogenen Frühstück an.«

In dem Moment erscheint die Kellnerin. Sie trägt vernünftige Turnschuhe, ein Namensschild an der Brust, auf dem *Karen* steht, und einen grau melierten Dutt im Nacken. »Hi, Karen.« Sam lächelt und flirtet mit ihr, bis sie errötet wie ein Teenager und ihren blassen Mund hinter dem Bestellblock verbirgt. Fiona rollt die Augen und bestellt sich ein Patty Melt mit Pommes frites, Sam nimmt kalten gebratenen Lachs auf grünem Gemüse.

»Augenblick mal.« Fiona hebt eine Hand. »Entschuldige. Was ist aus deiner Liebe zu Hotdogs geworden?«

»Soll das ein Witz sein?« Sam grinst. »Ich habe seit sechs Jahren keinen Hotdog mehr gegessen.« Unter dem Tisch stößt er ihren Fuß an und zwinkert. »Aber das war ein guter Plan, stimmt's? Der Pink's-Vorschlag.«

»O mein Gott.« Fiona schüttelt den Kopf und hofft, dass sie ungehaltener wirkt, als sie tatsächlich ist. »Ich gehe.«

»Du gehst nicht. Karen«, sagt Sam völlig unbeeindruckt, »könnten wir bitte auch einen Hotdog mit allem Drum und Dran bekommen?«

Karen lächelt verträumt. »Aber sicher, ihr Süßen.«

Nachdem die Kellnerin gegangen ist, lehnt Fiona sich zurück und verschränkt die Arme. »Darf ich dich mal was fragen? Wieso nimmst du an, dass dich jede Frau charmant findet?«

Er zuckt mit den Schultern. »Hauptsächlich aufgrund meiner Erfahrung. Kann ich dich auch was fragen?«

»Lieber nicht.«

Sam geht darüber hinweg. »Du bist ans Telefon gegangen, richtig?«

Fiona nimmt sich eine saure Gurke aus dem Schälchen auf dem Tisch und beißt hinein. Das war ein Fehler – die

Gurke schmeckt nach eingemachtem Knoblauch und abgestandenem Wasser, labbrig und traurig. »Und?«, fragt sie, sobald sie geschluckt hat.

»Als deine Agentin wegen der Fortsetzung anrief, bist du rangegangen. Also musst du doch noch ein kleines bisschen interessiert sein, an deiner Karriere zu arbeiten.«

»Ich arbeite bereits daran«, erinnert sie ihn.

»In einer Druckerei?« Sam schaut skeptisch.

Und das macht sie wütend. »Die Druckerei gehört meinem Vater«, faucht sie. Ihre Wut schlägt Funken wie Feuerstein auf Stahl. »Er hat sich das Geschäft eigenhändig aufgebaut und damit das Haus bezahlt, in dem ich aufgewachsen bin, und die Zahnspange meine Schwester und meinen blöden Schauspielunterricht. Das ist nicht irgendein billiger Copyshop.«

Sam blinzelt. »Nein, ich … tut mir leid«, sagt er leise. »Ich wollte nicht … du weißt schon.«

Fiona lässt die Schultern hängen. »Schon gut«, sagt sie ein bisschen verlegen – und wünscht sich nicht zum ersten Mal, sie würde sich nicht so schnell über jede Kleinigkeit aufregen. Wenn Pam jetzt hier wäre, würde sie ihr raten, tief durchzuatmen. Stattdessen isst sie die gummöse Gurke auf und nimmt sich die nächste, nur um etwas zu tun zu haben.

»Willst du die wirklich essen?«, fragt Sam.

»Ja«, sagt sie sofort und kaut so laut sie kann.

»Denn die stehen wahrscheinlich schon den ganzen Tag auf dem Tisch.«

»Klasse.« Sie nimmt sich die dritte. »Dann hatten sie reichlich Zeit zu reifen.«

Sam trinkt einen Schluck von seinem ungesüßten Eistee,

und sein Gesicht sagt: Wie du willst, du Irre. »Was ist mit Thandie?«, fragt er.

Fiona bleibt die Gurke beinahe im Hals stecken. »Thandie?« Ihre Augen werden feucht. Sie räuspert sich. »Thandie ... würde diese Gurken wahrscheinlich nicht essen.«

Sam verzieht das Gesicht. »Ihr wart mal befreundet, oder?«

»Sind wir noch«, sagt Fiona automatisch, obwohl sie Thandie in Wirklichkeit seit fünf Jahren nicht gesehen hat. Bei ihrem letzten persönlichen Treffen überredete Fiona sie, zu einer Party zu gehen, die der zweitsüßeste Junge einer populären Boygroup in einer Suite im Chateau schmiss. Am nächsten Tag waren überall Fotos von ihr mit verschleiertem Blick zu sehen, aber Thandie war es gelungen, den allgegenwärtigen Kameras zu entgehen. »Ich weiß, die Schauspielerei ist für dich keine große Sache«, sagte Thandie ruhig und zupfte einen Fussel von ihrem Pullover, als sie am Morgen danach Eiskaffee auf dem Sofa in ihrer Wohnung tranken. »Für mich aber sehr wohl. Und nicht ohne Grund, Fiona, denn die Öffentlichkeit ist weit weniger nachsichtig mit Leuten, die so aussehen wie ich.« Sechs Monate später saß Fiona auf dem Sofa im Aufenthaltsraum der Klinik und sah im Fernseher, wie Thandie einen Oscar als beste Nebendarstellerin erhielt. Fiona hat das nie laut gesagt, aber in dem Moment war sie ungeheuer stolz auf sie, und wenn Thandie das nur schaffen konnte, indem sie sich konsequent von Fiona fernhielt, dann kann Fiona niemandem einen Vorwurf machen außer sich selbst.

Sam blickt sie an. »Und was sagt sie?«

Fiona schnaubt. »Thandie wird garantiert nicht bei *Birds of California* mitspielen«, antwortet sie kategorisch.

»Warum nicht?«

»Weil sie eine ernsthafte Schauspielerin ist!«

»Ich bin auch ein ernsthafter Schauspieler«, kontert er, und Fiona wirft die Hände hoch und lacht.

Sams schöner, verlockender Mund öffnet sich, ohne dass ein Laut herauskommt. Dann lacht er auch. »Und ob, verdammt, das bin ich!« Fiona ist sich nicht ganz sicher, aber sie meint zu sehen, dass er ein trotzdem ein bisschen gekränkt ist.

»Du bist jemand«, räumt sie ohne zu überlegen ein und merkt, dass sie rot wird. »Ich meine ...«

Aber Sam schüttelt den Kopf. »Werd jetzt nicht herablassend.« Er deutet auf sich. »Komm, Fee, willst du wirklich, dass ich dieses Licht unter den Scheffel stelle? Oder bist du dir fürs Fernsehen zu schade?«

»Nein«, sagt sie ehrlich. »Und auch nicht fürs Schauspielern generell. Ich mag den Beruf. Ich mag nur nicht ... was er sonst noch mit sich bringt.«

»Wie Geld? Ruhm? Dass sich Leute überschlagen, um dir jeden Wunsch von den Augen abzulesen?«

Fiona lacht schnaubend. »Oh, diese Erfahrung hast du gemacht?«

»Manchmal«, räumt er locker ein. »Also war es beim Dreh von *Birds* für dich so furchtbar?«

Fiona zögert. Sie erinnert sich, wie sie und Thandie auf dem UBC-Gelände herumliefen, Schokoladenkekse vom Catererbüffet aßen und aus den Seiten ihres Skripts unanständige Himmel-oder-Hölle-Spiele bastelten. Sie erinnert sich, wie sie eine Szene in einem Take richtig hinbekam und wusste, dass sie lustig war. Sie weiß noch, wie Sam an dem allerletzten Abend bei der Schlussparty in der Gasse stand und seinen warmen, neugierigen Mund auf ihren drückte. Schließlich schüttelt sie den Kopf.

»Nein«, gibt sie zu. »Nicht alles.«

Karen serviert ihnen das Essen, und nachdem Sam ihr gesagt hat, wie sehr er sie liebt und dass sie die Richtige für ihn ist, wendet er sich Fiona wieder zu. »Also«, sagt er, während er ein Stück Zitrone über seinem Lachs ausdrückt, »wovon handelt das *Puppenheim*?«

»Das geht dich nichts an«, antwortet sie freundlich und beißt in ihr fleischgefülltes Sandwich.

»Oh, ich soll raten? Warum sagst du das nicht gleich?« Sam lächelt. »Es geht um Puppen, die nachts lebendig werden.«

»Du hast es erfasst«, sagt sie, doch Sam rät weiter.

»Es geht um Sexroboter. Und um ein kleines Mädchen, das böse Zaubersprüche kann. Es geht darum zu schrumpfen, um weniger Ressourcen zu verbrauchen, wie in dem Film mit Matt Damon.«

Fiona seufzt. »Es geht um eine Frau, der allerhand passiert, und plötzlich erkennt sie, dass sie über ihr Leben nicht selbst bestimmen kann. Darum beschließt sie, etwas dagegen zu tun.«

»Das wäre meine nächste Vermutung gewesen«, sagt Sam. »Bringt sie sich am Ende um?«

Fiona starrt ihn an. »Was ist denn mit dir los?«

»Ich meine nicht, dass sie sich umbringen soll«, versichert er hastig. »Ich habe nur den Eindruck, dass in vielen solcher Geschichten die Frau am Ende mit Steinen in den Taschen ins Meer geht oder den Kopf in den Gasherd steckt.«

»Da hast du nicht unrecht«, räumt sie ein. »Aber nein,

sie verlässt ihren Mann und die Kinder, und das Stück endet damit, dass die Tür hinter ihr ins Schloss fällt.«

Sam nickt anerkennend. »Das ist krass.«

Fiona lächelt, sie kann nicht anders. »Für achtzehnneunundsiebzig ziemlich krass, ja«

»Wen spielst du?«

Fiona nimmt sich eine Fritte und weicht seinem Blick aus. »Nora«, sagt sie und fühlt sich seltsam befangen.

»Wer ist das?«

»Der Butler.« Dabei blickt sie auf und macht Karen auf sich aufmerksam, die mit einer Kanne Kaffee vorbeikommt. »Entschuldigen Sie«, sagt sie freundlich. »Könnten wir noch welche von den Gurken bekommen?«

Die Sonne sinkt gerade hinter den Horizont, als Sam sie zu Hause absetzt. Die Palmen heben sich wie Scherenschnitte gegen den rosa, blau und orange gestreiften Himmel ab. Es riecht nach Sternjasmin und Rauch. Manchmal wünscht Fiona sich, sie würde Kalifornien nicht so sehr lieben und könnte ihre Sachen packen und nach New York oder Chicago ziehen. Doch dann schaut sie an Abenden wie diesem um sich und weiß, man wird sie in dieser fruchteisfarbenen Wüste beerdigen. Sie wird bis ans Ende der atmenden Welt in diesen Schluchten und Hügeln umhergeistern.

»Endstation, Cowgirl.« Sam biegt in die Einfahrt und dreht den Kopf zu ihr. »Das war …« Er zögert. »Du weißt schon.«

»Nicht so einzigartig furchtbar, wie ich dachte«, gibt Fiona zu.

Sam grinst. »Nur normal furchtbar.«

»Genau.« Fiona zieht ihm eine Grimasse, er erwidert das, dann hält er ihren Blick fest und verlagert sein Gewicht auf dem Ledersitz. Sie sieht die hellbraunen Sprenkel in seinen Augen. Ist er ein wenig näher gekommen, oder bildet sie sich das ein? Sein Blick huscht ganz kurz zu ihrem Mund, und sie stellt sich vor, wie sie sich anfühlen: seine Hände und seine Zunge, seine Zähne und die kratzenden Bartstoppeln. Ihr fallen die vier Essiggurken ein, und sie wünscht, sie hätte sie nicht gegessen. Sie hat schon lange niemanden mehr geküsst.

Du lieber Himmel, was fällt ihr denn ein?

Fiona richtet sich so abrupt auf, als hätte jemand sie von hinten mit dem Kuli gestochen. Sofort richtet sich auch Sam auf. »Okay, hör mal«, sagt er und reibt sich den Nacken. »Du solltest wegen der Fortsetzung noch mal nachdenken.«

Fiona erschlafft plötzlich wie eine nagelneue Poolmatratze, aus der jemand den Stöpsel gezogen hat. Wahrscheinlich ist es ganz gut, sagt sie sich, vollkommen klar zu sehen, worauf er den ganzen Tag aus gewesen ist. »Ich werde definitiv nicht mitmachen«, versichert sie gut gelaunt. »Pass auf dich auf, Sam.«

»Ich ... klar.« Er sieht ihr für einen langen Moment in die Augen. Fiona hat keine Ahnung, worüber sie eigentlich enttäuscht ist. »Du auch.«

Nachdem er weg ist, nimmt sie sich einen Moment Zeit, um sich zu sammeln, und bleibt vor der Haustür stehen, während die Rücklichter seines albernen, peinlichen Wagens um die Ecke verschwinden. Mit Sam zusammen zu sein ist, wie auf der Bühne zu stehen, wird ihr klar - nicht, als würde sie etwas vorspielen, sondern mehr so, als ob sie sich in etwas vertieft, das neben ihrem normalen Leben stattfindet. Als wäre sie für eine Weile jemand anderer. Damit fühlt sie sich gar nicht mal so schlecht.

Drinnen sitzt ihr Vater noch genauso da wie heute Morgen, als sie das Haus verließ, und der flackernde Schein vom Fernseher spielt auf seinem Gesicht. »Hey, Dad«, sagt sie sanft und klopft an den Türrahmen, als wäre dies sein Schlafzimmer, was es ehrlich gesagt auch sein könnte. Ihr fällt ein, wie er früher gewesen ist, als sie noch klein war und er Basilikum in großen Töpfen auf der Terrasse zog und sonntagsmorgens nach ihren Schwimmtreffen Spezialrührei machte. »Wie war dein Tag?«

Er schaut auf und wirkt überrascht. Vielleicht, weil er nicht gemerkt hat, dass sie hereingekommen ist, oder weil ihm entgangen ist, dass sie weg war. Sie weiß es nicht. »Gut, Liebes.«

»Wie wär's, wenn du vor dem Abendessen duschst?«

Er schüttelt den Kopf und schaut wieder auf den Bildschirm. »Ich hab keinen Hunger, Schatz.«

Fiona beißt sich auf die Zunge, bis sie Blut schmeckt. Manchmal ist sie so wütend auf ihre Mutter, dass sie keine Luft mehr bekommt. Fiona hatte es verdient, verlassen zu werden, das ist ihr klar, aber nicht Claudia. »Das habe ich nicht gefragt, Dad.« Sie zwingt sich zu lächeln. »Na komm, nur kurz unter die Brause.«

Schließlich seufzt ihr Vater und schlurft zum Badezimmer. Mühsam widersteht sie dem Drang, an der Tür zu lauschen, ob das Wasser prasselt. Stattdessen geht sie in den Garten, wo Claudia auf der Terrasse sitzt und einen vierhundert Seiten starken Fantasy-Wälzer liest und mit einem nackten Fuß über Brandos struppigen Rücken reibt. Claudia hat ihn mit zwölf Jahren gefunden, als er in ihrer Straße umherstreunte. Er hatte Flöhe und war abgemagert und hatte am Hals eine große Narbe, die auf eine äußerst bewegte Vergangenheit hindeutete. Aber sowie er Claudia sah, drehte er sich auf den Rücken und bettelte darum, gestreichelt zu werden. Da ihr Vater gegen Hundehaare allergisch ist, Estelle aber nicht, lebt Brando seitdem nebenan. Allerdings findet Fiona ihn regelmäßig in Claudias Zimmer, wenn sie sie morgens vor der Schule weckt. Dann liegt er wie ein Kringel am Fußende des Bettes.

»Oh, hallo«, sagt Claudia. Sie legt den Zeigefinger auf die Stelle, die sie gerade gelesen hat, und blickt Fiona durch eine glaslose Cateye-Brille an. »Wie war dein Date?«

Fiona stellt sich hinter sie und nimmt Claudias Haare im Nacken zusammen. Sie mag den dicken seidigen Strang in ihren Händen. »Das war kein Date«, sagt sie, und das ist wahr. Allerdings fühlt sie sich angenehm verträumt, weil er sie vielleicht doch noch geküsst hätte. Er will nur, dass sie sich für die Serie verpflichtet, sagt sie sich energisch. Mehr steckt nicht dahinter.

Claudia wirkt nicht überzeugt. »Habt ihr zusammen gegessen?«

»Ja.« Fiona gibt es widerwillig zu.

»Also doch ein Date.«

»Oh, klar.« Fiona zieht leicht an Claudias Haaren, sodass sie den Kopf in den Nacken legen und sie verkehrt herum ansehen muss. »So funktioniert das bei euch in der Schule?«

Claudia schnaubt. »Äh, nein. Definitiv nicht.«

»Aber für alte Leute wie mich?«

»Und Estelle. Für sie wahrscheinlich auch.«

»Nee«, sagt Fiona und lässt Claudias Haare los. »Estelle ist auf den Apps.«

»Weil sie vögeln will«, bestätigt Claudia und folgt ihr ins Haus.

Zum Abendessen macht Fiona ihr Chicken Quesadillas und gart Brokkoli mit Butter und Salz in der Mikrowelle. Sie legt ein gefaltetes Küchenpapier unter das Besteck neben den Teller. Sie verlangt von Claudia immer, sich zum Essen an den Tisch zu setzen, auch wenn sie allein isst. »Wir sind keine Tiere«, sagt sie, wenn Claudia sich beschwert.

Sie geht zum Kühlschrank, um Sauerrahm zu holen, und sieht sich in der Glasscheibe der Mikrowellengeräts. Stirnrunzelnd fasst sie sich ans Ohrläppchen. »Mist«, murmelt sie, geht auf die Knie und tastet über die Bodenfliesen, findet aber nichts als Krümel. »Wir sollten mal saugen«, stellt sie fest.

»Was machst du da?« Claudia sieht sie bestürzt an.

»Ich habe einen Ohrstecker verloren. Einen von Moms. Mit den Perlen.«

Sofort springt Claudia auf und kauert sich neben Fiona, sodass ihre Haare wie ein Vorhang um ihr Gesicht fallen. »Wann hast du ihn zuletzt gesehen?« Sie späht unter den Tisch.

Fiona schüttelt den Kopf. »Heute Morgen vielleicht? Ich weiß es nicht.« Sie sucht alle Wege ab, die sie zuletzt gegangen ist, auf der Terrasse und im Wohnzimmer und im Vorgarten, aber ohne Erfolg. Wahrscheinlich liegt der Ohrstecker jetzt in der Tasche eines nach Zigaretten stinkenden Blazers im Goodwill in East Hollywood oder im Müll des Diners zusammen mit Resten von Bratkartoffeln und kringeligen Orangenschalen. »Ist schon okay«, sagt sie, als sie sich schließlich aufrichtet und auf die Fersen setzt. Doch es fühlt sich nicht so an. »Den werden wir nicht mehr finden.«

»Wahrscheinlich nicht«, stimmt Claudia zu, und die Art,

wie sie die Unvermeidlichkeit von Enttäuschungen akzeptiert, macht Fiona ein Stückchen größer.

Unelegant kommt sie vom Boden hoch und streckt ihr eine Hand hin. Ihr Vater ist noch im Bad. »Komm, wir fahren Donuts holen.«

Claudia grinst.

Sie steigen in Fionas Wagen und fahren zu dem Krispy Kreme am Crenshaw, der rund um die Uhr geöffnet hat. Buntes Neonlicht streicht an den Fenstern vorbei. Nachdem ihre Mutter ausgezogen war, haben sie damit angefangen. Um zwei oder drei Uhr morgens weckte sie ihre Schwester und lud sie ins Auto für einen langen Beutezug durch die Stadt, bei dem sie mit Stevie Nicks oder Pat Benatar im K-Earth 101 mitsangen. Der Krispy Kreme hat ein Drive-In, aber Claudia liebte es, vor der großen Fensterscheibe zu stehen und zuzusehen, wie die Donuts auf dem Förderband vorbeiziehen. Und Fiona liebte es so sehr, ihr dabei zuzusehen, dass sie ab und zu bereit war, sich von Darcys Handlangern fotografieren zu lassen.

Heute Abend bleiben sie im Auto. Fiona nimmt die Schachtel von der jungen Frau im Ausgabefenster entgegen und reicht sie über die Mittelkonsole zu ihrer Schwester rüber. »Vorsicht«, sagt sie und atmet den warmen Geruch von süßem Teig und Frittierfett ein, der sich in die trübe Abendluft von draußen mischt. »Die sind noch heiß.«

Sam

Er ist definitiv zu pleite, als dass er mehr als einmal am Tag auswärts essen könnte. Als Erin anruft und fragt, ob er am Abend zu ihr zum Essen kommt, sagt er ihr, sie soll zu ihm nach WeHo kommen, er werde Tacos machen.

»Was eigentlich heißt, dass ich die Tacos machen soll?«, fragt sie.

Sams fällt das Kinn herunter, so unfair findet er das. »Meine Tacos sind gut!«, beteuert er, und das ist wahr, doch als ihm klar wird, wie viel die Zutaten kosten würden, ist er doch bereit, zu dem Laden zu gehen, den sie mögen. Er bestellt ein halbes Dutzend mit Pommes frites und Guacamole. Bei nochmaligem Überlegen macht er kehrt, um eine Portion Queso zu bestellen, obwohl er eigentlich versucht, keinen Käse zu essen. »Ist schon gut.« Er winkt großzügig ab, als Erin ihm anbietet, ihren Anteil per Bezahl-App beizusteuern. »Das wird sich alles ausgleichen.«

Sie beäugt ihn von der Couch aus, wo sie in einer *Martha Stewart Living* blättert, die jeden Monat unter dem Namen der Frau, die vor ihm hier gewohnt hat, mit der Post kommt. »Du bist fröhlich«, bemerkt sie.

»Ja, schätze, das stimmt.« Sam hat bisher nicht darüber nachgedacht. »Wie war's mit Hipsterbrille?«

»Ach, ich weiß nicht.« Erin legt die Zeitschrift hin und

wickelt einen Taco aus. »Zu hip vielleicht. Vermutlich habe ich zu wenig feministische Theorie zitiert, um sie zu beeindrucken.«

»Unmöglich.« Sam reicht ihr eine Serviette. Erin ist der beeindruckendste Mensch, den er kennt. Und klar, das liegt teilweise daran, wie wahnsinnig gut sie in ihrem Job ist – im letzten Herbst hat sie einen Aufsehen erregenden Artikel über den perversen Coach einer Privatschule im OC veröffentlicht, und seitdem geht es mit ihrer Karriere steil bergauf, ihrer Nebenbeschäftigung beim *New Yorker* und *Atlantic* und der *Los Angeles Times*. Aber hauptsächlich liegt es daran, dass sie im Leben richtig gut ist, jemand, der Geburtstagskarten auf Papier schreibt und fließend Spanisch spricht und weiß, welche Sachen bei Trader Joe's die besten sind. Er weiß genau, wer von ihnen beiden den besseren Deal gemacht hat, als er damals auf ihre Craigslist-Anzeige für einen Mitbewohner antwortete, und er hat ehrlich keine Ahnung, warum sie noch immer mit ihm abhängt. Er will sein wie sie, wenn er mal erwachsen ist. »Ich bin sicher, du hast genau die richtige Menge an feministischer Theorie zitiert.«

»Wir werden sehen.« Erin öffnet ein Plastikdöschen mit Salsa. »Was hast du heute gemacht?«

Sam grinst. Er hat die ganze Geschichte aufgespart, um sie ihr persönlich zu erzählen, und wollte Fiona dabei als völlig bescheuert darstellen, damit sich Erin darüber amüsiert. Doch als er den Mund aufmacht, merkt er verblüfft, dass er das aus irgendeinem Grund nicht mehr will.

»Ich ... nichts eigentlich«, lügt er und drückt ein Stück Zitrone über seinem Taco aus. »Bin herumgefahren, hab mir selber leidgetan. Ich hab einen dieser Tests gemacht, um meinen Pornonamen herauszufinden, nur für den Fall, dass es dazu kommt.«

»Und?«

»Ajax Dagger.«

»Der ist gut«, sagt Erin anerkennend. Sam überlässt ihr die zusätzlichen Pommes frites.

Den nächsten Vormittag verbringt er im Fitnessstudio, und seine Trainerin Olivia schafft ihn wieder total. Sam liebt sein Fitnessstudio, und zwar alles daran: die Sauna, das Spa, die Saftbar, die normale Bar. Klar, seine Mitgliedschaft kostet fast so viel wie seine Miete, doch in seinem Beruf braucht er ein bestimmtes Aussehen, und er möchte sich nicht in einem Planet Fitness mit einer Studentin um die elliptische Maschine zanken. Außerdem kann er die Gebühr von der Steuer absetzen. Oder sollte er zumindest können. Er hält sich in solchen Dingen nicht auf dem Laufenden.

Als er sich in der Umkleide wieder anzieht, ruft Russ an. »Wie ist es mit Riley Bird gelaufen?«, will er wissen.

Das ist ... eine interessante Frage. Sam zieht sich das T-Shirt über den Kopf und denkt daran, wie sie ihn im Diner anlächelte. Er denkt an den knisternden Moment im Auto. Dann denkt er daran, wie sie sich von seinem Beifahrersitz abrollte, als dächte sie an eine Karriere als Stuntdouble für *Mission: Impossible*, und hält es nach einiger Überlegung für ziemlich unwahrscheinlich, dass sie ihre Meinung plötzlich ändert. »Nicht so toll«, gesteht er. »Ich hab's versucht.«

»Versuch es mit mehr Nachdruck«, schlägt Russ vor. »Du bist ein charmanter Junge.«

»Das habe ich ihr auch gesagt. Sie wirkte nicht überzeugt.«

»Dann wirst du besser ein bisschen überzeugender.«

»Ich … verstehe.« Er ist verwirrt. Das hört sich nicht wie ein Vorschlag an. Ihn schreckt der Gedanke, dass Russ wegen *Birds* solchen Druck macht, weil nichts anderes Aussichtsreiches in der Pipeline ist und weil seine Karriere schon endet, bevor sie richtig begonnen hat. Aber das kann nicht sein, oder? Russ würde ihm das sagen. Außerdem geht er am Wochenende zu einem Vorsprechen. Alles wird gut.

»Am Donnerstag fahre ich mit Cara und den Mädchen nach Tulum«, sagt Russ, als sie eigentlich schon auflegen wollen. »Falls du vorbeikommen und den Pool benutzen möchtest, solange wir weg sind.« Wenn er ganz ehrlich ist, gehört das auch zu den Gründen, warum Sam ihn als Agenten behält: Russ hat ein äußerst schönes Haus und lässt ihn großzügig darin abhängen. Sam lässt sich gern auf den verschiedenen Gummiflößen auf dem Wasser treiben.

Jetzt steckt er das Handy in die Hosentasche, und der Parkservice bringt ihm den Wagen, der frisch poliert in der Sonne blinkt. Sam kurbelt die Fenster herunter und kostet das Wohlbefinden aus, das ihn immer überschwemmt, wenn er hinter das Steuer des Tesla gleitet. Dabei versucht er, nicht an den Brief von der Leasingfirma zu denken, der heute Morgen in der Post war und auf den in Rot das Wort *Mahnung* aufgestempelt war, sodass der Postbote und jeder andere es sehen konnte.

Das wird schon, sagt er sich noch einmal. Er muss sich nur entspannen.

Gerade will er sich in den Verkehr einfädeln, als er aus dem Augenwinkel etwas im Fußraum des Beifahrerplatzes schimmern sieht. Er langt hinunter und klaubt einen Ohrstecker von der Matte, einen mit einer grauen Perle, kaum größer als ein Sesamkorn.

Er runzelt die Stirn. Außer Fiona hat er zuletzt nur Erin im Wagen mitgenommen, und die würde seines Wissens lieber in einen brodelnden Krater springen, als Perlen zu tragen.

Das heißt, der Ohrstecker muss Fiona gehören.

Und was für ein Wichser wäre er, wenn er ihr den nicht zurückbringen würde?

Zuerst versucht er es bei ihr zu Hause. Ihre Schwester und die Nachbarin sitzen mit Turban auf dem Kopf im Garten und spielen eine Abart von Canasta. Aus Claudias Handy tönt eine fröhliche Instrumentalversion von »The Girl of Ipanema«. »Fiona ist bei der Probe ihres Stücks«, sagt die Nachbarin – Estelle, fällt ihm jetzt ein – und wirkt ehrlich enttäuscht, weil sie keine bessere Nachricht für ihn hat. »Es wird ihr leidtun, dass Sie sie verpasst haben.«

»Na ja«, sagt Sam, »so weit würde ich nicht gehen.«

Das bringt die beiden zum Lächeln. »Sie fand es gestern schön mit Ihnen«, erzählt Estelle und trinkt einen Schluck von ihrem Nachmittagscocktail.

»Estelle«, mahnt Claudia, doch die macht eine wegwerfende Handbewegung.

»Aber das ist wahr! Zugegeben, sie hat das so nicht gesagt, aber du weißt, dass deine Schwester das nie zugeben würde. Und Sam wird ihr auch nicht verraten, dass ich das gesagt habe, nicht wahr, Sam?«

Sam nickt, mit einer ungewohnten Freude in der Brust. »Ich fand es auch schön mit ihr«, gesteht er.

»Davon gehe ich aus.«

Claudia schießt Estelle noch so einen Blick zu, dann streckt sie die Hand nach dem Ohrstecker aus. »Ich kann ihn ihr geben«, sagt sie, doch Sam schüttelt den Kopf und steckt ihn wieder ein.

»Ich hatte gehofft, ihn ihr persönlich zu geben, falls das okay ist.« Er sieht auf die Uhr, als hätte er einen Termin, was aber nicht der Fall ist. »Ich könnte bei ihrem Theater vorbeischauen. Ein bisschen Zeit habe ich noch.«

Claudia und Estelle verständigen sich rasch und wortlos, eine familiäre Verhandlung, die er nicht verstehen kann. Schließlich nickt Claudia. »Es ist höllisch weit dahin«, warnt sie und holt ihr Handy aus der Tasche ihres geblümten Kaftans. »Aber ich kann dir die Adresse geben.«

»Danke«, sagt er und bereut es schon ein wenig. »Das weiß ich zu schätzen.«

»Hoffentlich«, sagt Claudia düster. »Sie wird mich im Schlaf erwürgen.«

»Oh, Schätzchen, sei nicht albern.« Estelle tätschelt ihr liebevoll den Arm. »So lange wird sie nicht warten.«

Unterwegs zum Theater verfährt er sich zweimal. Es liegt versteckt in einer Seitenstraße in der Innenstadt. Er kommt dreimal an derselben Gasse mit demselben pinkelnden Typen vorbei. Zumindest glaubt er, dass es dieselbe Gasse mit demselben Typen ist. Nicht, dass er rechts ranfährt, um nachzusehen.

Endlich findet er einen Parkplatz nicht allzu weit von der Adresse entfernt, vergewissert sich zweimal, ob sein Wagen verriegelt ist, und zieht sich die Baseballkappe tief in die Stirn. Er folgt den handgeschriebenen Schildern eine Treppe hinunter und durch einen Flur, der stinkt wie das

Urinal in einer Absturzkneipe, und zieht leise die Tür zum Theater auf, betritt den Zuschauerraum und fängt die Tür ab, bevor sie ins Schloss fallen kann, damit er kein Geräusch verursacht.

Er entdeckt sie sofort. Sie steht in Leggings und einem Hoodie mitten auf der Bühne, in der Hand ein zerlesenes Skript. »Hector«, sagt sie zu einem Kollegen mit olivfarbener Haut und Hawaiihemd, »du überquerst hinten die Bühne, als ob du … jep, genau so. Danke. Hey, Georgie?« Sie winkt eine engelhafte mütterliche Frau zu sich. »Können wir kurz darüber reden, was in den nächsten paar Zeilen zwischen Krogstad und Frau Linde passiert?«

Während sie die Szene durcharbeiten, steht Sam neben der Tür, die Hände tief in den Taschen seiner Levi's. Weil er in einzelnen Episoden bei praktisch jedem Prime-Time-Drama als Gast aufgetreten ist, hat er mit vielen Regisseuren gearbeitet, und er braucht Fiona nur ein paar Minuten lang zuzusehen, um zu erkennen, dass sie gut ist. Und zwar richtig gut. Es gefällt ihm, wie sie mit den Schauspielern spricht und wie man ihr anmerken kann, dass es sie wirklich interessiert, was die zu sagen haben. Dass sie sie nicht hin- und herschiebt, als wäre das Theater ihr persönliches Barbie-Traumhaus. Eine Sekunde lang denkt er, es wäre cool, in einem ihrer Stücke mitzuspielen, kommt aber rasch zur Vernunft.

Scheiße, er braucht dringend ein richtiges Engagement.

»Okay«, sagt Fiona, als sie zufrieden ist. Sie dreht sich um und springt von der Bühne. Die Sohlen ihrer Converse quietschen auf dem Boden. »Machen wir weiter und beginnen wir oben auf der …« In dem Moment bemerkt sie ihn und reißt ihre dunklen Augen auf. Sam lächelt. Fiona lächelt eindeutig nicht zurück. »… äh, mit dem Anfang der Szene.«

Sam überrascht es nicht, dass sie ihn warten lässt, während die Schauspieler die Szene spielen und sie Anweisungen gibt und die Szene wiederholen lässt. Endlich nickt sie anerkennend. »Okay.« Sie reißt sich das Gummiband aus den wilden Haaren und bindet sie neu. »Machen wir fünf Minuten Pause.«

Sie kommt zu ihm, aber erst als sie sich sicher ist, dass sie keiner mehr beachtet. »Stalkst du mich etwa?« Sie nimmt seinen Arm und zieht ihn in den stinkenden Flur. Sie hält ihn fest genug, um einen Bluterguss hervorzurufen.

»Nein. Aber das würde ein Stalker natürlich auch sagen. Also … ja?«

»Ich wurde nämlich schon gestalkt«, teilt sie mit, »und habe das auch selbst schon getan. Daher sage ich dir jetzt, dass das nicht funktionieren wird.«

Sam hält es für das Beste, sich auf diese Unterhaltung nicht einzulassen. »Ich habe das Stück gegoogelt«, sagt er stattdessen und windet sanft seinen Arm aus ihren entschlossenen Fingern. »Du hast mir verschwiegen, dass Nora der Star ist.«

Fiona lacht laut. »Bitte sieh dich hier mal um, Samuel«, sagt sie beschwörend. »Man kann wohl mit Recht behaupten, dass es im Angel City Playhouse keine Stars gibt.«

»Aber du spielst die Hauptrolle«, beharrt Sam und muss sich räuspern. Dass sie seinen vollständigen Vornamen benutzt, und sei es auch nur, um sich über ihn lustig zu machen, löst in seinem Körper eine sonderbare Reaktion aus.

»Scheint so.« Fiona zuckt mit den Schultern. »Schätze ich mal.«

»Also führst du Regie und spielst auch mit?«

»O ja, ich bin ein zweiter Lin-Manuel Miranda.«

»Bild dir nichts ein«, sagt er lässig. »Der komponiert auch.«

Fiona verzieht das Gesicht. »Du darfst nicht hierherkommen«, zischt sie und deutet mit dem Kopf zur Saaltür. »Keiner von denen weiß, wer ich bin.«

»Warte mal.« Sam runzelte die Stirn. »Im Ernst? Sagtest du nicht, du machst das schon seit anderthalb Jahren?«

Fiona zuckt mit den Schultern. »Kommt dir einer von denen vor wie ein passionierter Family-Network-Gucker?«

Sam überdenkt das. Tatsächlich wirkten die meisten wie Leute, die stolz verkünden, dass sie keinen Fernseher besitzen, und die übrigen würden strengstens von öffentlichen Sendern und Frasier-Wiederholungen abraten. Trotzdem, anderthalb Jahre sind eine lange Zeit. »Das klingt sehr nach Method Acting«, sagt er. »Ich bewundere deine Hingabe.«

Fiona lacht nicht. »Bist du aus einem bestimmten Grund hier?«

»Ja, tatsächlich.« Sam tastet in seiner Hosentasche, bis er das winzige Ding findet. »Den hast du in meinem Wagen verloren.« Er hält ihr den Ohrstecker hin. »Du kannst mir später dafür danken.«

Fiona holt scharf Luft. »Ich ... Scheiße«, sagt sie leise. Eine Minute lang ist sie still, dann hält sie die offene Hand hin. Sam lässt den Ohrstecker hineinfallen. »Danke.«

Er nickt. »Ich muss sagen, du kamst mir nicht vor wie eine, die Perlen trägt.«

»Tue ich auch nicht«, murmelt sie, legt den Ohrstecker aber sofort an und prüft zweimal, ob der Verschluss sitzt. Und sogar ein drittes Mal.

»Er sitzt richtig«, versichert er. »Ich glaube nicht, dass er noch mal rausrutscht.«

»Ja.«

Dann sagen sie beide nichts, und das Schweigen dauert so lange, dass es unbehaglich wird. Sam überlegt, wie er eine Unterhaltung über *Birds* anfangen kann, ohne dass es unnatürlich wirkt – denn deswegen ist er schließlich hergekommen, um mit ihr darüber zu reden, der einzige Grund, warum er durch die ganze Stadt gefahren ist.

Doch zu seiner Bestürzung kommt etwas ganz anderes aus seinem Mund. »Was machst du morgen Abend?«

Falls Fiona von der Frage überrascht ist, lässt sie sich das nicht im Geringsten anmerken. »Ich werde vor dem Staples Center Eintrittskarten unter der Hand verkaufen«, sagt sie trocken. »Ich werde mir die Haare waschen, meine Kaffeemaschine von innen reinigen.«

Sam neigt den Kopf zur Seite. »Ich wusste gar nicht, dass man das tun muss.«

»Wissen die wenigsten«, sagt Fiona.

»Das klingt nach einem fleißigen Abend.«

»Bin ein fleißiges Mädchen.«

Sam nickt bedächtig. »Tja, Cinderella, wenn du deine Aufgaben alle erledigt hast, ich treffe mich gegen neun mit ein paar Freunden. Vielleicht willst du ja auch kommen.«

»Wo?«, fragt sie höhnisch. »Im Chateau Marmont?«

»Nein, Klugscheißer«, sagt er, obwohl der Club, den er dann nennt, zugegeben nicht wesentlich anders ist, was die Atmosphäre angeht.

Fiona prustet vor Lachen. »Schau«, sagt sie, als sie sich beruhigt hat, und Sam ist sich nicht sicher, ob er sich das einbildet, aber sie sieht ihn beinahe liebevoll an. »Ich verstehe, warum du die Fortsetzung willst. Bestimmt hast du beträchtliche Schulden beim Kartell, und das respektiere ich. Aber ich werde nicht mitmachen, auch wenn du glaubst, ich wäre mal in dich verknallt gewesen und du könntest das jetzt ausnutzen.«

Das macht Sam hellhörig. »Du warst mal in mich verknallt?«

»O mein Gott.« Fiona verdreht dermaßen die Augen, dass sie wahrscheinlich ihr Gehirn sehen kann. »Darüber reden wir nicht.«

Sam lächelt. »Aber das tun wir gerade.«

»Tun wir *nicht*«, versichert Fiona, doch sie wird definitiv rot.

»Okay.« Er überlegt. »Hör zu, das ist kein Muss«, verspricht er. »*Birds.*«

»Oh, das weiß ich.«

»Nein, so meinte ich das nicht...« Sam stockt. »Ich wollte sagen, ich werde das Thema nicht mehr aufbringen, das ist alles. Aber du solltest trotzdem morgen Abend kommen.«

Fiona schüttelt den Kopf, aber nur leicht. »Warum?«, fragt sie.

»Weil ich dich wiedersehen will. Ohne Hintergedanken. Ist das so schwer zu glauben?«

»Ja«, antwortet sie ohne Zögern. »Das ist extrem schwer zu glauben.«

»Aber es ist wahr.« Er holt tief Luft. »Fee. Komm morgen Abend.«

Fiona seufzt demonstrativ, mitsamt der entsprechenden Körpersprache, so als sollte es auch in der letzten Zuschauerreihe verstanden werden. Sie stehen so nah voreinander, dass sie sein Knie streift, als sie das Standbein wechselt, und das Gefühl der Berührung schießt ihm den Oberschenkel hinauf.

»Na gut«, sagt sie schließlich. Sie dreht den Kopf hin und her, als hätte sie von der Anstrengung, mit ihm reden zu müssen, einen verkrampften Nacken bekommen. »Aber nur, damit du jetzt gehst.«

Sam nickt ernst. Um nicht zu grinsen, muss er sich auf die Wangen beißen. Er fühlt sich, als hätte er eine Rolle ergattert, für die er nicht mal vorgesprochen hat, und er sagt sich, das ist nur die Freude, gewonnen zu haben. »Ach so.«

»Ich meine es ernst«, warnt sie. »Kein Wort mehr.«

Mit Daumen und Zeigefinger schließt er seinen Mund zu und wirft den Schlüssel weg. Bis morgen, sagt er lautlos mit den Lippen und hält neun Finger hoch, nur um sie noch mal zu erinnern. Fiona stöhnt.

Sam geht nach draußen in die dunstige rosa Dämmerung. Neben seinem Vorderreifen hat jemand seinen Hund – zumindest hofft er, dass es ein Hund war – einen dampfenden Haufen machen lassen. Es dauert eine Stunde und fünfzehn Minuten, um durch den Verkehr nach Hause zu kommen. Dabei summt er die Songs im Radio mit.

Fiona

Das willst du anziehen?«, fragt Claudia am nächsten Abend. Sie steht mit verschränkten Armen in Fionas Zimmertür.

»Äh, jep.« Fiona betrachtet sich im Spiegel. Auf keinen Fall will sie sich schick machen, nur weil sie sich mit Sam Fox trifft, und deshalb trägt sie Jeans, Stiefel und Trägerhemd und ein Haarband am Handgelenk. »Wieso?«

Claudia zuckt mit den Schultern. »Ich denke bloß, dass dir manchmal nicht klar ist, welche Botschaft du sendest.«

»So?« Fiona sieht sie über den Spiegel an. »Und welche Botschaft ist das genau?«

Claudia ist zu klug, um darauf zu antworten. »Lässt du mich wenigstens deine Haare machen?« Sie tappt barfuß ins Zimmer. »Das geht ganz schnell.«

Fiona seufzt laut. »Meinetwegen.«

Claudia strahlt. Allein für ihr Megawattlächeln lohnt es sich, diesen lächerlich masochistischen Gang nach Mordor zu unternehmen. »Danke.« Mehr sagt sie nicht.

Sie setzt Fiona auf das Bett und kämmt ihr mit einem groben Kamm behutsam die Knoten aus den Haaren, ohne dass es allzu sehr ziept. Fiona schließt die Augen und legt den Kopf in den Nacken. Sie hat es immer gerngehabt, wenn jemand mit ihren Haaren spielt. Im Wohnwagen am

Set ist sie manchmal eingeschlafen, während die Maskenbildnerinnen ihre Haare glätteten, aufdrehten und flochten und Riley Bird aus ihr machten. Selbst nach all den Jahren ist das die eine Art von körperlichem Kontakt, bei dem sie nie nervös wird oder den sie sonderbar findet.

»So«, sagt Claudia schließlich. Fiona öffnet die Augen und sieht sich im Spiegel an der Schranktür. Claudia hat ihre Krause mit dem Glätteisen bearbeitet. Ihre Haare sehen schön aus, aber nicht so, als würde sie für die Rolle einer Floristin oder Amateurdetektivin in einem seichten Kitschfilm vorsprechen.

»Danke.« Fiona betastet sie vorsichtig.

»Kein Problem«, sagt Claudia. »Du bist hübsch. Außerdem, und ich werde das nur einmal sagen, solltest du ein anderes Shirt anziehen. Du gehst mit dem Herzchirurgen tanzen, nicht Vampire jagen oder während der Zombie-Apokalypse Konserven plündern.«

»Das denkst du.« Fiona schnaubt. »Ich will ihn schließlich nicht daten.«

»Warum nicht?«, fragt Claudia sofort. »Du solltest jemanden daten.«

»Warum?«

»Weil du einsam bist.«

Fiona blinzelt. Die nüchterne Aussage bewegt sie plötzlich. Als sie seinerzeit in der Klinik war, versuchte Pam immer, sie zu albernen Äußerungen zu bewegen. Ständig sollte sie ihre Gefühle ausdrücken: *Ich fühle mich einsam, ich bin wütend, ich fühle mich betrogen.* Fiona konnte das nie aussprechen, obwohl sie Pam mochte und in der Therapie erfolgreich sein wollte. Tatsächlich *fühlte* sie sich bei der ganzen Sache wie ein Volltrottel.

Eine Minute lang schweigt sie. Dann sagt sie: »Weißt du was?« Sie schüttelt den Kopf. »Ich werde nicht ausgehen. Du brauchst jemanden, der dir die Spanischvokabeln ...«

»Das wird Estelle machen«, sagt Claudia sofort, marschiert zum Fenster und schiebt es hoch. »Estelle!«, schreit sie, und ihre Stimme tönt durch den Garten wie eine Hupe. »Willst du mir die Spanischvokabeln abhören, damit Fiona ausgehen kann?«

Estelle, die auf ihrer Terrasse liest und dampft, reckt einen Daumen in die Höhe. »Darauf kannst du wetten, Señorita!«

Fiona rollt die Augen.

»Dir ist doch klar, dass du ausgehen und Spaß haben darfst?« Claudia lehnt sich schwungvoll in die Kissen. Sie selbst trägt eine Jeans mit extrem weiten Beinen und ein Backstreet-Boys-Tanktop. Deshalb bezweifelt Fiona, ob sie in der Position ist, sie in Modefragen zu beraten. »Da wird schon nichts Schlimmes passieren.«

»Der erste Satz in jedem Zombie-Film.«

Claudia lacht nicht. »Ich meine es ernst.« Sie schiebt einen gebräunten Arm unter den Kopf und sieht Fiona forschend an. »Ich weiß, du denkst jedes Mal, hier bricht alles auseinander, wenn du aus dem Haus gehst. Aber es ist okay, ein eigenes Leben zu haben, wenn du das möchtest. Dad ist ... du weißt schon ... Dad. Aber Estelle ist hier. Und in zwei Monaten ziehe ich sowieso ins College-Wohnheim.«

Fiona sieht ihre Schwester an. Sie war zehn, als Claudia zur Welt kam. Sie hat sie immer gern in den Kinderwagen gepackt und vor der Druckerei auf und ab geschoben. »Okay.« Sie wischt sich die feuchten Handflächen am Hosenboden ab. »Ich gehe.«

»Und dein Shirt?«

»Bis später, Claudia!«

Fiona braucht genau zwei Sekunden, um zu begreifen, dass sie einen schrecklichen Fehler gemacht hat.

Der Club ist ein riesiger, widerlicher Laden in West Hollywood mit einem Türsteher und Samtseilsperre. Die Bässe der Soundanlage vibrieren im Bürgersteig, und die Warteschlange ist so lang wie ein Häuserblock. Fiona bleibt gegenüber dem Eingang stehen und versucht zu entscheiden, was sie tun soll. Sie ist nicht bereit, sich hinten anzustellen, so viel ist sicher. Aber sie ist auch nicht gewillt, sich dem Türsteher vorzustellen, denn erstens sind solche Typen Idioten und zweitens zweifelt sie, ob das klappen würde. Scheiße, genau deshalb geht sie nicht mehr raus.

Na ja, zumindest ist das einer der tausend Gründe.

Sie will gerade abhauen – wahrscheinlich war das sowieso keine ernst gemeinte Einladung; Sam wird wohl kaum da drinnen den Eingang beobachten –, als der Türsteher sie bemerkt. Er ist viel kleiner und weniger anmaßend als andere Türsteher, so als ob er tagsüber vielleicht Highspeed-Internet verkauft und dies nur sein Nebengeschäft ist. »Oh, Scheiße, sorry«, sagt er, klinkt das Seil aus und winkt sie durch. »Kommen Sie.«

Fiona schaut hinter sich, um zu sehen, ob er jemand anderen meint. »Ähm, danke.«

Drinnen ist es dunkel, heiß und laut. Die Musik vibriert aggressiv in ihrem Brustkorb. Fiona schiebt sich durch die Leute an der Bar und an der DJ-Kabine und einer Gruppe niedriger Ledersofas vorbei, bis sie Sam entdeckt. Er unterhält sich mit einem Typen, den sie aus einem Zeitreisefilm im Kabelfernsehen zu kennen meint. Einen Moment lang beobachtet sie die beiden. Sams Mimik ist ausdrucksvoll, während er dem Typen zuhört. Fiona kennt das noch aus der Zeit, als sie zusammengearbeitet haben. Wie sehr er Leute zu mögen schien und wie leicht es ihm fiel, sich mit ihnen zu unterhalten, vom berühmten Gaststar, der Kurzauftritte machte, um Nichten und Neffen zu beeindrucken, bis hinunter zur unwichtigsten Assistentin.

Sam blickt an dem Typen vorbei und reißt völlig verblüfft die Augen auf, als er sie entdeckt. »Hey«, ruft er, ohne seine Überraschung zu kaschieren – wenn Fiona raten müsste, würde sie sagen, er ist *angenehm* überrascht. Er trägt weiße Jeans und ein kurzärmliges Hemd mit einem extrem grellen Paisleymuster. An jedem anderen würde es albern wirken, und auch an Sam wirkt es albern, doch er selbst sieht so irre gut aus, dass das Hemd fast keine Rolle spielt. Er nimmt sie zur Begrüßung in den Arm, und daran merkt sie, dass er schon betrunken ist. »Du bist gekommen!«

»Jep«, sagt sie verkniffen und ignoriert den idiotischen Sturzflug, mit dem ihr Magen auf den Körperkontakt reagiert, ein Teenie-Moment wie aus Riley Birds Tagebuch. Er riecht nach Rasierwasser und Schweiß und Alkohol.

»Das freut mich«, sagt er. »Möchtest du was trinken?«

Fiona nickt.

Er führt sie zur Bar und stellt sie einem Dutzend Leuten vor, deren Namen sie sofort wieder vergisst – Schauspieler, Models, Influencer, eine Sängerin einer Girlgroup, die Claudia mag.

Für einen Moment wünscht sich Fiona, sie hätte doch ein anderes Shirt angezogen. Damals, als sie noch in der Serie auftrat, gefiel es ihr, schöne Kleidung zu tragen – angesagte lokale Designer schickten ihr jede Saison neue Garderobe. Ihr Kleiderschrank quoll über von Leder und Denim und Seide. Die Sachen gab sie alle weg, sobald man *Birds* abgesetzt hatte, zunächst weil sie glaubte, die Paparazzi würden sie nicht fotografieren, wenn sie beschissen aussähe – was sich als Irrtum herausstellte –, und später, weil sie ihnen zeigen wollte, dass es ihr egal war, wie sie aussah. Und das wirkte. Sie hörte auf, sich um ihr Äußeres zu scheren. Meistens jedenfalls.

Heute Abend jedoch, umgeben von schönen jungen Frauen in schönen Kleidern – die neben Sam Fox stehen –, macht es ihr ein bisschen was aus.

Fiona trinkt ihren Wein und tritt unbehaglich von einem Bein aufs andere. Seit fünf Jahren war sie nicht mehr unter so vielen Leuten. Ihre Nerven liegen blank. Ihr ist alles zu laut und zu grell und zu viel. Sie überlegt, wie sie sich unauffällig davonstehlen könnte, als plötzlich Sams Hand an ihrem Kreuz landet. »Hey«, sagt er und beugt den Kopf zu ihr, damit sie ihn verstehen kann. Seine Hand brennt durch ihr Trägerhemd. »Willst du tanzen?«

Fiona blinzelt und nimmt nichts anderes wahr als die Hand an ihrem Rücken. »Bist du sicher?«

»War ich zumindest, Cupcake.« Sam macht ein leicht verlegenes Gesicht. »Wieso? Ist das blöd?«

Fiona schüttelt den Kopf. Tatsächlich tanzt sie sehr gern. Deshalb ist sie noch weiter in Clubs gegangen, obwohl ihr klar war, dass sie mit nassen Flecken an der Brust auf Darcys Website landen und alle behaupten würden, sie sei betrunken oder high gewesen, obwohl sie nur Wasser bestellt hatte. Manchmal aber schien sich der ganze Scheiß zu lohnen, weil sie inmitten von tausend Leuten die Augen schließen und allein mit sich zu einem unvergesslichen Popsong abtanzen konnte.

Irgendwann ertrug sie das nicht mehr und hörte auf, rauszugehen. Aber mit ihrer Schwester im Zimmer zur Musik die Haare zu schütteln ist nicht dasselbe.

»Nur für einen Song«, sagt sie.

Sam grinst, nimmt ihre Hand und führt sie in das Gewühl auf der Tanzfläche. Sie spürt seine Schwielen. Die stammen vom Gewichtheben in seinem teuren Fitnessstudio, sagt sie sich, nicht von etwas Respektablem wie Autos reparieren oder Cello spielen.

Dennoch müsste sie lügen, wenn sie behaupten wollte, dass sie sie nicht mag.

Es ist ein schneller Song, und sie fürchtet, Sam könnte total steif wirken, doch er ist ein guter Tänzer, der sich in seinem Körper wohlfühlt und locker ist. Zumindest findet sie das. Auf der Tanzfläche ist es so eng, dass man nur auf der Stelle hüpfen kann. Sam bekommt einen Ellbogen in die Rippen. Jemand verschüttet sein Getränk auf Fionas Stiefel. Als ein paar betrunkene Frauen in gleichen bauchfreien Tops sich zwischen sie drängen wollen, greift Sam nach ihrer Hand, damit sie nicht getrennt werden, und lässt dann einfach nicht mehr los. Er dreht sie herum, sodass sie mit dem Rücken an seiner Brust landet. Sie atmet tief durch. Das hat nichts zu bedeuten, sagt sie sich, selbst noch, als er die Hand um ihre Taille legt und leicht drückt, selbst noch, als sie sich mit dem Rücken an seine Brust lehnt. Vor allem will sie nicht, dass es etwas zu bedeuten hat. Trotzdem dreht sie sich um und sieht ihn an, Sam Fox mit seinen Grübchen und makellosen Zügen, seiner sorgfältig zerzausten Boygroup-Frisur. Und er sieht sie ebenfalls an und hält ihren Blick in der schummrigen Dunkelheit fest.

»Hey«, sagt er. Bei der lauten Musik hört sie es kaum. Aber sie sieht die Mundbewegung.

»Hey«, sagt sie und schluckt mühsam. Ihre Haut fühlt sich empfindlich und eng an. Sam ist ihr mit dem Gesicht so nah, dass sie ihn küssen könnte, wenn sie wollte, und einen leichtsinnigen Augenblick lang fürchtet sie, dass sie dem Impuls nachgibt. Schon spürt sie seine Nasenspitze, die sanft gegen ihre stößt. Bei der Musik und den Berührungen mit ihm denkt sie, es würde sie nicht mal kümmern, wenn es hier vor allen Leuten passiert. Bei der Musik und den Berührungen mit ihm denkt sie, es würde sie nicht mal kümmern, was irgendwer darüber sagt.

Und in dem Moment endet der Song.

Sofort tritt sie einen großen Schritt von ihm weg und weiß nicht, wohin mit ihren Händen. Sie hat Angst, dass er mit einem Blick in ihr Gesicht erkennt, woran sie denkt, und darum räuspert sie sich und streicht sich die Haare hinter die Ohren und sieht überall hin, nur nicht zu ihm.

Sam wirkt dagegen völlig unbeschwert, und warum auch nicht? Wahrscheinlich hat er heute Abend schon mit einem halben Dutzend Frauen so getanzt. Er kann sogar auf der Toilette Sex mit einer Jenner-Schwester gehabt haben. »Möchtest du etwas trinken?«, fragt er.

Fiona nickt. »Klar.« Sie sagt sich, dass es keinen Grund gibt, enttäuscht zu sein. Schließlich hat sie selbst darauf bestanden, dass es bei einem Song bleibt.

Sie folgt ihm durch das Gewimmel zur Bar, als eine junge Frau mit langen dunklen Haaren und vollen rosa Lippen den Arm ausstreckt und Sam aufhält. »Da bist du«, sagt sie und Fiona denkt: War ja klar. »Ich habe mich schon gefragt, wo du abgeblieben bist.«

»Hier bin ich«, bestätigt Sam gut gelaunt. »Fiona, Kimmeree. Kimmeree, Fiona.« Er lächelt. »Fiona und ich haben mal zusammen gearbeitet.«

»Ich erinnere mich«, sagt Kimmeree. Fiona ist allerdings unklar, ob sie sich erinnert, weil sie zu Sams Leben gehört oder weil sie mal ein *Birds-of-California*-Federmäppchen besessen hat. »Freut mich, dich kennenzulernen.«

»Freut mich auch.« Fiona lächelt sie an und fragt sich, ob Sam gerade ein bisschen überrascht ist, weil sie sich in solch einer Situation doch zu benehmen weiß. Vielleicht hat er erwartet, dass sie faucht und kratzt wie die verwilderten Katzen, die am Theater durch die Gassen streunen. Wie auch immer, er hat jedenfalls eine schöne Freundin. Fiona ist das entschieden egal.

»Ich geh mal die Getränke holen«, sagt er.

Nachdem er weg ist, wendet sich Kimmeree ihr zu, und nach ihrem Gesichtsausdruck zu urteilen hat sie auch auf Twitter gelesen, dass Fiona tot ist. »Also, was ... was machst du so zurzeit?«

Fiona spürt sofort, dass sich ihr Rücken verspannt. Es kostet sie einige Mühe, aber sie zwingt sich, ihre Schultern locker zu lassen. Das ist eine völlig harmlose Frage, sagt sie sich. Kein Grund, abwehrend zu reagieren. »In erster Linie lebe ich zurückgezogen«, gesteht sie. »Mein Vater hat ein Geschäft, und da arbeite ich vorübergehend.«

»Oh, das ist ja süß!«, flötet Kimmeree. Sie trägt eines dieser Kleider, die nur aus Spandex bestehen und so eng anliegen, dass man meint, da müsste sich cartoonhaft abzeichnen, was sie isst – vorausgesetzt, dass sie überhaupt isst. Gegen sie fühlt Fiona sich grobschlächtig.

Kimmeree fasst ihr mit ihren lackierten Fingernägeln an den Arm und neigt sich zu ihr. »Ehrlich gesagt, bewundere ich es, dass du ausgehst. Ich glaube, ich würde sterben, wenn mir das alles passiert wäre, du weißt schon.« Sie deutet mit einer Geste an, dass sie Fionas gesamtes Leben meint.

Fiona beißt sich auf die Zunge. »Und doch bin ich hier, hartnäckig am Leben.«

Sam kommt zurück, mit einem Getränk für Fiona, aber keinem für Kimmeree. Während Fiona zu begreifen versucht, was das zu bedeuten hat, neigt Kimmeree sich wieder zu ihr. »Moment, Fiona.« Sie senkt verschwörerisch den Kopf. »Darfst du denn etwas trinken?«

Fiona sieht sie verwundert an. »Ich denke ... ja.« Doch kurz fragt sie sich, ob sie in ihrer Einsiedelei eine Gesetzesänderung verpasst hat. »Ich bin achtundzwanzig.«

»Nein.« Kimmeree sieht sie mit großen Augen an. »Ich meine, warst du nicht in einer Entzugsklinik?«

Fiona spürt es mehr, als dass sie es sieht, aber Sam wird plötzlich reglos wie ein Tier, das eine Gefahr wittert. Und ganz bewusst achtet sie darauf, nicht zusammenzuzucken. »O mein Gott.« Sie schlägt sich eine Hand vor den Mund. »Du hast recht. O Mist, das hab ich total vergessen.«

Kimmeree kneift die Augen zusammen, wirkt verunsichert. »Moment, ich wollte nicht ...«

»Nein, ich weiß das zu schätzen«, versichert Fiona ernst. »Danke, dass du auf mich aufpasst.« Sie ist nicht einmal wütend. Na ja, nein, das ist nicht wahr. Sie ist total wütend, aber vor allem kommt sie sich absolut blöd vor. O Gott, was hat sie nur gedacht, was sie hier tut? Mal versuchen, normal zu sein, eine Erwachsene zu sein, jemand, der zwanglos etwas trinken geht mit - okay, na schön, meinetwegen - mit einem heißen Typen, den sie von früher kennt? Sie hat kein Recht darauf, unbeschwert auszugehen. Alles, was Darcy Sinclair mal über sie geschrieben hat, ist wahr.

Dennoch, ein Gutes hat diese zehnjährige Zeitlupenkatastrophe ihres Lebens: Sie hat sie gelehrt, wie einfach es ist, aufzustehen und zu gehen.

Und das tut sie jetzt.

»Entschuldige mich«, sagt Fiona freundlich, stellt ihr Weinglas auf die Theke und wendet sich ab, um sich durch das Gedränge zum Ausgang zu schieben. Sie tritt gerade nach draußen, als Sam ihr hinterherruft.

Fiona ignoriert ihn und angelt ihr Handy hervor. Sie ist mit einem Uber gekommen - sie fährt immer mit Uber, wenn die Möglichkeit besteht, dass sie Alkohol trinkt. Nach allem, was sie sich schon geleistet hat, kann sie eine Verhaftung wegen Trunkenheit am Steuer ganz bestimmt nicht gebrauchen. Doch der nächste Fahrer ist sechs Minuten entfernt.

»Fiona!« Sam holt sie auf dem Bürgersteig ein. Schweißfeuchte Haare kleben an seiner Stirn und an den Schläfen, seine Augen sind glasig und glänzen. »Wohin willst du?«

»Ich gehe.«

»Warum?«

Fiona zögert. Im ersten Moment will sie lügen - *Ich habe den Herd angelassen* oder *Familiärer Notfall* oder *Meine lästige Darmentzündung meldet sich gerade* -, aber wozu eigentlich? Schließlich ist es nur Sam, sagt sie sich. »Weil es mir keinen Spaß macht.«

»Oh.« Er schaut verwirrt. »Wirklich?«

Sie lacht. »Wirklich. Sag bloß, das ist das erste Mal, dass das eine Frau zu dir sagt.«

Sam überlegt. »Eigentlich ja.«

»Du meine Güte.« Sie blickt auf ihr Handy: noch vier Minuten. Sie kann es nicht erwarten, nach Hause zu kommen, sich den Pyjama anzuziehen und Claudia zu erklären, dass Alleinsein unterschätzt wird – dass sie sich jetzt, nachdem sie die Alternative ausprobiert hat, in ihrem Plan bestätigt fühlt und in absehbarer Zukunft allein bleiben wird. Vielleicht schafft sie sich eine Katze an, um es offiziell zu machen.

»Gehörst du zu den Frauen, die andere Frauen nicht mögen?« Kurz sieht er selbstzufrieden aus, als hätte er etwas über sie begriffen. »Ist es das?«

Fiona kommt die Wut hoch. »Fick dich«, zischt sie. Sie zählt bis drei, dann bis fünf. »Ich gehöre zu den Frauen, die *niemanden* mögen.«

»Das ist wahr.«

Das gibt ihr einen Stich, obwohl er nichts weiter getan hat, als ihr zuzustimmen. Sie entscheidet sich. »Okay. Gute Nacht, Sam.« Sie winkt kurz und geht.

Aber Sam ist hartnäckig. »Ach komm, Fee.« Er läuft redend neben ihr her wie der Sidekick in einem Disneyfilm. »Was willst du hier draußen denn machen? Auf den Bus warten?«

Fiona kichert. »Kommt das in deiner Welt etwa nicht vor? Entschuldige, ich fahre nicht jeden Abend in einem albernen Wienermobile beim Parkservice vor wie gewisse andere Leute, die ich jetzt nennen könnte.« Sie schaut wieder auf ihr Handy. »In einer Minute kommt mein Uber.«

»Bestell es ab«, sagt Sam hastig.

»Warum?«

»Weil ... weil ...« Er stockt, betrachtet sie im Schein des Neonschriftzugs über dem Clubeingang. Seine Wimpern sind lang wie die einer Frau. »Hast du Hunger?«, fragt er. »Möchtest du irgendwo was essen?«

Fiona schüttelt den Kopf. Sie versteht nicht, was er will – warum er sie überhaupt eingeladen hat, warum es ihn kümmert, ob sie geht oder bleibt. Sie hat damit gerechnet, dass er ihr den Abend über Druck macht wegen *Birds*, als hätte sie durch ihr Kommen einen kostenlosen Urlaub von einer Timeshare-Firma akzeptiert und müsste deshalb eine lange, aggressive Verkaufsveranstaltung mitmachen. Doch tatsächlich hat er kein Wort darüber verloren. Sie fragt sich, ob er das vergessen hat, weil er zu betrunken ist. In der Hinsicht wäre es ungünstig, ihm die Zeit zu geben, um nüchtern zu werden, sich zu erinnern und ihr überschwänglich vorzuhalten, was für gute Freunde sie damals doch alle waren.

Andererseits: Sie hat einen Bärenhunger. Peinlicherweise war sie zu Hause zu nervös, um etwas zu essen, und die Bar war nicht gerade geeignet, um sich den Bauch vollzuschlagen. Und dann ist da noch die andere Sache von gestern Nachmittag, als sie plötzlich sah, dass er sie von der Rückwand des Theaters aus beobachtete, und sie ein Gefühl hatte, als ob sich ihre Organe umgruppierten. Und ihre Reaktion von vorhin, als sie auf der Tanzfläche seine Hände an ihrer Taille spürte.

»Vielleicht«, gibt sie zu.

Sam lebt sichtlich auf, als gäbe es einen Dimmer an seinem Bauchnabel und jemand hätte gerade auf volle Beleuchtung gedreht. Fiona widersetzt sich dem Impuls, die Augen zu rollen. »Großartig!«, sagt er. »Sushi? Oder Tapas? Ich kenne da auch ein echt authentisches Thai ...«

»Das reicht.« Fiona sagt ihr Uber ab und streckt die Hand nach seinem Autoschlüssel aus. »Ich fahre.«

Sam

Sie fährt mit ihm zu In-N-Out. Im gelben Schein des Neonschilds sitzen sie draußen auf den gummibeschichteten Bänken. Das Waffelmuster drückt sich in seine Haut. Es ist eine warme Nacht, ein starker Geruch von Autoabgasen und Frittierfett hängt in der Luft.

»Kann ich dich etwas fragen?« Fiona zieht eine Fritte durch eine Lache der hauseigenen Soße. Sie hat bestellt, ohne auf die Karte zu sehen, und kam mit einem Pappkarton voller Cheeseburger und Fritten an den Tisch. Sie hat auch bezahlt, wofür er dankbar ist, obwohl er das nicht ausgesprochen hat. »Woher kennst du all die Leute?«

Sam trinkt von seinem Milchshake. »All die Leute? Du meinst, meine Freunde?«

»Klar.« Fiona schaut unsicher.

»Das sind hauptsächlich Filmleute.« Er zuckt mit den Schultern. »Kimmeree macht irgendwas mit sozialen Medien.«

»Was sonst.«

Sam runzelt die Stirn. Die Leute in der Bar sind nicht seine wirklich guten Freunde. Erin zum Beispiel kann die ganze Meute nicht ausstehen. Sie hörte nur, wer heute Abend kommt, und hat sofort und hart abgelehnt. Er versteht das, die sind schon speziell. Aber er ist nicht gewillt, hier zu sitzen und Fiona über vollkommen nette Leute herziehen zu lassen, mit denen sie nicht mal ein Wort gewechselt hat. »Hör zu«, sagt er. »Was immer sie zu dir gesagt, sie hat sich nichts dabei gedacht.«

»Ach nein?« Fiona stößt ein raues Lachen aus.

»Nein«, bekräftigt er. »Sie wollte nur nett sein.«

Fiona sieht ihn über ihren Cheeseburger hinweg an, als wäre er zu dumm zum Luftholen. »Das ist ... eindeutig nicht das, was sich abgespielt hat.«

»Na schön«, räumt er ein, »vielleicht nicht. Aber ... aber ...«

»Aber was?« Fiona zieht die Brauen hoch und deutet mit dem Kinn auf sein Auto. »Fahr zurück und häng mit ihr ab, wenn sie so ein Schatz ist. Ehrlich, ich weiß nicht mal, wieso du hier mit mir Fritten isst, wenn deine Freundin ...«

»Sie *ist* nicht meine Freundin.«

»Okay.« Fiona legt den restlichen Burger auf das Wachspapier. »Dann eben die Person, mit der du zur Entspannung Sex hast.«

»Kann man auch anderen Sex haben?«

»Du weißt, was ich meine.«

Nein, weiß er eigentlich nicht. »Ich habe mit Kimmeree keine Art von Sex«, erklärt er. »Nicht, dass dich das irgendwas anginge. Und eine Freundin habe ich auch nicht, falls es das ist, was du rauskriegen wolltest.«

Das ärgert sie, und das war beabsichtigt. Er sieht den Ärger in ihren dunklen, hexenhaften Augen aufflammen, als bliese jemand ins Feuer. Er sieht förmlich, wie Funken von ihrer Haut in die Dunkelheit fliegen. »Wollte ich nicht«, sagt sie kurz und knapp.

»Okay.« Sam zuckt mit den Schultern und gibt sich unbekümmert. »Meinetwegen. Ich sage nur, du musst nicht jeden nur zum Spaß hassen. Man kann seine Zeit auch auf andere Arten verbringen.« Er steckt sich eine Fritte in den Mund. »Du könntest zum Beispiel in einer Ultimate-Frisbee-Mannschaft mitspielen.«

Fiona lacht, aber nicht nett und so laut, dass ein Lieferfahrer zu ihnen herübersieht, als er mit einem großen, vollgepackten Beutel in seinen Wagen steigt. »Erstens würde ich mir lieber einen Zahn ausreißen als das«, blafft sie. »Zweitens hasse ich niemanden zum Spaß - ich hasse die meisten Leute, weil sie es verdient haben. Und drittens war ich in einer psychiatrischen Klinik, nicht in einer Entzugsklinik. Das ist ein Unterschied.«

Das schockiert ihn - nicht unbedingt die Information selbst, sondern wie das aus ihrem Mund klingt. Sam sitzt einen Moment lang reglos da, dann nickt er. »Ich wollte nicht danach fragen.«

»Nein, du wolltest es googeln«, faucht sie. »Oder vielleicht hast du es schon gegoogelt, keine Ahnung.«

Hat er tatsächlich, an dem Tag, als er zu ihrer Druckerei fuhr, und deshalb schweigt er. Er stellt sie sich in solch einer Klinik vor, wie sie in Sweathosen hinter verschlossenen Türen sitzt und mit anderen Patienten Schach spielt. Was er darüber weiß, hat er nur aus Filmen und Fernsehserien.

»Mir ist das nicht peinlich«, sagt sie kühn und aufbrausend. »Offen gestanden sollten mehr Leute aus dieser Branche Zeit in einer psychiatrischen Einrichtung verbringen.«

»Hey, da widerspreche ich nicht.« Und ehe er sich versieht, fragt er nach. »Wie war es da?«

Er rechnet mit einer Abfuhr, er solle sich um seinen eigenen Kram kümmern. Stattdessen hält sie inne und überlegt, so als hätte noch nie jemand sie gebeten, davon zu erzählen. »Es war ruhig.«

Sam nickt. Sie klingt nostalgisch, so wie seine Mutter, wenn sie von den Achtzigern erzählt, als sie mit ihren Freundinnen an der UW-Madison durch die Bars zog. »Das kann ich mir vorstellen.«

»Jeder glaubte, ich würde mich dagegen wehren«, sagt sie. Sie schaut über die Terrasse zu der belebten Straße, wo die Fahrzeuge vorbeirauschen und die Scheinwerfer in die Dunkelheit leuchten. »Aber warum sollte ich das tun? Ich war offensichtlich kaputt. Ich habe nie das Gegenteil behauptet. Ich wollte, na ja, weniger kaputt sein. Also bin ich in die Klinik gegangen und habe das durchgezogen. Und trotzdem tut jeder ständig so, als wäre ich ...« Sie unterbricht sich und wirkt ein bisschen erschrocken, als sie merkt, dass er noch zuhört. Sie schüttelt den Kopf. »Vergiss es.«

Sam betrachtet ihr Gesicht. Sie wirkt trotzig und überheblich. Sie sieht aus wie eine Königin, die sich der Tatsache eines verlorenen Krieges stellt. Das ist das erste Mal, seit er in ihrer Druckerei war, dass sie so viel über ihre Vergangenheit spricht, so viel auf einmal davon erzählt. Er fragt sich, was sie noch alles in sich vergraben hat.

»Da fotografiert uns jemand«, sagt sie plötzlich und deutet auf zwei junge Mädchen in Babydoll-Kleidern. Sie tun so, als ob sie ein Selfie machen, aber nicht besonders überzeugend, und sie sehen weg, als er den Kopf nach ihnen dreht, und kichern hinter vorgehaltener Hand.

Sam zuckt mit den Schultern. »Habe ich gar nicht bemerkt«, sagt er, was nicht wahr ist. In Wirklichkeit hat er einen sechsten Sinn dafür entwickelt, ob Leute ihn ansehen, und er sorgt sich ständig, dass sie sich eines Tages nicht mehr für ihn interessieren. Manchmal kommt es ihm so vor, als führe er eine Bestenliste im Kopf: Wird er auf Instagram seltener erwähnt als vor zwei Monaten? Nehmen ihn im Fitnessstudio weniger Frauen unter die Lupe? Wie viele Suchergebnisse erscheinen, wenn er seinen Namen googelt? Ist das nicht anstrengend?, fragte Erin ihn einmal, und er sagte: Ja, natürlich, aber er wüsste auch nicht, wie er damit aufhören solle. »Schnell, tu was Schräges für ihr Video.«

»Klar, ich muss meinen Ruf wahren. Was schlägst du vor?«

»Du könntest an der Hauswand hochklettern und den ersten Akt von *1776* als One-Man-Show aufführen.«

»Oder ich schmiere mir Burgersoße ins Gesicht wie eine Schlammmaske und lege mich an die Müllcontainer, damit die Waschbären sie ablecken.«

»Oder du steigst in meinen Wagen, und ich schreie los, du würdest ihn klauen.«

Fiona lächelt. Eine der Teenagerinnen zündet sich eine Zigarette an. Das Streichholz flammt auf wie ein altmodisches Blitzlicht. »Rauchst du noch?«, fragt Fiona.

»Hm?« Sam runzelt die Stirn. »Ich habe nie geraucht.«

Fiona runzelt ebenfalls die Stirn. »Doch.«

»Definitiv nicht.«

»Bei der Abschlussparty hast du zu mir gesagt, dass du rauchst.«

»Bei welcher Abschlussparty?«

Fiona verzieht das Gesicht. »Bei welcher wohl«, sagt sie vorwurfsvoll. »Bei der letzten.«

»Hilf mir mal auf die Sprünge.«

»Bei der, wo wir …« Fiona deutet vage mit ihrem Becher auf ihn und sich. »Du weißt schon.«

»Bei der wir was?« Sam neigt den Kopf zur Seite. Er spielt mit ihr. Er will nur sehen, ob sie es aussprechen wird. Er weiß noch genau, wie er neben ihr in der Gasse stand, die Zigarette zwischen seinen Fingern abbrannte und das Sicherheitslicht sich in der Neonsträhne in ihren Haaren fing.

Fiona steckt sich kopfschüttelnd die letzte Fritte in den Mund und rafft ihren Abfall zusammen. »Okay, weißt du was? Du kannst mich mal.«

»Ich mach doch nur Spaß. Ich weiß es noch.« Er lächelt. »Kein Grund, sauer zu werden, nur weil ich dein erster Kuss war.«

»Ach, das denkst du, ja?« Fiona sieht ihn spöttisch an.

Sam zieht die Brauen hoch. »War ich das nicht?«

»Ich war neunzehn, Blödmann.«

»Es ist keine Schande, ein Spätentwickler zu sein.« Sam grinst. »Wer war denn dein erster Kuss?« Es überrascht ihn, dass er tatsächlich neugierig ist. Sein erster Kuss war seine Nachbarin Mallory in Wisconsin, und das würde er Fiona sogar erzählen, wenn er den Eindruck hätte, es würde sie interessieren. Aber dem ist nicht so. Er betrachtet immer wieder ihre Haare, die sie heute Abend anders trägt. Als sie in die Bar kam, hat er sie verblüfft angestarrt – ihre braunen Schultern und die vorstehenden Schlüsselbeine, ihre Sanduhrsilhouette –, und dann hat er zwei Minuten lang absichtlich mit seinem Freund Anto weitergeredet, bevor er zu ihr ging. Er wollte nicht zu eifrig wirken, so als hätte er nur auf sie gewartet. Obwohl er genau das getan hat. Seine Mutter würde ihm eine langen, wenn sie das wüsste.

Fiona stopft den Abfall in die Papiertüte, steht auf und winkt den jungen Mädchen zu. »Komm jetzt«, sagt sie nur.

Durch das viele Fett und den Zucker ist er schon weitgehend nüchtern geworden, aber Fiona besteht darauf, ihn nach Hause zu fahren. Sie gibt ordentlich Gas, als sie in der lauen violetten Nacht nach Fountain fahren. Sam sieht immer wieder zu ihr hinüber. Die Anzeigen des Armaturenbretts werfen einen grünlichen Schein auf ihr Gesicht. Ihre Wangenknochen treten scharf hervor.

»Was ist?«, fragt sie beim dritten Mal.

»Nichts.« Er holt sein Handy hervor und scrollt emsig. Fiona gibt ein skeptisches Brummen von sich.

»Da sind wir, Miss Daisy.« Sie fährt an den Bordstein unter dem ausladenden Jacaranda-Baum vor seinem Wohnhaus. Oben in Milwaukee stellte er sich immer vor, dass alle Wohnhäuser in L.A. so aussehen wie dieses: ein zweigeschossiges, u-förmiges, verputztes Gebäude mit einem Hof, in dem ein Springbrunnen vor sich hin plätschert. Dann zog er hierher und lebte zehn Jahre in Spanplattenmöbeln. »Ich rufe mir einen Wagen.«

Als sie zur Handtasche auf dem Armaturenbrett greift, bekommt er den Geruch ihrer Haare in die Nase - Vanille und Sandelholz. »Willst du noch mit reinkommen?«, hört er sich fragen.

Fiona lacht laut. »Nein.«

Sam rollt die Augen. Nicht dass er heiß darauf wäre, dass sie ihn beim Wort nimmt, aber er weiß auch nicht, warum sie unbedingt so ungläubig klingen muss. »Was denkst du denn? Dass ich dich anmachen werde?«, fragt er und lehnt sich mit dem Rücken ans Beifahrerfenster. »Das habe ich nicht vor.«

»Oh, na klar«, sagt Fiona. »Ich soll nur mit reinkommen, damit du mir deine Schallplattensammlung zeigen kannst.«

»Ich hab gar keine.« Und bevor er sich eines Besseren besinnen kann: »Willst du vielleicht, dass ich dich anmache?«

Fiona lacht wieder. »Erwischt«, sagt sie und zieht einen Mundwinkel hoch. »Ich konnte unterwegs an nichts anderes denken.«

Sam zieht eine Braue hoch. »Wirklich?«, fragt er, obwohl ihm natürlich klar ist, dass sie ihn auf den Arm nimmt. »Woran hast du gedacht?«

»Ich ...« Jetzt ist sie durcheinander, das sieht er ihr an, und das war der Zweck. Doch dadurch ist er selbst auch ein bisschen durcheinander. Er sieht es in hochauflösenden Bildern vor sich: seine Hände an ihren Rippen, ihr weicher Mund an seinem Kinn. Eine Minute lang sagt keiner von ihnen ein Wort.

Fiona reißt sich als Erste zusammen. »Ich glaube, ich hätte dich zwingen sollen, einen Test auf Geschlechtskrankheiten zu machen, bevor ich zu dir ins Auto steige«, sagt sie, aber für eine Beleidigung ist das schwach, und ehe ihm etwas darauf einfällt, seufzt sie theatralisch, steigt aus und steht in der feuchtwarmen Nachtluft.

»Gut«, verkündet sie streng, »auf einen Drink.«

Sam lächelt.

Sams Wohnung liegt im zweiten Stock neben einer Außentreppe, die mit rot-grün-gelb gemusterten Terracottafliesen ausgelegt ist. Am schmiedeeisernen Geländer blühen pinkfarbene Kletter-Löwenmäulchen. Hier ist er eingezogen, sobald der *Heart-Surgeon*-Pilotfilm angenommen wurde, und in derselben Woche leaste er den Tesla. Noch zwei Jahre in der Wohnung, dachte er, dann ein Haus mit Blick über den

Laurel Canyon, wo der Geist von Mama Cass frühmorgens umgeht und leise vor sich hinsummt. Und danach - wenn er endlich seinen Filmdurchbruch hat, wie Russ immer wieder sagt - ein Anwesen in den Palisades, quasi als Nachbar von Kurt Russell und Goldie Hawn.

Das war der Plan. Jetzt kann er von Glück reden, wenn er die nächste Miete aufbringen kann.

Sam schließt die schwere Holztür auf, schaltet im Flur das Licht an und geht direkt zum Barwagen im Wohnzimmer. Er nimmt zwei Gläser und geht in die Küche, um Eis zu holen. »Ich hab Tequila«, ruft er über die Schulter. Plötzlich ist er nervös, auch wenn er nicht so recht weiß, warum. »Willst du ein Stück Zitrone?«

»Äh, sicher«, ruft Fiona ihm zu, aber sie klingt abgelenkt. Und kurz darauf kommt die Bestätigung. »Das ist deine Wohnung?«, fragt sie hörbar überrascht. »Sie ist ... schön.«

Sam steht mit hochgezogenen Brauen vor dem Kühlschrank. »Warum? Dachtest du, ich hause in einem Karton am Rand des Freeways?«

»Ja«, gibt sie zu. »Irgendwie schon.«

»Na, vielen Dank«, sagt Sam, obwohl er eigentlich nicht beleidigt ist. Er hat sich noch nie Möbel gekauft und wusste nicht, wie er sich einrichten sollte. Deshalb hat er die Raumgestalterin von West Elm engagiert, damit sie alles aussucht. Sie hat es ziemlich gut gemacht, viel Holz und Leder und ein großer moderner Lehnsessel, in dem er sich fühlt wie Dr. Evil. An der Wand über der Couch hängt eine Gibson Les Paul mit einem Autogramm von Van Morrison.

Als er ins Wohnzimmer zurückkehrt, steht Fiona vor dem Bücherregal. Sie hat ihre Haare hochgebunden, sodass ihr blasser Nacken frei liegt. »Du bist ein Sarah-Waters-Fan?«

Sie stellt sich auf die Zehenspitzen, um ins oberste Fach zu blicken, und ihre Wadenmuskeln wölben sich. »Im Ernst?«

Sam greift nach der Flasche. »Wen meinst du?«

Fiona hält ein Taschenbuch hoch, das er noch nie gesehen hat, und er schüttelt den Kopf. »Das ist von meiner alten Mitbewohnerin Erin«, erklärt er. »Sie hat Marie-Kondo-mäßig ausgemistet, als wir aus unserer letzten Wohnung auszogen. Dabei ist einiges von ihrem Zeug bei mir gelandet.«

»Ach so.« Fiona nickt. »Irgendwie kamst du mir nicht vor wie ein Kenner historischer lesbisch-erotischer Noirkrimis.«

Das lässt ihn aufhorchen. »Ich bin ... sehr interessiert an mindestens zwei der Begriffe, die du gerade genannt hast.«

Fiona zieht ein Gesicht. »Hmhm«, sagt sie und wendet sich wieder den Büchern zu. »Siehst du, das gehört auch zu den Dingen, mit denen ich bei dir gerechnet habe, Sam Fox.«

»Hey, ich lese auch.« Sam drückt das eiskalte Glas zwischen ihre Schulterblätter, sodass sie leise aufkeucht.

»Ach ja?« Sie nimmt den Tequila aus seiner ausgestreckten Hand und trinkt einen Schluck. »Danke. Welches ist dein Lieblingsbuch? *Der Alchimist?*«

»Halt die Klappe.« Sam wird blass. »Woher weißt du das?«

Fiona lacht schallend. »O mein Gott, ist nicht wahr, oder?«

Okay, jetzt ist er ein bisschen beleidigt. »Was ist gegen den *Alchimisten* einzuwenden?«, will er wissen.

»Gar nichts.« Sie setzt sich mit ihrem Glas an ein Ende der Couch und schlägt ein langes Bein über das andere.

»Nur dass es das Lieblingsbuch jedes Mannes ist, der nur eins gelesen hat.«

Sam schüttelt den Kopf. »Du glaubst wirklich, du weißt alles über mich, hm?«

»Natürlich nicht«, widerspricht sie sofort. »Die letzten zehn Prozent kann ich nur mutmaßen.«

»Süß.« Sam setzt sich neben sie und achtet darauf, dreißig Zentimeter Platz zu lassen. »Also gut, Prinzessin. Welches ist dein Lieblingsbuch?«

»Ach, ich kann gar nicht lesen.«

Sam lacht. »Das dachte ich mir schon.«

»Ja, nicht wahr?« Fiona streicht mit dem Daumen an ihrem Glasrand entlang, ohne ihn anzusehen. »Nein, äh, es ist *Weetzie Bat.*«

Sam schüttelt den Kopf. »Was ist das wieder?«

»Na ja, es ist bescheuert«, sagt Fiona, obwohl er an ihrem zaghaften Gesichtsausdruck sieht, dass sie das gar nicht meint. »Es geht um eine junge Frau, die in den Achtzigern in L.A. lebt und erstaunlich und herzzerreißend cool ist. Damals bei den Dreharbeiten von *Birds* habe ich das Buch immer hinten im Hosenbund mit mir herumgetragen wie eine Kanone, als Glücksbringer. So sehr wollte ich sein wie sie.« Sie trinkt einen Schluck und wedelt mit der Hand vor dem Gesicht, als hätte sie etwas Dummes ausgesprochen und könnte es damit aus der Welt schaffen. »Jedenfalls, Spoileralarm, bin ich am Ende einfach ich selbst.«

Sam zuckt mit den Schultern und stößt mit dem Knie an ihres. Ihre Jeans haben Risse, durch die ihre weiche braune Haut zu sehen ist. »Du bist gar nicht so übel, Fiona St. James.«

»Na ja.« Fiona lächelt. »Ich bin keine Weetzie Bat.«

Ein paar Augenblicke lang trinken sie still ihren Tequila. Das Schweigen wirkt wach und spannungsgeladen. Sam denkt völlig klar: Scheiß drauf! Und kaum springen ihm die beiden Worte in den Kopf, bewegt sich seine Hand wie von selbst von seinem Oberschenkel hinüber zu Fionas. Sein Daumen gleitet in einen Riss der Jeans am Knie und zieht langsame Kreise auf der glatten, warmen Haut über der Kniescheibe. Fiona hält den Atem an. Sie schaut hin und verfolgt die Bewegungen seines Daumens, wobei sich ihre Brust sichtbar hebt und senkt. »Ich dachte, du würdest mich nicht anmachen.« Sie zieht eine Braue hoch. Noch immer schaut sie auf ihr Knie.

Sam nickt ernst. »Ich mache dich nicht an«, beteuert er. Dann dreht er den Kopf und küsst sie.

Fiona keucht gegen seinen Mund, und der Geruch von Schnaps und Zitrone steigt ihm in die Nase, als ihr Handgelenk zuckt und Tequila aus dem Glas schwappt. Seinem Gefühl nach stehen die Chancen fünfzig zu fünfzig, dass er die Signale falsch gedeutet hat und sie ihm ins Gesicht schlägt. Doch stattdessen küsst sie ihn ebenfalls, und zwar sofort und gierig, als hätte sie schon den ganzen Abend darauf gewartet, dass er zur Vernunft kommt. Sam brummt leise und zufrieden. Er nimmt ihr das Glas ab, stellt es auf den Couchtisch und greift nach ihrer Hand, um den Tequila abzulecken. Sie schmeckt nach Zitrone und Salz.

Fiona schluckt schwer. »Okay«, murmelt sie – mehr zu sich selbst als zu ihm, denkt Sam. Sie fasst sich ins Gesicht, an den Hals, an ein Schlüsselbein. »Ich ... äh. Okay.«

Sam lächelt. Hätte er gewusst, dass sie ihn dadurch nicht mehr ansieht wie einen Schwachkopf, dann hätte er das schon längst getan. »Soll ich aufhören?«

»Nein«, gesteht sie, und er küsst sie wieder, diesmal härter, länger und tiefer, dann stupst er sie an, bis sie sich gegen die Kissen lehnt und ihre Haare aus dem Haarband rutschen und um ihr Gesicht fallen. Sanft rafft er die Strähnen in die Faust. Mit der anderen Hand wandert er von der Hüfte zur Taille und an den Rippen hoch, streicht über den Drahtbügel ihres BHs und kreist mit einem Finger um ihre Brustwarze, bis sie sich unter den beiden Stofflagen aufrichtet. Fiona wimmert.

»Ist das okay?«, murmelt er, und sie nickt.

Er rückt ab, um ihr Shirt ein Stückchen hochzuziehen, beugt sich darüber und streicht mit dem Mund über ihren Bauch. Es ist lange her, seit er das bei einer Frau getan hat, die nicht aktiv versuchte, ihre Karriere damit zu fördern, und er mag ihre weichen Kurven und den Seifengeruch auf ihrer Haut. »Du schmeckst gut«, murmelt er, und Fiona gibt einen Laut von sich, der vielleicht höhnisch klingt, doch sie wölbt sich ihm entgegen und streicht ihm durch die Haare. Sie zieht einmal unsanft daran, und er stöhnt an ihrer Hüfte.

Das Geräusch bringt sie anscheinend zu sich. »Komm hoch zu mir.« Sie zieht an seinem Hemd, schiebt die kleinen Knöpfe durch die Löcher und streift es von seinen Schultern. Sacht zieht sie die Fingernägel über seinen Nacken, bis Sam schaudert. Er zieht ihr das Trägerhemd über den Kopf und hakt ihren BH auf, streift die Träger herunter und nimmt eine Brustwarze in den Mund. Fiona schließt die Augen und lässt ihn einen Moment lang saugen, dann fasst sie ihn bei den Schultern und zieht ihn zu sich hoch, sodass sie sich Brust an Brust aneinanderschmiegen.

Sam ist seit der ersten Sekunde ihres Kusses hart, und als sie die Beine spreizt, um ihm Platz zu machen, stöhnt er gegen ihren Hals und presst sich rücksichtslos an sie, als wäre er dreizehn und nicht einunddreißig. Fiona legt ein Bein um seines, um ihn eng an sich haben. Er hat nur zwei Mal Kokain genommen, aber es fühlte sich genauso an wie jetzt: Sein ganzer Körper kribbelte, als hätte er eine Handvoll Sterne geschluckt oder als hätte er Neon in den Knochen. Keuchend wippt sie gegen seine Hüften, und plötzlich hat er den Eindruck - nein, er ist ziemlich sicher, dass sie kurz davor ist.

Er richtet sich ein wenig auf, sodass er eine Hand zwischen sie schieben kann - wenn er sie zum Kommen bringen soll, dann richtig. Aber sowie er an den Knopf ihrer Jeans greift, erstarrt sie.

»Okay.« Sie rückt unter ihm weg und stützt sich auf die Ellbogen. »Okay, okay, jetzt will ich, dass du aufhörst.«

Sam hört auf. »Was?« Im ersten Moment glaubt er, sie scherzt, aber ein Blick in ihr Gesicht genügt, und er setzt sich so schnell auf, dass ihm schwindlig wird. Oder vielleicht wäre ihm sowieso schwindlig geworden. Vor seinen Augen explodieren bunte Flecken. »Entschuldigung«, sagt er. »Ich ... ja, natürlich, tut mir leid.«

»Nein, es ist nicht ...« Fiona stockt und betastet ihren Mund, wie um sich zu vergewissern, dass er noch da ist. »Mir tut es leid, ich ...« Sie blickt umher, zieht die Knie an und fährt sich mit beiden Händen durch die Haare. »Ich hätte nicht ...«

»Nein, nein, nein, du brauchst gar nichts zu erklären«, sagt er schnell und ist zugleich verblüfft, wie sehr er sich eigentlich eine Erklärung wünscht. Mit einem Mal will er alles wissen, was es über sie zu wissen gibt, ihren Geburtstag und ihren zweiten Vornamen und woher die Narbe an der Innenseite ihres Oberarms stammt. Er würde annehmen, das läge an seinem Alkoholspiegel, doch er fühlt sich kein bisschen betrunken. Er mag sie. Er mag sie sehr. Und er hat die ganze Zeit versucht, das nicht zu denken, seit dem ersten Tag in der Druckerei. Doch jetzt liegt es klar auf dem Tisch, sodass es jeder sehen kann.

»Es tut mir leid«, sagt Fiona wieder. Sie blickt suchend durchs Wohnzimmer, wahrscheinlich nach ihren Sachen. Sam nimmt den BH von der Couchlehne und reicht ihn ihr, und sie lächelt ihn gedämpft an. »Danke.«

»Keine Ursache.« Sam sieht höflich weg, während sie ihn anlegt und sich ihr Trägerhemd überzieht. Als sie angezogen ist, beugt sie sich zu ihm und küsst ihn wieder, langsam und feucht und ein bisschen unanständig, und okay, jetzt hat er gar keine Ahnung mehr, was los ist. »Fee«, sagt er heiser. Er ist noch immer hundertprozentig hart. »Kannst du einfach …«

Fiona schüttelt den Kopf. »Ich sollte jetzt gehen.«

In ihrem Ton schwingt etwas mit, das ihm sagt, dass er sie nie wiedersehen wird. Der Gedanke macht ihn panisch, und das ist sonderbar, da er bis gestern jahrelang nicht an sie gedacht hat. »Und was, wenn du bleibst?«, platzt er heraus.

Darauf hält sie inne. Sie sieht ihn an und zieht die Brauen hoch. »Was …?«

»Ich meine es ernst«, sagt er. Halbnackt steht er vom Sofa auf, und im nächsten Moment kommt er sich vor wie ein Vollpfosten. »Hör zu, ich bin kein gruseliger Irrer, der kein Nein versteht. Also, wenn du gehen möchtest, dann geh. Aber«, er zuckt mit den Schultern, »du kannst auch einfach bleiben.«

»Sam …«

»Wir können einfach schlafen gehen«, verspricht er, was ein typischer Kitschroman-Blödsinn ist, und sie wird ihn ewig damit aufziehen. Er hebt eine Hand, um dem Versuch zuvorzukommen, und in dem Moment nickt sie.

»Okay«, sagt sie.

Sam blinzelt. »Im Ernst?« Das ist … damit hat er nicht gerechnet. Wenn sie ihm eine gute Nacht gewünscht und ihm dann die Bude angezündet hätte, wäre er nicht überraschter gewesen als jetzt. »Du willst bleiben?«

Fiona kneift die Augen zusammen. »Willst du nicht, dass ich bleibe?«

»Doch, natürlich will ich das.« Und zum ersten Mal ist es ihm ehrlich egal, ob er eifrig klingt. »Darum habe ich dich gefragt.«

»Ich werde mich nicht auf Sex einlassen«, stellt sie klar. »Das ist hier keine reizende Geschichte, bei der ich die Widerspenstige spiele und von dir überzeugt werden will …«

»Fiona.« Er unterbricht sie, denn er hält sich im Grunde nicht für ein Arschloch. »Das weiß ich.«

Sie sieht ihn prüfend an, als könnte die Sache einen Haken haben, und er weiß nicht, was sie in seinem Gesicht sieht, aber anscheinend überzeugt es sie, denn sie nickt wieder. »Okay.« Sie klingt jetzt sicherer. »Ich bleibe.«

Sam merkt, wie sich seine Anspannung löst. Es ist, als hätte er das Steuer rechtzeitig herumgerissen und wäre dem Zusammenstoß mit einem anderen Wagen entgangen oder als hätte er es in letzter Sekunde ins Flugzeug geschafft und die Stewardess käme vorbei und böte ihm etwas zu trinken an. »Okay«, wiederholt er und lächelt bewusst nicht. »Gut.«

Fiona entspannt sich ebenfalls. Ihre Schultern sinken

herab, als sie sich auf die Armlehne des Sofas setzt. »Wir müssen eine Serienmörder-Doku gucken«, erklärt sie. »Das mache ich immer, damit ich einschlafen kann.«

Sam lacht, dann erkennt er, dass sie nicht scherzt. »Moment mal. Ehrlich?«

Fiona runzelt die Stirn. »Hör zu, ich kann immer noch gehen«, sagt sie sofort und deutet zur Tür. »Du bist derjenige, der ...«

»Nein, nein, nein«, sagt er wieder und hebt beschwichtigend die Hände. »Wie du möchtest. Aber du verpasst was. Normalerweise lese ich Frauen, die bei mir übernachten, bei Kerzenschein aus dem *Alchimisten* vor.«

Fiona lacht.

Sie tappt hinter ihm durch den Flur und bleibt in der Tür stehen, während er das Laken auf seinem ungemachten Bett glattzieht. Sobald sie im Bett sind, schaltet er das Licht aus und öffnet seinen Laptop; dann sieht er, als der Bildschirm aufleuchtet, dass er ihn seit neulich Abend nicht mehr benutzt hat, denn die Cartoon-Möpse der Pornoseite hüpfen noch fröhlich vor sich hin. »Eine Freundin von dir?«, fragt Fiona in völlig ausgeglichenem Ton.

»Ich lese nur die Artikel«, schießt er zurück und schaltet auf Netflix. »Also, sind alle Serienmörder-Dokus gleich gut? Oder hast du eine Hitliste, aus der wir wählen können?«

Fiona lächelt großmütig. »Du kannst eine aussuchen.«

Am Ende sehen sie sich einen grässlichen Film über die Mansons an, bei der zu Aufnahmen von Sharon Tates blonden Haaren und rundem Schwangerschaftsbauch sentimentaler Sechzigerjahre-Rock gespielt wird. Sam gibt sich Mühe, nicht zusammenzuzucken. Er mag Slasher-Filme wie jeder Kerl, aber Filme über wahre Verbrechen haben ihn schon immer befremdet – das Düstere daran, vermutet er, und dass schlechte Produzenten mit dem schlimmsten Tag im Leben anderer Menschen Geld machen.

Außerdem macht es ihn immer ein wenig nervös, dass er auch mal ermordet werden könnte.

Doch es gefällt ihm, dass Fiona auf einen Ellbogen gestützt neben ihm liegt und ihre langen Haare seinen Arm streifen. Nicht, dass er sie begafft, aber der Ausschnitt ihres Trägerhemds steht ein bisschen ab, sodass er aus dem Augenwinkel den Ansatz ihrer Brüste sehen kann, wo ein paar Sommersprossen verstreut sind wie Flitter. Er spürt ihre Körperwärme. Die Situation hat etwas an sich, das ihm rät, sich möglichst nicht zu bewegen. Wie wenn seine Mutter ihm und Adam befahl, stillzuhalten, weil am Rand des Gartens ein Reh erschien, während sie Fußball spielten. Er will Fiona nicht verscheuchen.

»Okay«, sagt er schließlich, als der Erzähler in allen Einzelheiten berichtet, was die Autopsie von Sharon Tate ergeben hat. »Können wir jetzt ausschalten, bitte?«

Fiona seufzt laut und dreht sich auf den Rücken. »Na gut. Aber wenn ich die halbe Nacht wach liege, ist das deine Schuld.«

Sam sieht sie demonstrativ an. »Dasselbe könnte ich zu dir sagen, Süße.«

Jedenfalls ist sie gefühlte zwei Sekunden später eingeschlafen – und hat die ganze Decke an sich gerafft, während ihre kalten Füße an seinen liegen. Sam sieht zu ihr hinüber und strengt die Augen an, um sie ihm Dunkeln zu erkennen. Das Letzte, was er vor dem Einschlafen hört, ist ihr Atem.

Fiona

Was Fiona beim Aufwachen als Erstes registriert, ist, wie schön sich die Bettwäsche anfühlt: frischer weißer Baumwollperkal mit hoher Fadendichte.

Als Nächstes fällt ihr auf, dass sie in Sam Fox' Bett liegt.

Neben Sam Fox.

Scheiße.

Er schläft noch, Gott sei Dank. Reglos liegt er auf dem Rücken, mit nacktem Oberkörper, einen gebräunten, muskulösen Arm über den Augen. Die Sonne scheint durch den Baum in sein Schlafzimmer und wirft Schattenmuster auf seine glatte, makellose Haut.

So leise wie möglich schiebt sie die Decke weg und setzt sich auf. Vorsichtig betastet sie ihren Mund. Ihre Lippen fühlen sich geschwollen und gereizt an, auf schöne Weise überbeansprucht. Sie schaudert. So wie ihn hat sie niemanden mehr geküsst seit – sie weiß nicht, ob sie überhaupt schon mal jemanden so geküsst hat. Sam zu küssen ist, wie als Teenager mit einem Klassenkameraden im Auto rumzumachen, zumindest wie sie es sich damals vorstellte: als könnte sie körperlich nicht genug von ihm kriegen, als gäbe es eine Reihe geheimer Sprengsätze in ihrem Körper und er würde sie systematisch nach und nach auslösen. Sie krümmt die Zehen in den langen Flor des Teppichs und erlaubt sich, Sam ein paar Augenblicke lang zu betrachten: seinen abstehenden Hüftknochen und den dunklen Haarstreifen unter dem Bauchnabel und seine perfekt geformten Bauchmuskeln, die man nur bekommt, wenn man einer dieser Kohlköpfe ist, die täglich ins Fitnessstudio gehen und von ihrem Körper besessen sind.

O Gott, das wird dermaßen peinlich werden.

Auf Zehenspitzen geht sie durch den Flur ins Wohnzimmer, wo ihre Jacke über einem Barhocker hängt und ihre Handtasche auf einer Flechtbank neben der Tür liegt. Sie seufzt erleichtert, weil sie sich den peinlichsten Moment an einem post-nonkoitalen Morgen erspart, hängt sich die Tasche über die Schulter und zieht sich ihren Stiefel an.

Stiefel. Singular.

Wo ist der andere? Er ist nirgends zu sehen.

Stirnrunzelnd dreht sie sich einmal im Kreis und schaut systematisch durch das Zimmer. Sam hatte gestern Abend recht – sie war überrascht, wie schön seine Wohnung ist, nicht nur die Wohnung selbst, sondern jedes Stück der Einrichtung: die tiefe, cognacfarbene Couch und die antike Apothekerlampe neben dem Lehnsessel, die geometrischen blau-grünen Muster der Sofakissen. Im Regal steht ein Schwarzweißfoto von einer langhaarigen Frau, wahrscheinlich Sams Mutter. Sie hält ein dickes, glatzköpfiges Baby im Arm und lacht. Neben den Türen zum Balkon steht eine hohe Palme in einem großen Tontopf, und allem Anschein nach ist sie noch am Leben.

Ohne Erfolg sieht sie unter dem Tisch und hinter der Tür des kleinen schwarz-weißen Badezimmers nach, dann kehrt sie in die Küche zurück und beginnt die Suche von vorn. Wie kann das sein? Kann sich ein Kojote hereingeschlichen haben, während sie schlief, und ist damit abgehauen? Es ist ein *Stiefel.* Auf Händen und Knien späht sie unter das Sofa, als sie hinter sich ein Räuspern hört. »Äh«, sagt Sam leise und klingt heiser. »Morgen.«

Fiona kneift die Augen einen Moment lang zu, bevor sie sich aufrichtet und ihn ansieht. »Oh.« Sie streicht sich die wirren Haare hinter die Ohren. »Hey.«

»Was machst du?« Er kratzt sich an der Schulter. Er hat sich keine Hose übergezogen, sodass sich sein Schwanz in den dunkelgrauen Retropants deutlich abzeichnet.

Fiona räuspert sich ebenfalls und versucht, nicht zu gaffen. »Hast du meinen Stiefel versteckt?«

Sam schnaubt. »Wie bitte?«

»Meinen Stiefel«, wiederholt sie und kommt sich ein bisschen hysterisch vor. »Als ich gestern Abend herkam, hatte ich zwei an, aber jetzt ...« Sie zeigt auf ihren beschuhten Fuß. »Hast du ihn versteckt?«

Sam sieht sie an, wäre sie verrückt. »Warum sollte ich ...?« Er stutzt. »Was? Etwa, um dich dazubehalten?«

»Ich ...« Fionas Wangen werden heiß. Laut ausgesprochen klingt das absurd. »Nein, natürlich nicht. Ich dachte nur ...«

»Nicht?« Sam kauft ihr das nicht ab. Seine Mundwinkel zucken, er kann sich das Lachen kaum verkneifen. »Das war es nicht, was du mir gerade unterstellt hast? Ich würde dich so verzweifelt bei mir haben wollen, dass ich mitten in der Nacht aus dem Bett schleiche und deinen ...« Er stockt, zieht eine Braue hoch. »Den da?« Er deutet mit dem Kinn zum Lehnsessel in der Ecke, wo der fehlende Stiefel auf der Seite liegt wie ein verwundeter Soldat.

»Oh.« Sie erinnert sich jetzt, dass sie ihn abstreifte und

mit dem Fuß wegschleuderte, während Sams heißer Mund an ihrem Hals hinabstrich und seine Fingerspitzen virtuos über ihren Körper flogen. »Danke.«

»Keine Ursache.« Er hebt ihn auf und hält ihn ihr lächelnd hin. Es ist ein echtes, offenes, liebevolles Lächeln, und Fionas Magen schlingert bedenklich. Als sie nach dem Stiefel greift, hält er ihn eine Sekunde lang fest und zieht sanft. Sie spürt das Ziehen auch zwischen den Beinen. »Soll ich wieder ins Bett gehen, damit du dich rausschleichen kannst?«

»Ich wollte mich nicht rausschleichen«, widerspricht sie. »Ich wollte bloß verhindern, dass wir uns umbringen, mehr nicht.«

»Sehr umsichtig.« Sam reibt sich über den Kopf, seine dunklen Haare stehen in alle Richtungen an. »Willst du dich denn gerade umbringen?«, fragt er.

Fiona denkt darüber nach. In Wirklichkeit will sie ihn auf die tiefe Ledercouch stoßen und auf ihn steigen, aber eher würde sie in den Stiefel beißen, als ihm das zu sagen. »Äh ... nein?«, fragt sie und versagt komplett, als sie dem etwas Sinnvolles hinzufügen will.

»Nein?« Sam grinst spöttisch. »Ich sag dir was. Du bleibst hier und denkst über deine Selbstmordneigung nach, und ich mache Frühstück.«

»Du weißt doch gar nicht, wie das geht«, erwidert sie und folgt ihm mit dem Stiefel in der Hand in die Küche.

Sam holt ein Dutzend Eier und eine leuchtend gelbe Dose Margarine aus dem Kühlschrank. »Kann ich dich was fragen? Was habe ich an mir, dass du dich getrieben fühlst, mich pausenlos zu attackieren?«

Das schockiert sie. »Ich ...« Sie stockt und versucht es erneut. »Ich ...«

Sam zieht die Brauen hoch. »Ja?«

Scheiß drauf, denkt Fiona, lässt den Stiefel fallen, stellt sich auf die Zehenspitzen und küsst ihn.

Sam gibt ein leises Uff von sich und küsst sie auch. Er nimmt ihr Gesicht in beide Hände. Seine Brust brennt durch ihr Trägerhemd. Fiona wühlt in seinen Haaren und beißt ihm in die Unterlippe, in die Zunge, in das dunkle Stoppelkinn. Sie fasst an seinen Hintern und drückt ihn, und er stöhnt.

»Ich mag dich«, gesteht sie leise an seiner Schulter. Als sie seinen Hals küsst, schmeckt sie Salz. »Deshalb attackiere ich dich ständig.«

Sam lacht laut. Sie spürt die Vibration bis in die Beine. »Wie alt bist du? Zwölf?«

»Im Grunde ja«, gibt sie zu.

Sam nickt, als könne er das nachvollziehen. »Tja«, sagt er, greift unter ihr Trägerhemd und zieht durch den Stoff ihres BHs an ihrer Brustwarze, sodass sie scharf Luft holt. »Werd erwachsen.«

Er hebt sie auf die Arbeitsfläche, greift unter ihre Kniekehlen und spreizt ihre Beine, um sich dazwischen zu stellen. Fiona schlingt die Arme um seinen Nacken. Sie reibt sich an ihm, sie kann nicht anders, als würde es sie jucken und er wäre ein Kratzbaum.

»Fiona«, murmelt Sam an ihrem Mund. Er ist hart, sie spürt ihn dick und lang und drängend durch drei Lagen Stoff. »Komm mit ins Bett.«

Sie zögert. Sie will es. Verdammt, sie will es. Und es ist nicht so, als ob sie es sich nicht längst vorstellt – seine Finger und seinen Schwanz und seine feuchte, geschickte Zunge, die weichen weißen Laken an ihrer Haut –, doch sie hat auch das Gefühl, dass sie dabei etwas aufgeben würde. Etwas, was sie noch nicht aufgeben will.

»Ich sag dir was.« Sie küsst ihn noch einmal, schiebt ihn weg und hüpft von der Küchenzeile. »Lass uns woanders frühstücken.«

»Okay.« Sams Lippen zucken unsicher. »Aber das ist … nicht dasselbe wie Bett.«

»Da hast du recht.« Sie greift nach seiner Hand und schiebt die Finger zwischen seine. Sie sieht ihm seine Frage an: Ist das ein vorläufiges oder ein endgültiges Nein? Ein vorläufiges, möchte sie ihm sagen, aber sie weiß nicht, wie sie es ausdrücken soll. »Andererseits bedeutet es Waffeln.«

Sam sieht sie für einen Augenblick an und nickt. »Ja«, sagt er noch ein bisschen außer Atem. »Ich muss zu einem Vorsprechen, aber danach.«

»Zu einem Vorsprechen?« Das bringt sie zum Lächeln. Sie lehnt sich an den Kühlschrank und hebt das Kinn. »Für was?«

Sam legt ihren Arm um seine Taille und tritt näher. »Das geht dich nichts an.«

»Ach, ich soll raten?«, äfft Fiona ihn nach. »Warum hast du das nicht gleich gesagt?« Sie überlegt und streicht sich den imaginären Bart. »Heißer Babysitter in generationsübergreifender Dramedy. Heißer Mandant in Anwaltsserie. Heißes Mordopfer in CSI-Ableger.«

»Oh, Honey.« Sam sieht sie unter halb gesenkten Lidern an. »Du findest, ich wäre ein heißes Mordopfer?«

»Ich finde, du bist der Typ, den man als heißes Mordopfer castet«, korrigiert sie.

»Hab verstanden«, sagt er ernst und küsst sie wieder. »Wie auch immer. Willst du mitkommen? Wir können hinterher Waffeln essen gehen. Oder vielmehr, du isst Waffeln und ich eine vernünftige, aber leckere Getreide-Bowl.«

Fiona überlegt. Sie sieht die goldenen Sprenkel in seinen Augen in der Sonne leuchten, die durch das Fenster über der Spüle scheint. Sie empfindet etwas in der Brust, was sie nicht so recht kennt, und begreift erst nach ein paar Augenblicken, dass es Glücksgefühle sind. »Okay.« Sie lächelt zögernd und nicht ganz freiwillig. »Ja.«

Draußen herrscht ein Morgen mit dem blauen Himmel klassischer Ansichtskarten. Es ist noch nicht allzu heiß, aber die Luft hat die sandige Schärfe der Wüste. Sie halten beim Coffee Bean für zwei Iced Latte, und Sam lässt Otis Redding laufen. Fiona öffnet den Mund, um sich über ihn lustig zu machen – nur aus einem Reflex heraus, denn sie mag Otis Redding –, tut es aber nicht. Sie hält die Finger in den Fahrtwind und summt mit.

»Ach, übrigens«, sagt Sam, während sie den Cahuenga Boulevard in Richtung 101 entlangkriechen, »das Vorsprechen findet auf dem UBC-Gelände statt. Nur zur Vorwarnung.«

»Oh.« UBC ist der Mutterkonzern von Family Network. Auf dem Gelände wurde *Birds* gedreht. Fiona ist seit Jahren nicht mehr dort gewesen, und bei dem Gedanken, es zu betreten, kommt sofort eine tief sitzende Angst in ihr hoch und kribbelt, als liefen Tausendfüßler durch ihren Körper. Es war dumm von ihr, nicht danach zu fragen. »Okay.«

»Tut mir leid.« Er dreht den Kopf zur ihr. »Ist das …«

»Nein«, sagt sie rasch. »Ist in Ordnung.«

Es handelt sich um ein traditionelles Studiogelände mit Art-déco-Ausstrahlung und neueren Gebäude mit viel Glas und Stahl. Sie rechnet fest damit, dass der Anblick sie auf eine tiefgreifende, unerträgliche Art erschüttert. So wie Sam ständig zu ihr rübersieht, rechnet er anscheinend auch damit. Vielleicht denkt er, dass sie aus dem Wagen springt, sich die Klamotten vom Körper reißt und nackt einen Moonwalk aufführt oder den Fahneneid in Pig Latin aufsagt. »Mir geht's gut«, sagt sie. »Wie geht es dir? Bist du nervös?«

»Nö.« Sam schüttelte den Kopf.

»Ganz lässig, hm?«

»Ganz lässig.« Er rollt in eine Lücke auf dem Besucherparkplatz und legt seinen Parkausweis aufs Armaturenbrett, betrachtet seine Zähne prüfend im Rückspiegel und dreht sich zu ihr. »Gibst du mir einen Glückskuss?«

Fiona überlegt. »Ja«, entscheidet sie, fasst ihn am Kragen und gibt ihm einen Schmatz.

Sam zwinkert sie an. »Wir nennen das den Kenosha-Abschied«, erklärt er, tippt sich an die imaginäre Mütze und öffnet die Tür. »Bis später, Puppe.«

»O mein Gott, du bist ein absoluter Arsch!«, ruft sie ihm nach, lacht aber dabei. Sie hofft, dass er als heißer Mordverdächtiger gecastet wird, dessen Alibi sich nach der zweiten Werbeunterbrechung bestätigt, oder welche Rolle da auch immer besetzt werden soll.

Nachdem er gegangen ist, scrollt sie eine Weile im Handy, aber es ist zu schön draußen, um in diesem absurden Auto herumzusitzen. Sie schaut sich aufmerksam um und vergewissert sich, dass keiner mit einer Kamera am Rand des Parkplatzes lauert, steigt aus und setzt sich auf die Motorhaube. Sie lehnt sich gegen die warme Windschutzscheibe und schließt die Augen, sodass die Sonne Muster auf die Innenseite ihrer Lider malt. Sie überlegt, sich zum

Frühstück ein Schinken-Käse-Omelett zu bestellen. Sie denkt darüber nach, das Arrangement der Schlussszene zu ändern. Sie denkt *Scheiß drauf! Fahren wir zurück in seine Wohnung!*, als jemand ihren Namen ruft.

Fiona öffnet die Augen und richtet sich instinktiv auf. Ihr wird schlagartig kalt.

»Äh …« Genauso instinktiv setzt sie die Maske der fröhlichen, mädchenhaften Riley Bird auf und mimt Überraschung. »Hi, Jamie.«

Sam

Bei dem Vorsprechen geht es um die Rolle des heißen Feuerwehrmanns mit tragischer Militärvergangenheit, und es läuft umwerfend gut. Sam ist ehrlich verblüfft. Er hat selten mal das Gefühl, es sofort richtig zu machen und übergangslos in eine Rolle zu finden, wie das seriöse Schauspieler wahrscheinlich können. Er nimmt sich vor, Fiona zu sagen, dass sie sein Glücksbringer ist, hört sie im Geiste einen Würgelaut machen und besinnt sich eines Besseren.

Er bedankt sich. »Sie werden definitiv von uns hören«, sagt die Besetzungschefin lächelnd, und Sam schafft es, sich die Siegerfaust zu verkneifen, bis er draußen ist. Dann begibt er sich zum Parkplatz, wo er Fiona auf der Motorhaube des Tesla sitzen und mit Jamie Hartley quatschen sieht.

»Hey!«, ruft er erfreut. Das ist ein guter Tag. »Was ist das? Ein Ehemaligentreffen?«

»Na ja.« Jamie grinst auf die vertraute schiefe Art. »So kann man es noch nicht nennen.« Er sieht genauso aus wie seinerzeit als Vater in *Birds of California,* hat den gut gealterten Look wie alle Fernsehleute. »Hey, Fee, das hat er gesagt, nicht ich.«

Fiona lächelt. »Das behalte ich im Hinterkopf.«

»Tu das«, sagt Jamie, legt einen Arm um Sams Schultern und drückt ihn. Er riecht wie ein Wald von Mammutbäumen. »Mann, das ist eine Überraschung. Wie geht's dir, Junge?«

»Gut.« Sam senkt schüchtern den Kopf. Als er noch bei *Birds* auftrat, lud Jamie ihn am Ende jeder Staffel auf ein Burger-Essen ein und fragte ihn, an was für Projekten er künftig mal arbeiten wolle und welche Filme er am meisten mochte. Schon damals wusste Sam, dass es kitschig war, wie sehr er sich darauf freute, aber er freute sich trotzdem. Als er von Jamies Künstlerentwicklungsvertrag mit HBO erfuhr, fragte er sich, ob er dadurch wohl einen Anruf kriegen würde.

»Das gefällt mir.« Jamie lässt ihn los und klopft ihm auf den Rücken. »Die ganze Bande wieder zusammen.«

»Bis auf Max«, sagt Sam Fiona zuliebe. »Den sollte man nicht vergessen.«

Jamie runzelt die Stirn. »Welcher Max?«

»Oh, komm!«, sagt Sam tadelnd. »Der kleine Rothaarige, der den Cousin spielte, du erinnerst dich doch.«

»Natürlich erinnere ich mich. Ich habe ihn neulich angerufen und ihn überredet, an Bord zu kommen.« Er wendet sich Fiona zu. »Hast du schon gehört, dass Thandie unterschrieben hat?«

»Ich ...« Fiona sieht verblüfft aus. »Thandie? Wirklich?«

»Ja, ich weiß.« Jamie lacht selbstironisch. »Ich war auch überrascht. Ich dachte, sie ist zu sehr mit Soderbergh und Fincher beschäftigt, als dass sie mit kleinen Fischen wie uns herumhängen kann. Aber sie sagte, das sei ein so wichtiger Teil ihres Lebens gewesen, dass sie um der alten Zeiten willen bei ein paar Episoden auftritt.«

»Echt nobel«, murmelt Fiona - zumindest meint Sam das verstanden zu haben. Jamie hat es anscheinend nicht gehört.

»Aber ich muss jetzt los«, sagt er. »Hab drinnen ein Meeting. War schön, euch zu sehen, Leute.« Er zwinkert. »Freut mich, dass ihr noch befreundet seid.«

Er verabschiedet sich bei beiden mit einer Umarmung und eilt in seiner Lederjacke über den Parkplatz wie Ben Affleck, der eine Atomrakete auf einen Asteroiden abfeuern will. »Ich mag ihn«, sagt Sam, nachdem Jamie weg ist. Fiona sitzt schon im Wagen, hat sich angeschnallt und die Hände im Schoß gefaltet. »Magst du ihn nicht?«

Fiona antwortet nicht. »Hast du das geplant?« Sie sieht ihn nicht an, sondern starrt durch die Windschutzscheibe auf Jamies kleiner werdenden Rücken.

Sam blickt sie verdutzt an. »Was geplant?«

»Die Begegnung mit ihm.«

»Was? Nein.« Er schüttelt den Kopf. Ihr Ton ist plötzlich ganz anders, und ihm fällt auf, dass sich auch ihre Körpersprache geändert hat. Sie hat die ganze Zeit geschauspielert, begreift er jetzt und ist von ihren Fähigkeiten tief beeindruckt. Sie ist besser als er, das steht fest. Am liebsten würde er sie ins Studio bringen und denen sagen: Das ist die Frau, die ihr engagieren solltet. »Ich wusste nicht, dass er da sein würde.«

»Okay«, sagt sie und denkt ganz offensichtlich, dass er Scheiße labert. »Ich meine nur, er schien nicht im Geringsten überrascht, uns zusammen zu sehen.«

Das irritiert ihn, obwohl er sich ein bisschen schuldig fühlt. Er denkt daran zurück, wie Jamie ihm zuzwinkerte. Trotzdem: »Wirklich?« Sam kann nicht widerstehen. »Er hat wörtlich gesagt: Das ist eine Überraschung.«

Fiona kneift die Augen zusammen. »Machst du dich gerade über mich lustig?«

»Nein.« Sam fährt vom Parkplatz. »Natürlich nicht.«

»Kann man es mir übelnehmen, wenn ich ein bisschen paranoid bin? Du schmeißt dich an mich ran und versuchst mich zu überreden, bei der Fortsetzung mitzumachen, und plötzlich …«

»Ach, so nennst du das, was heute Morgen in meiner Wohnung passiert ist?« Er fällt ihr ins Wort und weiß sofort, dass er das bereuen wird, doch er spricht es aus, bevor er sich davon abhalten kann. »*Ich* schmeiße mich an *dich* ran?«

Fionas Lippen werden sehr schmal. »Okay«, sagt sie leise. Sam sieht es förmlich, wie sie das Zutritt-Verboten-Schild an ihre Tür nagelt. »Weißt du, ist schon gut. Wir brauchen nicht weiter darüber zu reden.«

Sam seufzt. »Fiona …«

»Es ist gut, Sam.«

»Na schön.« Ein paar Minuten lang schweigen sie, und beide kochen vor Wut, bis Sam plötzlich merkt, dass er gar nicht weiß, wohin er fährt. »Willst du noch frühstücken?«, fragt er. Er hört selbst, wie er klingt: als wünschte er sich, dass sie Nein sagt.

Fiona hört das auch, oder sie will wirklich nicht länger als nötig mit ihm zusammen sein. »Ich sollte jetzt mal nach Hause«, sagt sie. »Ich kann mir ein Uber rufen, wenn du mich irgendwo rauslassen willst.«

»Das ist doch idiotisch«, sagt er mürrisch. »Ich bringe dich nach Hause.«

Den Rest der Fahrt reden sie kein Wort. Fiona blickt stur geradeaus durch die Sonnenbrille, die sie aus ihrer enormen Handtasche gekramt hat. Sam dreht immer wieder den Kopf zu ihr, doch ihr Gesicht gleicht einer undurchdringlichen Maske.

»Gut«, sagt sie, als er schließlich in ihre Einfahrt einbiegt. Einen halben Block entfernt hat sie sich schon abgeschnallt. Er ist überrascht, dass sie überhaupt noch etwas zu ihm sagt. »Es war schön, sich mal wieder zu unterhalten. Ich hoffe, du bekommst die Rolle.«

»Okay. Danke.« Sam runzelt die Stirn. Er weiß, er sollte es dabei bewenden lassen, aber er will nicht. »Fiona«, sagt er ruhig. »Kannst du mir sagen, was los ist?«

»Was?« Fiona stellt sich dumm. »Nichts. Hat Spaß gemacht.«

Nach Nichts fühlt es sich definitiv nicht an, aber er ist zu verärgert, um noch mal nachzuhaken. Wenn sie sich irrational verhalten will, soll sie es tun – ihre Sache. Es ist ja nicht so, dass ihn keiner vor ihr gewarnt hat. »Okay. Bis dann.«

»Jep.«

Sam sieht zu, wie sie den Rasen überquert und sich die Haustür aufschließt, mit hängenden Schultern und fahrigen Händen. Er denkt, dass sie sich vielleicht nach ihm umdreht, doch das tut sie nicht. Er sitzt noch einen Moment lang da und fühlt sich wie ein totaler Arsch. Dann gibt er Gas und fährt weg.

Am Abend, als Sam blanken Quinoa aus dem Topf isst und auf Hulu *Wheel of Fortune* guckt, ruft Adam an. »Ich will dir etwas sagen«, kündigt er an. »Aber du darfst nicht ausflippen.«

Das ist eine beschissene Art, jemanden davon abzuhalten, denkt Sam und bekommt schon Angst. »Was ist es?«

»Mom geht es gut. Aber sie ist gefallen.«

Sam stellt den Topf auf den Couchtisch. »Was heißt, sie ist gefallen?«

»Sie ist auf dem Parkplatz nach dem Arzttermin ohnmächtig geworden.«

»Gib sie mir.«

»Sammy, im Ernst, es geht ihr gut ...«

»Gib sie mir!«

Sam hört es rascheln, und Adam sagt etwas, was Sam nicht verstehen kann. Zu Hause benutzen sie noch immer den Festnetzanschluss. »Es geht mir gut«, sagt seine Mutter, als sie den Hörer übernimmt. »Ich war aufgeregt, mehr nicht. Der Arzt sah so hinreißend aus, da bin ich in Ohnmacht gefallen.«

»Das ist nicht lustig.«

»Natürlich nicht. Wie geht es dir?«

Wen interessiert, wie es mir geht, denkt Sam. Ihm ist zum Heulen zumute. »Gut«, sagt er. »Und wie fühlst du dich jetzt?«

»Nun ja, mein Schatz, ich habe Krebs.«

Er stößt einen halb erstickten, verschleimt klingenden Laut aus. Er will nach Hause und sich an den Küchentisch setzen und sie fragen, wie er all seine Probleme lösen soll, einschließlich dem, dass sie krank ist. Er will ihr seltsamerweise von Fiona erzählen, weiß aber nicht wie.

Stattdessen schluckt er mühsam. »Ich liebe dich«, sagt er schließlich. »Gib mir noch mal Adam.«

»Ich hab's dir gesagt«, sagt sein Bruder.

»Soll ich nach Hause kommen?«

»Kannst du dir das leisten?«, fragt Adam, und das heißt nicht: Nein, nicht nötig, mach dir keine Sorgen, es ist noch viel Zeit.

»Selbstverständlich«, lügt er. »Wieso tust du ständig so, als wäre ich pleite?«

»Keine Ahnung. Aber ich glaube nicht, dass du herkommen musst. Ich schreib dir, wenn es was Neues gibt.«

Sam legt auf und blickt auf seine blöde schöne Wohnung, den teuren Sessel und die altmodische Stehlampe und die signierte Van-Morrison-Gitarre, die er gekauft hat, als *The Heart Surgeon* eine ganze Staffel bekommen sollte. Er spielt nicht mal Gitarre. Er mag nicht mal Van Morrison! Er hat das Ding nur gekauft, weil er das für cool hielt und dachte, dass die Frauen, die er in seine Wohnung mitnimmt, darüber reden wollen, und das wollen sie auch, nur Fiona hat ihn nicht darauf angesprochen.

Scheiße. Er will jetzt nicht an Fiona denken.

Er holt sich ein Bier aus dem Kühlschrank und trödelt eine Weile am Computer herum. Dabei versucht er herauszufinden, wie man Zeug auf eBay verkauft. Nach fünf Minuten ist er frustriert und gibt auf. Er hat keine Ahnung, warum es ihn überrascht, dass sie letztendlich genauso ist wie in sämtlichen Memes geschildert: launisch, irrational, abwehrend. Sie hat ihn praktisch beschuldigt, mit ihr rumzumachen, damit sie einlenkt und bei der *Birds*-Fortsetzung mitmacht.

Du *hast* mit ihr rumgemacht, damit sie einlenkt und bei der *Birds*-Fortsetzung mitmacht, hält ihm eine innere Stimme vor, und er fühlt sich wie der größte Arsch aller Zeiten.

Mag sein, dass er deshalb zur Druckerei gefahren ist. Aber das war nicht der Grund, weshalb er sie gestern Abend in die Bar eingeladen hat.

Und definitiv nicht der Grund, warum er sie bat, bei ihm zu übernachten.

Es spielt keine Rolle mehr, sagt er sich, steht auf und

schlendert in die Küche. Es ist vorbei. Er macht sich das Bier auf, trinkt es mit drei langen Schlucken, ohne es zu schmecken. Greift sich das nächste.

Plötzlich ist es Morgen, und Erin hämmert an seine Wohnungstür. Sein Mund schmeckt wie ein benutzter Sackschutz, sein Kopf wummert. »Nur die Ruhe«, sagt er und zieht die Tür auf.

Erin zieht die Nase kraus. »Hier stinkt es nach Furz.«

Sam reibt sich übers Gesicht. »Wolltest du was?«

»Flipp nicht aus«, sagt sie und kommt herein.

Das ist das zweite Mal in zwölf Stunden, dass das jemand zu ihm sagt, und Sam gefällt das gar nicht. Er braucht Kaffee. Er braucht Wasser und ein Sandwich mit gebratenem Speck, Ei und Käse und eine Hauptrolle in einem Action-Abenteuer-Blockbuster von Steven Spielberg. »Warum sollte ich ausflippen?«

Erin hält ihm ihr Handy vor die Nase. Sam guckt blinzelnd auf die Homepage eines enorm beliebten Klatschblogs – jenes, der sich vor ein paar Jahren auf Fiona eingeschossen hatte, als sie ständig das öffentliche Ärgernis spielte.

»Turteltauben?« lautet die Überschrift über – ach du Scheiße! – vier Fotos von Fiona und ihm, wie sie gestern Morgen seine Wohnung verließen, Hand in Hand. *Alles kommt wieder! Es sieht ganz so aus, als ob zwischen den früheren Filmpartnern etwas läuft. Gerüchten zufolge ist eine Fortsetzung des beliebten Family-Network-Megahits* Birds of California *geplant – vorausgesetzt natürlich, Fiona St. James rastet nicht wieder ständig aus. Unten seht ihr eine Slideshow ihrer schockierendsten öffentlichen Auftritte!*

»Scheiße.« Sam schlurft ins Wohnzimmer und lässt sich auf das Sofa fallen. Ein heißes Kribbeln schießt ihm in die Glieder. Er hat viel Erfahrung mit Klatschseiten. Da lief mal was zwischen ihm und Taylor Swift vor zwei Jahren, und einmal wurde er fälschlich als einer der Lover eines Catchers der San Diego Padres abgebildet. Doch etwas an dieser speziellen Begebenheit löst bei ihm das Gefühl aus, er wäre mit offener Hose erwischt worden. Und langsam wird ihm klar, wieso: Nicht weil sie ein Foto von ihm haben, wie er mit einer Frau aus seiner Wohnung kommt, sondern weil diese Frau Fiona St. James ist, die mal mit der geklauten Hüpfstange eines Kindes die Fensterscheibe eines Luxusrestaurants in Beverly Hills eingeworfen hat. Und ja, er hat gestern halb gehofft, jemand würde sie beim Lunch knipsen, doch diese Story ist ein anderes Kaliber. Es ist eine Sache, mit ihr abzuhängen, um sie für *Birds of California* rumzukriegen, und eine ganz andere, einfach mit ihr abzuhängen. Damit wirkt er nicht gerade wie ein erstklassiger Hauptdarsteller, den jeder engagieren will.

Du hast sie selbst eingeladen, muss er sich sagen. Du hast sie selbst in deine Wohnung mitgenommen.

Doch er müsste lügen, um zu behaupten, dass er das jetzt nicht bereut.

»Wie konntest du mir das verschweigen?«, fragt Erin und setzt sich in den Dr.-Evil-Sessel. Sie dreht sich damit wie ein vergnügtes Kind. »Du vögelst mal eben mit Riley Bird und sagst mir nichts? Sehr gentlemanlike, das muss ich zugeben.«

»Wir vögeln nicht.« Sam fährt sich durch die Haare. »Das ist … eine seltsame Geschichte.«

»Das kannst du laut sagen«, pflichtet Erin gut gelaunt

bei. »Sieh es von der heiteren Seite: Das ist viel interessanter als die Story, dass deine Serie abgesetzt wurde. *Das* haben die Leute jetzt wahrscheinlich schon vergessen.«

»Leck mich«, sagt Sam, aber ohne Wut. Er weiß, er kommt wie ein Arschloch rüber, wenn ihm das peinlich ist, und obendrein ist er sich einer Sache ziemlich sicher: Egal wie bloßgestellt er sich fühlen mag, Fiona empfindet das sicher noch viel stärker. Er erinnert sich an seinen ersten Besuch in der Druckerei, als sie ihm erzählte, dass die Medien sie endlich in Ruhe ließen. »Ich sollte sie anrufen.« Er greift zum Handy, obwohl ihm klar ist, dass sie nicht rangehen wird. Tatsächlich hat sie ihr Handy sogar abgeschaltet. Er legt auf, ohne eine Nachricht zu hinterlassen, zum einen, weil er nicht glaubt, dass er damit etwas ändern könnte, und zum anderen, weil es ihm unangenehm wäre, etwas Ernsthaftes auf die Mailbox zu sprechen, wenn Erin neben ihm sitzt und ihn ansieht wie viele Frauen, wenn sie etwas über ihn zu wissen glauben.

»Geh duschen«, sagt sie, sobald er aufgelegt hat. »Ich besorge dir solange einen widerlichen Eiweiß-Wrap.« Und als er zum Bad tappt: »Und mach ein Fenster auf, ja? Es stinkt wie in einer Teergrube.« Sam zeigt ihr den Stinkefinger, bevor er die Badezimmertür hinter sich schließt.

Fiona

Es ist Claudia, die ihr von den Fotos berichtet. Während ihrer Behandlung in der Klinik hatte sie mit ihrer Therapeutin vereinbart, nicht mehr auf Darcys Website zu schauen, und daran hat sie sich die meiste Zeit gehalten. Aber Claudia wird von Google benachrichtigt, wenn Fionas Name irgendwo auftaucht, und sie hält sorgfältig Ausschau, ob sich am Horizont Ärger abzeichnet, wie die Männer auf der Mauer in *Game of Thrones*.

»Da steht eigentlich nichts Schlechtes«, verspricht Claudia an die Küchenzeile gelehnt. Brando treibt sich im Flur herum wie ein Ersatzspieler, der darauf wartet, von der Bank gerufen zu werden. »Ich dachte nur, du möchtest das vielleicht wissen.«

Claudia hat recht: Objektiv betrachtet sind die Fotos nicht schlimm. Schließlich ist Fiona vollständig bekleidet, im Vollbesitz ihrer geistigen Fähigkeiten und beschimpft auch nicht gerade einen unschuldigen Passanten, und das bedeutet nach Darcys Maßstäben, sie bietet ein Bild wie aus einem idyllischen Kinderbuch. Doch *Us* hat sie beide entdeckt, und so auch ein halbes Dutzend anderer Websites, und sich selbst so verträumt und arglos zu sehen – wie offen ihr Gesichtsausdruck wirkt, wie selig sie Sam anlächelt – gibt ihr das Gefühl, als hätte ihr jemand mit dreckigen Händen in den Brustkorb gegriffen und alle Organe beschmiert.

Natürlich ist es denkbar, dass nicht Darcy dieses Gefühl verursacht. In ihr kommt gerade alles hoch: Sam, Jamie, *Birds.* Es ist, als ob der ganze Scheiß, von dem sie sich in den letzten fünf Jahren zu lösen versuchte, wieder von vorn anfängt, und sie spürt schon den Drang in sich, etwas Rücksichtsloses zu tun: jemanden zu verletzen, sich selbst zu verletzen. Als es ihr zuletzt so ging, landete sie nackt im Pool eines Marriott-Hotels in Playa del Carmen und wusste nicht mehr, wie sie dort hingekommen war. Doch so etwas tut sie inzwischen nicht mehr. Deshalb fährt sie zu Arbeit und kocht Spaghetti für ihre Schwester, liegt auf dem Bett und hört eine von LeBron James geführte Meditation auf ihrem Handy.

Sie gibt sich Mühe. Sie gibt sich enorme Mühe.

Schließlich resigniert sie, legt einen Arm über die Augen und schiebt die andere Hand unter den Bund ihrer Boxershorts. Sie denkt an Sams Hände an ihren Hüften und ihren Oberschenkeln, an seine warmen, geschickten Lippen an ihren Brüsten. Das ist nicht genug – nichts fühlt sich genug an –, aber es reicht, um die Sache zu erledigen, und als sie fertig ist, dreht sie sich auf die Seite, zieht die Beine an und fällt in einen unruhigen Schlaf.

Eine Stunde später fährt sie erschrocken hoch und ist nass von Angstschweiß. Scheiße, murmelt sie. Als ihr Herz zu hämmern aufhört, legt sie sich wieder auf das feuchte Laken. Sie hat nur noch selten Albträume, aber wenn, dann sind sie brutal und peinlich klar: Plötzlich ist sie in ihrem Wohnwagen auf dem UBC-Gelände eingeschlossen oder Jamie hämmert an die Tür ihres Elternhauses und will wissen, wo sie gewesen ist. Sie greift nach der Fernbedienung und schaltet *Evil Among Us* ein, aber während des zweiten grausigen Mordfalls fühlt sie sich noch immer, als ob ihre Nervenenden flattern. Sie steht auf und geht in die Küche, um sich ein Sandwich zu machen.

Sie schaltet das Licht nicht an, nimmt sich einen Teller aus dem Schrank und Putenaufschnitt aus dem Kühlschrank, klatscht sich Majo auf eine Scheibe Brot und beruhigt sich. Pam sagte immer, um die Selbstbeherrschung wiederzugewinnen, würde es helfen, sich auf eine konkrete Aufgabe zu konzentrieren. Doch je länger sie da steht, desto mehr fühlt sie sich, als ob sie gleich durch die Decke geht. Sie atmet stoßweise, ihr Puls stottert. Als sie das Sandwich durchschneiden will, merkt sie, dass sie ihre Hände nicht spürt.

Sie flucht leise vor sich hin, während Angst und Wut in ihr hochkochen. Das Messer landet klappernd in der Spüle. Sie denkt so selten wie möglich an Einzelheiten ihrer Zeit bei *Birds,* aber plötzlich sieht sie es vor sich, wie sie eines Abends am Set saß. Das war während der zweiten Staffel, von der jeder sagte, sie sei noch besser als die erste. Sie waren auf einmal berühmt, wurden in der Öffentlichkeit erkannt und zu Partys und Premieren eingeladen. Vor ein paar Wochen waren sie auf dem Cover der *Entertainment Weekly* gewesen: sie neben Sam, der einen Arm um ihre Schultern gelegt hatte, und der übermütig lachenden Thandie.

Sie saß mit überkreuzten Beinen auf dem Boden und las *The Long Hot Summer,* das Estelle ihr empfohlen hatte. Ein Schatten fiel über ihr Buch. »Holst du Lektüre nach?«, fragte eine tiefe Stimme. Sie blickte auf und stellte erschrocken fest, dass Jamie vor ihr stand, die Hände in den Jackentaschen. Seine welligen Haare reichten bis über den Kragen. »Etwas Gutes?«

Fiona hob das dünne Taschenbuch hoch, damit er den Titel lesen konnte. »Das ist irgendwie … schwülstig.«

Jamie lachte schallend. »Das hatte ich im College«, sagte er. »Vor hundert Jahren. Ich sollte es noch mal lesen.« Er lehnte sich mit verschränkten Armen an die Wand und sah neugierig zu ihr hinunter. »Du bist noch spät hier«, bemerkte er. »Du bist doch für heute fertig, nicht wahr? Holt dich jemand ab?«

Fiona schüttelte den Kopf. »Thandie nimmt mich nachher mit«, sagte sie und hoffte, dass das nicht jämmerlich klang. Sie hatte vor zwei Monaten ihren Führerschein gemacht. Ihr Vater sagte immer wieder, sie würden ein Auto kaufen gehen, doch da er inzwischen nicht mal mehr zu Ralphs ging, um Lebensmittel einzukaufen, zweifelte sie, ob in nächster Zeit etwas daraus werden würde. Ihre Mutter war vor drei Wochen ausgezogen.

Jamie blickte zum Set hinüber, wo die Beleuchter zum zwanzigsten Mal neu einstellten, und rollte die Augen. »Thandie wird noch lange hier sein«, sagte er voraus und stieß sie mit dem Knie an der Schulter an. »Komm. Ich kann dich fahren.«

Fiona schüttelte den Kopf. Selbst damals war es ihr zuwider, jemanden um einen Gefallen zu bitten, das blöde Gefühl, jemandem etwas schuldig zu sein. »Ist nicht nötig. Ich komme hier klar.«

Aber Jamie ließ das nicht gelten. »Ich will es«, sagte er. »Ernsthaft. Geh deine Sachen holen.«

Sie verabschiedete sich schnell von Thandie und ging

mit Jamie durch die langen, hohen Flure des Studiogebäudes und hinaus auf den dunklen Parkplatz. Ein rauchiger Dunst hing in der Luft, es war Feuersaison. Als er den Schlüssel ins Zündschloss seines dicken SUVs steckte, schaltete sich das Radio ein, und ein Country-Sender plärrte mit voller Lautstärke. Fiona lachte im ersten Moment, bevor ihr einfiel, dass er praktisch ihr Boss war.

»Entschuldigung.« Sie schlug sich die Hand vor den Mund.

Jamie winkte dem Parkwärter und schoss ihr einen Blick zu. »Nur zu«, sagte er ironisch. »Kichere ruhig los und erzähl es deinen coolen jungen Hollywood-Scenester-Freunden. Das ist mein peinliches Geheimnis.«

»Ich werde jetzt nicht behaupten, das wäre nicht peinlich«, sagte sie grinsend.

»Die alten Sachen sind nicht peinlich!«, beteuerte er. »Das Bier, Gott, Trucker-Romantik – ja, das gestehe ich dir zu.«

»Und du hörst das nicht wegen Bier, Gott, Trucker-Romantik?«

Jamie seufzte. »Ich will ehrlich zu dir sein, Fiona. Irgendwie mag ich auch das.«

»Hm-hm.« Fiona lehnte sich in den Beifahrersitz. Seit sie im vergangenen Jahr mit dem Drehen angefangen hatten, war sie selten mal mit Jamie allein gewesen. Er schüchterte sie manchmal ein, weil er immer auf Perfektion bestand und gelegentlich aufbrauste, doch heute Abend war er guter Laune und trommelte mit den Fingern auf dem Lenkrad, während sie durch das Valley fuhren.

»Wie geht es dir, St. James?«, fragte er, sobald sie auf dem Highway waren. Die orangefarbenen Lampen warfen Muster auf das Armaturenbrett, und der Asphalt summte unter den Reifen. »Alles gut?«

»Alles gut«, wiederholte sie reflexhaft. »Kann mich nicht beschweren.«

Jamie zog eine Braue hoch. »Wieso habe ich das Gefühl, dass du mir gerade Quatsch erzählst?«

Fiona lächelte. Noch niemand hatte sie so zur Rede gestellt, außer vielleicht Thandie. »Meine Eltern haben gerade Probleme«, gab sie zu und machte eine wegwerfende Handbewegung, damit es unbedeutender erschien, als es war. »Aber das geht vorbei. Wie immer.«

Jamie nickte. »Bestimmt. Aber wenn nicht, kannst du jederzeit mit mir reden. Ich weiß, du bist ein großer TV-Star und hart im Nehmen, und ich bin hundert Jahre alt, aber trotzdem.«

Fiona lachte schnaubend. »So alt bist du auch wieder nicht.«

Jamie neigte den Kopf zur Seite. »Nein, so alt bin ich wohl doch nicht.«

Sie schwiegen ein Weilchen und hörten dem Schmalz aus dem Radio und den Fahrgeräuschen zu. Fiona musterte ihn aus dem Augenwinkel. Die Maskenbildnerinnen ließen sich immer darüber aus, wie heiß Jamie sei und dass er mit seiner Sonnenbrille und der Lederjacke aussähe wie der junge Harrison Ford. Fiona hatte den Bezug nie ganz verstanden, doch jetzt glaubte sie zu wissen, was sie meinten: seine breiten Schultern und der Stoppelbart und seine Hände am Lenkrad. Der SUV hatte getönte Scheiben, aber sie stellte sich vor, die Leute in den vorbeifahrenden Autos könnten sie trotzdem sehen. Das ist Jamie Hartley, sagten sie in ihrer Fantasie. Das ist Fiona St. James.

»Du warst gut heute in der Szene mit Sam«, sagte er und stellte die Musik leiser. »Arbeitest du gern mit ihm?«

Fiona sah zu ihm rüber und versuchte einzuschätzen, warum er das fragte. Manchmal fürchtete sie, man könnte ihr ansehen, dass sie in Sam verknallt war. Ab und zu ging sie im Internet auf seine Fanseiten und wusste daher, dass sein Sternzeichen Fische und sein Lieblingseis Rocky Road war. »Es funktioniert«, sagte sie. »Er ist ein guter Partner.« Das stimmte nicht ganz: Die halbe Zeit vergaß Sam seinen Text und verließ sich ein bisschen zu sehr darauf, dass die meisten Leute ihn einnehmend fanden. Aber möglicherweise wirkten sich ihre Gefühle für ihn fördernd auf ihre eigene Leistung aus, auch wenn sie in der ständigen Angst lebte, jemand würde eines Tages darauf hinweisen, dass sie den Bruder-Schwester-Szenen einen inzestuösen Touch gäbe, wie man das in der Folgers-Kaffeewerbung sah.

Jamie schnaubte. »Das ist sehr diplomatisch ausgedrückt, wenn man bedenkt, dass du ihn trägst.«

Sie wusste nicht, was sie darauf sagen sollte, und war hin- und hergerissen zwischen reflexhafter Loyalität gegenüber Sam und der heimlichen Freude darüber, Lehrers Liebling zu sein. »Wir alle tragen einander, oder?«, sagte sie schließlich. »Das ist bei *Birds of California* so üblich.«

»So ist es.« Jamie schmunzelte. »Aber er mag dich.«

Fiona gab ein leises Geräusch der Überraschung von sich. »Na ja«, sagte sie und schaute aus dem Seitenfenster, damit Jamie ihr Gesicht nicht sah. »Da bin ich mir nicht so sicher.«

»Warum sollte er nicht?«, fragte er. »Du bist atemberaubend.«

Er sprach das aus wie eine empirische Tatsache, als

handelte es sich um den täglichen Sonnenaufgang oder den Verkehr auf dem Highway 101. Ihr Körper kribbelte vor Freude und Neugier, doch als sie sich traute, zu ihm rüberzusehen, war er mit den Gedanken schon woanders – redete über Plots, die er in der Staffel verwenden wollte, und über den Pilotfilm, an dem er gerade arbeitete. »Was willst du später mal machen, hm?«, fragte er. »Wenn wir unsere sechs Staffeln und den Film abgedreht haben.«

Fiona überlegte. Sie dachte an das Stück, das sie heute gelesen hatte – sie konnte sich die Kulissen gut vorstellen, und wie die Schauspieler darin umhergingen und wie sie klangen, was für Kostüme sie trugen. »Ich weiß nicht. Theater vielleicht?«

»Wirklich?« Jamie schaute verwundert.

Fiona runzelte die Stirn und bereute ihre Antwort schon. Sie hätte etwas anderes nennen sollen: Kunstfilme oder Michael-Bay-Filme. Sie wusste nicht, was ihn beeindrucken würde, und so ungern sie es zugab, sie wollte ihn beeindrucken. »Was ist verkehrt am Theater?«

»Gar nichts«, versicherte er hastig. »Theater ist großartig für eine bestimmte Art Schauspieler.« Er zuckte mit den Schultern. »Ich meine nur, du bist wahrscheinlich für etwas Größeres bestimmt.«

Fiona lächelte unsicher. Das war ein Kompliment, oder? Schließlich hatte er sie gerade als atemberaubend bezeichnet. Doch da war etwas an seinem Tonfall, das ihr gegen den Strich ging – als wäre sie Riley Bird und er der weise, aber coole Vater, der sie besser kannte als sie sich selbst.

Andererseits war er schon viel länger in diesem Geschäft als sie. Vermutlich konnte er sie tatsächlich besser einschätzen als sie sich selbst.

Jamie verzog das Gesicht, als hätte er ihre Gedanken gelesen. »Streich das raus«, sagte er, und seine Fingerspitzen landeten kurz auf ihrem Arm als Entschuldigung. »Das war blöd von mir. Du bist eine erwachsene Frau. Du weißt selbst, was du willst.«

Tat sie das? Fiona verzieh ihm sofort. Manchmal kam sie sich erwachsen vor, wie eine Frau, die einen roten Teppich entlangschreiten kann, ohne zu kichern, und wortgewandt in Interviews mit Zeitschriften und TV-Moderatoren auftreten kann. Und dann wieder kam sie sich vor wie dasselbe verpeilte Mädchen mit den krausen Haaren, das sie immer war, das in Gegenwart von Jungs laut und unbeholfen wurde. »Nein«, sagte sie. »Ich bin dankbar dafür. Ich kann jede Hilfe gebrauchen.«

»Dafür stehe ich immer zur Verfügung«, versprach er und blickte über die Schulter, bevor er den Blinker setzte und abfuhr. »Du bist etwas Besonderes, Fee. Das wusste ich sofort, als ich dich mit deiner Neonsträhne beim Vorsprechen sah. Sowie du reinkamst, dachte ich: Heilige Scheiße, das ist mein Mädchen. Die anderen da drinnen waren dumm wie Bohnenstroh. Aber du warst von Anfang an anders.« Er drückte ihr Knie, ganz schnell, und legte die Hand wieder ans Lenkrad. »Selbst da warst du schon erwachsen.«

Fiona lächelte. Sie wusste, so redete Jamie immer – er war mit solchem Feedback großzügig, jedermanns großer Bruder und bester Freund. Erst heute Morgen hatte er Sam gesagt, er sei eine herausragende Erscheinung – aber irgendwie spürte sie, dass das hier anders war. Dass er sie wirklich sah, während sie nebeneinander im Dunkeln saßen.

»Da wohne ich«, sagte sie, als sie ein paar Minuten später vor dem Haus ihrer Eltern anhielten. Plötzlich war es ihr peinlich, wie klein und unscheinbar es aussah, und sie dachte an die Party, die Jamie in seinem Haus gegeben hatte, als die Serie angenommen wurde: sein Anwesen, seinen Pool und seine Sammlung alter Arcade-Spiele auf der unteren Ebene und wie glamourös ihr das alles erschienen war. Dagegen war dies ein stinknormales Haus, in dem sie mit ihren Eltern lebte. Mit ihrem Vater, korrigierte sie sich. Nur noch mit ihm. »Danke fürs Herbringen.«

»Ja, kein Problem.« Jamie winkte ab. »Ich kann dich jederzeit fahren.«

»Oh, das ist nicht nötig.« Sie wollte keine Mitleidsaktionen, wollte keine traurige Waise sein, um die er glaubte sich kümmern zu müssen.

Doch er schien sie nicht als solche zu betrachten. »Lass uns mal sehen, wie es läuft«, sagte er ausweichend. »Das wird sich schon finden. Und in der Zwischenzeit pass auf dich auf, okay? Wir brauchen dich.« Er grinste. »Ich brauche dich.«

Fiona lächelte und schluckte einen Kloß im Hals hinunter. Beinahe wäre sie mit allem herausgeplatzt: *Ich glaube, mein Vater ist psychisch ernsthaft krank. Meine Schwester macht wieder ins Bett, obwohl sie sieben Jahre alt ist. Jemand hat mich vor zwei Wochen im Bikini am Strand fotografiert, und jetzt sind die Fotos auf Reddit, und ein Haufen gruseliger alter Kerle in ihren Kellern sagen, was sie mit mir machen wollen. Und ich glaube, ich mag es gar nicht so sehr, berühmt zu sein.*

Stattdessen rollte sie die Augen, als wäre es albern von ihm, sich Sorgen zu machen. Sie war erwachsen, nicht wahr? Das hatte er selbst gesagt. Sie konnte damit umgehen. »Das mache ich«, versprach sie locker. »Immer.«

Jamie beugte sich über die Mittelkonsole und nahm sie fest in die Arme. Fiona schloss die Augen und hielt sich an ihm fest.

»Fiona, Schatz?«

Sie kommt blinzelnd zu sich und spürt die kühle Nachtluft in ihrem erhitzten, feuchten Gesicht. Auf einmal sieht sie sich im Garten. Sie erinnert sich nicht, die Schiebetür geöffnet zu haben und auf die Terrasse gegangen zu sein, aber das muss sie getan haben, denn da steht sie, und am Boden liegt der zerbrochene Teller mit dem Sandwich. Und da steht Estelle am Rand des Rasens und schaut sie besorgt an.

»Fiona, Liebes«, sagt sie wieder und in einem Ton, als versuchte sie schon länger, ihre Aufmerksamkeit zu erringen. »Ist alles in Ordnung?«

Fiona wird von Scham überschwemmt. Das ist nicht der erste Vorfall dieser Art – das Jahr nach dem Abbruch der Serie war praktisch ein einziger andauernder Vorfall. Doch seitdem ist reichlich Zeit vergangen, sodass sie schon anfing zu glauben, die Vorfälle gehörten der Vergangenheit an, verblassten in der Erinnerung wie die Neonsträhne in ihren Haaren.

»Es geht mir gut«, beteuert sie und lächelt Estelle in der Dunkelheit zu, sodass sie hoffentlich überzeugend normal erscheint. Ihre offizielle Diagnose von Pam lautete Posttraumatische Belastungsstörung, was Fiona zutiefst peinlich fand – sie spielte in einer Fernsehserie mit, verdammt noch mal; sie hat nicht bei zwei Feldzügen im Irak gedient.

Und bis heute findet sie es lächerlich und unglaubwürdig und hat es darum nie ausgesprochen. Trotzdem guckt sie ab und zu einen Film oder liest eine Story über einen armen Kriegsveteranen, der im Supermarkt komplett darüber ausrastet, wie viele Geschmacksrichtungen von Triscuit es gibt, und denkt: Weißt du was, Junge? Ich versteh das.

»Es geht mir gut«, sagt sie noch mal und lächelt weiter. »Es ist nur ...« Was? Was wäre eine einleuchtende Erklärung, wenn man nachts um zwei auf seiner Terrasse Geschirr zerschlägt? »Liebeskummer, mehr nicht.«

Estelles Gesicht hellt sich wie erwartet auf. »Ah«, sagt sie vage. »Na, in dem Fall habe ich ein paar Teller, die ich schon länger loswerden wollte, falls du interessiert bist.«

Fiona lacht und schiebt verstohlen ihre zitternden Hände in die Taschen ihrer Sweathose. »Danke, aber ich glaube, ich habe mich schon abreagiert.«

»Wie du meinst, Süße.« Estelle bläst ihr einen Kuss zu. »Sei nur vorsichtig, wenn du die Scherben auffegst, ja?« Sie schaut noch einen Moment lang zu ihr herüber, dann wendet sie sich ihrem Garten zu. »Ich will nicht, dass du dich schneidest.«

Der nächste Tag ist noch schlimmer, sofern das möglich ist. Sie verschüttet einen Eiskaffee über einen Stapel frisch gedruckter Spendenbriefe für die Humane Society, dann druckt sie vierhundert Flyer von der falschen Datei und muss sie wegwerfen. Als sie aufs Handy schaut, hat sie eine E-Mail von Thandie, die die Fotos in einem europäischen Klatschblatt gesehen hat. Du und Sam???, fragt sie, und ihre Überraschung ist selbst über sechstausend Meilen hinweg zu spüren. Ich will alles wissen, sofort, bitte und danke.

Fiona windet sich vor Verlegenheit. Das ist Thandies

erste E-Mail seit einer Ewigkeit, und einerseits möchte sie zusammenklappen wie ein Kartenhaus und ihr alles erzählen, alles über Sams tiefes Lachen und wie warm und schön sein Körper ist und wie es in ihrem Bauch kribbelt, wenn er ihren Namen sagt. Aber sie kann sich vorstellen, welchen Eindruck das bei jemandem wie Thandie macht, die seit fast zwei Jahren unauffällig mit einem Medienanwalt zusammen ist, ohne dass ein Foto von ihnen durch die Presse ging: als krallte sie sich an ihren Ruhm und versuchte, durch einen jämmerlichen Schachzug wieder in die Schlagzeilen zu gelangen. Verzweifelt.

Thandie ist Ihre Freundin, hört sie jemanden in sachlichem Ton sagen, der sich verdächtig wie Pam anhört. *Warum sollte sie das von Ihnen denken?*

Stirnrunzelnd reißt sie sinnlos an ihren Haarspitzen. Wägt ab. *Es hat mir Angst gemacht, wie sehr ich ihn mag,* sagt sie in ihrer Fantasie zu Thandie. *Aber am Ende spielt das sowieso keine Rolle.*

Total Nothingburger, schreibt sie zurück und streut eine Emoji-Fritte ein. Wir waren eine halbe Stunde zusammen, und er wollte über nichts anderes reden, als dass er demnächst als Jury-Gast bei *Cake Pop Wars* auftritt. Wenn ich je wieder jemanden daten will, erinnere mich daran, mich von Typen fernzuhalten, die mehr Hautpflege betreiben als die Beauty-Redakteurin der *Goop*.

Übrigens!, schreibt sie und hoffentlich klingt das, als wäre es ihr gerade eingefallen, und nicht, als hätte sie seit zwei Tagen darüber gebrütet. Ist es wahr, dass du Jamie Hartley zugesagt hast, bei *Birds* mitzumachen?

Der restliche Vormittag verläuft ziemlich ereignislos. Sie überlegt, ob sie für heute Schluss machen und ins Kino gehen soll, als die Türglocke bimmelt und eine Frau mittleren

Alters hereinschlendert. Sie hat eine Hundert-Dollar-Föhnfrisur und die platten, geschwollenen Lippen, denen man ansieht, dass sie sich vor einiger Zeit eigenes Körperfett ins Gesicht spritzen ließ. »Ich möchte Einladungen abholen«, sagt sie. »Für Taylor.«

Diesmal gelingt es Fiona, zu kassieren, bevor es passiert. »O mein Gott«, ruft die Frau aus und lässt ihren Mercedesschlüssel auf den Ladentisch fallen. »Sind Sie nicht Riley Bird?« Sie wartet nicht auf Fionas Antwort. »Meine Tochter wird vor Aufregung in Ohnmacht fallen. Sie kann den Weihnachtsfilm auswendig. Meine Güte, sogar ich kann ihn auswendig.« Sie hat die gleiche näselnde Stimme wie Chandlers Freundin bei *Friends*. Wer weiß, vielleicht ist sie es sogar und hat nur so viele Schönheits-OPs machen lassen, damit man sie nicht wiedererkennt. Fiona kommt der Gedanke, dass das ein gangbarer Weg für sie wäre.

»Ich muss sie anrufen.« Sie holt ihr Handy aus ihrer riesigen Louis-Vuitton-Tasche und wählt. »Maddie, Schatz.« Sie blickt aufs Display – natürlich macht sie einen FaceTime-Anruf, keinen normalen. »Du wirst es nicht glauben, wer gerade vor mir steht.« Die Frau dreht das Handy um, sodass die Kamera auf Fiona gerichtet ist. »Sag Hallo zu Riley Bird!«

Maddie sieht Fiona mit großen Augen an. Ihr Gesicht erscheint unter den Fettflecken auf dem Display leicht verschwommen. Ich habe das nicht erlaubt, möchte Fiona sagen. Sie stellt sich vor, wie sie der Frau das Handy wegreißt und in die Ecke schleudert.

Stattdessen lächelt sie und winkt. »Hi, Maddie!«

»Ich hätte Sie fast nicht erkannt«, sagt die Frau und mustert sie neugierig. »Haben Sie ein bisschen zugenommen? Maddie, findest du nicht auch, sie hat ein bisschen zugenommen? Ich meine das nicht negativ«, versichert sie rasch, obwohl es durchaus so klingt. Fiona lächelt weiter.

Nachdem sie wieder allein ist, setzt sie sich hinter den Ladentisch, nicht auf einen Stuhl oder Hocker, sondern auf den Boden. Da findet Richie sie zwanzig Minuten später, als er von seiner Mittagspause zurückkommt. Sie fühlt sich, als hätte ihr jemand die Kraft ausgesaugt, wie der kleine Mars-Rover, dem irgendwann der Saft ausging und der für alle Zeiten allein auf dem Mars zurückbleiben musste.

»Alles okay?«, fragt Richie. Dem Geruch nach hat er nicht zu Mittag gegessen, sondern hinten auf dem Parkplatz, wo mal der Videoverleih war, in seinem Auto gehotboxt.

»Klar«, versichert sie und lehnt den Kopf an. »Alles gut.«

Richie nickt. Er zieht einen Zettel aus dem Altpapierbehälter und setzt sich mit einer Handbreit Abstand neben sie. Sie sieht zu, wie er den Zettel mal so und mal so faltet, und dabei bewegt er die Hände so schnell, effizient und sicher, wie sie selbst es niemals könnte. Sie überlegt wieder, ihn zu fragen, wie er das macht, aber dann wäre das auch nur wieder eine Sache, bei der sie versagen oder etwas versauen würde. Außerdem sieht es ziemlich schwierig aus.

Als er fertig ist, hält er einen Hund in der Hand und gibt ihn ihr ohne Trara. »Pause vorbei«, sagt er und stemmt sich vom Boden hoch.

Fiona schaut von dem Hund zu Richie hoch und wieder auf den Hund. Dann steht sie auch auf und geht wieder an die Arbeit.

»Solltest du dich nicht fertig machen?«, fragt Claudia am späten Nachmittag. Sie sitzen am Küchentisch, essen Kräuterpopcorn und arbeiten an einer Matheaufgabe, die Fiona nicht versteht. »Musst du heute Abend nicht zur Probe?«

Fiona zuckt mit den Schultern. Theoretisch ja, aber sie überlegt schon den ganzen Tag, das ausfallen zu lassen. Endgültig. Wie sie zu Sam sagte: Das ist Laientheater, mehr nicht. Das ist nichts Wichtiges. Sie könnte einfach wegbleiben, in den Äther verschwinden und nichts mehr von sich hören lassen. Sie hat schon Schlimmeres getan.

Claudia würde dann aber Bescheid wissen, und deswegen steckt sie schließlich einen Müsliriegel ein und geht mürrisch zum Auto.

Während der ganzen Fahrt in die Innenstadt wappnet sie sich und überlegt, wie sie allen die Fotos erklären könnte – warum sie sie zwei Jahre lang belogen hat wie jemand aus einem kitschigen Film auf Lifetime. Sie hätte wissen müssen, dass sie sich nur für eine bestimmte Zeit verstecken kann. Sie *hat* es gewusst, muss sie ehrlicherweise zugeben. Aber ... es hat ihr wirklich gefallen, nur eine Darstellerin im Angel City Theater zu sein.

Das war nur eine Rolle, sagt sie sich energisch, strafft die Schultern und betritt das Gebäude. Und jetzt ist der Vorhang gefallen.

Doch als sie unten ankommt, wollen alle nur über die Kulisse reden, die der Handwerker der Truppe angefangen hat zu bauen, und wollen wissen, ob sie sie hässlich findet. Das ist allerdings der Fall. »Frances!«, ruft Larry verärgert, als Georgie neben der schiefen Sperrholzwand die Hände ringt. »Sind wir ernstzunehmende Schauspieler oder ein Haufen pfuschender Dilettanten? Was für ein Handwerker bist du eigentlich?«

Fiona grinst. »Einer, der umsonst arbeitet«, gibt sie zu

bedenken. Die Erleichterung, die sie durchströmt, ist berauschender als alles, was sie je geraucht hat. »Wir kriegen das schon hin.«

Heute Abend spielen sie das Stück zum ersten Mal bis zum Ende durch. Es gerät ein bisschen armselig – jeder bleibt im Text stecken, und die Übergänge sind unbeholfen, ein klappriger Goodwill-Stuhl zerbricht im zweiten Akt zu Kleinholz, als Hector sich daraufsetzt. Trotzdem hat Fiona lange nicht mehr so viel Spaß bei einer Probe gehabt. Es ist, als wäre sie noch mal davongekommen. Sie fühlt sich beinahe ... leicht. Als Nora am Schluss die Tür zuknallt, weiß Fiona kaum noch, warum sie eigentlich so aufgewühlt gewesen ist – schließlich waren es nur zwei dumme Klatschseiten. Eigentlich ist sie gar nicht mehr so berühmt. Vielleicht stimmt es, was Claudia und Estelle immer sagen: Der einzige Mensch, der ihr das Vergangene noch nachträgt, ist sie selbst.

Wie auch immer, denkt Fiona, als sie ihr Skript wieder einsteckt. Falls sie einen Anflug von Sehnsucht empfindet, wenn sie daran denkt, wie Sam sie im Bett angesehen hat – nun, es ist nicht so, als ob je etwas Ernstes zwischen ihnen laufen könnte. Wahrscheinlich ist er jetzt bei Kimmeree zu Hause, sucht sich selbst auf Instagram und trinkt kalorienarme Malzgetränke. Schon der Gedanke löst bei ihr Hunger auf einen Bacon-Cheeseburger aus.

»Habt ihr Hunger?«, fragt sie, als alle zum Ausgang gehen. »Wollen wir was zusammen essen gehen?«

Hector sieht sie von der Seite an. »Wirklich?«

»Wirklich«, bestätigt Fiona stirnrunzelnd. »Wieso klingst du überrascht?«

»Ich weiß nicht«, sagt er. Er ist Mitte dreißig, arbeitet bei einer Marketing-Firma und hat zwei kleine Töchter, die bei ihrer Mutter im Valley leben. »Vielleicht, weil du sonst mehr für dich bleibst.«

»Oh.« Fiona muss ihm recht geben. »Tja«, sagt sie nach einem Moment. »So bin ich ... wenn ich mit anderen zusammen bin.«

»Ich gehe mit«, sagt Pamela und bindet sich einen hauchdünnen schwarzen Schal um, und Georgie und DeShaun nicken liebenswürdig.

»Ich könnte was essen«, pflichtet Larry bei.

Fiona überlegt lächelnd, in welchem Restaurant in der Nähe sie sich keine Hepatitis einfangen. Es gibt eine Kellerbar, die passable Burger macht, und ein mediterranes Diner. Aber DeShaun verträgt kein Gluten, fällt ihr jetzt ein, und Larry ist Vegetarier ...

Sie ist derart darin vertieft, dass sie den Fotografen, der an ihrem Auto lehnt, zu spät bemerkt.

»Fiona«, ruft er. Sie ist zwar noch nie beraubt worden, aber so muss es sich anfühlen: Ihr Körper wird eiskalt und taub, und im ersten Moment sieht sie Sterne.

»Wie geht es, meine Liebe?«, fragt er und winkt, als wären sie alte Freunde. Fiona erkennt ihn. Es ist einer von Darcys Leuten, der Verschluss seines Fotoapparats klickt in einem fort wie ein zum Roboter mutiertes Insekt aus den *Tributen von Panem*. Gab es da Roboterinsekten? Fiona weiß es nicht. Der Fotograf hat Verstärkung bei sich, einen jüngeren Typen, der ein Handy vor sich hält. »Gratulation zur Fortsetzung!«

»Es gibt keine«, widerspricht sie sofort, was idiotisch ist. Denn auf die Typen einzugehen ist das Schlimmste, was man tun kann, und das weiß sie genau. »Das heißt ...«

»Frances?« Das kommt von DeShaun. Sie spricht leise und klingt unsicher. Die anderen sehen schweigend zu. »Ist alles okay?«

Fiona winkt ab. »Ja, alles gut«, sagt sie automatisch und weicht zur Seite aus, um an dem Fotografen vorbeizugehen, doch der tritt ihr in den Weg, und der Fotoapparat klickt immer weiter.

»Sie brauchen sich nicht so bedeckt zu halten.« Er redet weiter, als führten sie beide eine normale Unterhaltung. »Nach allem, was ich höre, läuft die Produktion bereits. Sie sahen übrigens großartig aus, als Sie mit Sam aus dem Haus kamen. Es ist schön, Sie nach all der Zeit wieder glücklich zu sehen.«

Fiona schüttelt den Kopf. Sie hat ganz vergessen, dass diese Typen immer weiterreden und so tun, als wären sie Freunde. »Das reicht«, sagt sie. Ihr Gesicht glüht, als sie in die neugierigen Gesichter ihrer Theaterkollegen blickt. »Sie haben Ihre Aufnahmen. Können Sie mich einfach ...«

»Ich glaube, sie hat Sie gebeten, aufzuhören.« Das kommt von Georgie, und sie richtet sich hoch und würdevoll auf. Pamela steht schräg neben ihr wie ein blasser Goth-Bodyguard.

Doch der Fotograf schüttelt den Kopf und grinst lasziv. »Glauben Sie mir, sie will das.«

Das ist der Moment, da Fiona die Beherrschung verliert.

Später erinnert sie sich nicht, bewusst entschieden zu haben, nach dem Fotoapparat zu greifen, doch das muss sie getan haben, denn plötzlich wird sie von Hector und Larry festgehalten, während sie um sich tritt und schlägt. Sie glaubt, sie trifft Hector an der Nase. »Fickt euch«, kreischt sie, und für eine Sekunde ist sie nicht mal sicher, wen sie meint.

»Frances«, sagt Larry, »nicht aufregen, du …«

»So heiße ich nicht.« Sie fällt ihm ins Wort und macht sich endlich los. Sie will von niemandem auch nur eine Sekunde länger angefasst werden. Sie will nie wieder angefasst werden.

»Es reicht«, sagt sie, als sie sie endlich losgelassen haben, und schlägt noch einmal nach dem Fotoapparat. »Es reicht! Ist es das, was Sie wollten? Gratulation, ich bin eine Irre! Sie haben gewonnen!«

Die ganze Szene ist ein Hurrikan, laut und chaotisch. DeShaun und Georgie versuchen, sie zu beruhigen, der Fotograf kündigt schreiend eine Klage an. Der Typ mit dem Handy hat alles gefilmt. Und Fiona ist wie immer im Auge des Sturms und hinterlässt eine Spur der Zerstörung.

Schließlich atmet sie tief durch, fährt sich durch die Haare und strafft die Schultern. Sie wird hier auf gar keinen Fall weinen. »Ich gehe ein andermal mit euch essen«, sagt sie leise zu den anderen. Dann steigt sie in ihr Auto und fährt weg.

Sam

»Tja«, sagt Erin am nächsten Morgen, als sie beide mit großen Augen das körnige Video auf ihrem Laptop verfolgen. »Die Frau hat ein Talent für Dramatik, das ist mal sicher. Fast schade, dass sie nicht mehr auftritt.«

»Ja«, sagt Sam abgelenkt und streicht sich über die Haare, als Erin noch einmal auf Play tippt. Fionas wutentbranntes Gesicht füllt den Bildschirm. Sie sieht wild aus, ihre Hände flattern wie aufgescheuchte Vögel, ihre Haare sind ein riesiger Wust. Aber vor allem sieht Sam, dass sie Angst hat. »Tatsächlich tritt sie noch auf, gewissermaßen, aber ... na, wie auch immer.« Er schüttelt den Kopf. »Können wir rausgehen?«, fragt er abrupt, klappt den Laptop unnötig schwungvoll zu und steht auf. »Ja, lass uns rausgehen.«

Erin lädt ihn auf einen Frühschoppen in die Kellerbar um die Ecke ein: Kühl und dunkel und ein bisschen schmuddelig ist sie, der Boden klebt bei jedem Schritt. Es ist noch früh, sodass sie allein an der Theke sitzen. Ein freundlicher Trinker kratzt an einem Tisch in der Ecke Rubbellose frei, und im Fernseher nörgelt jemand vor sich hin - eine Talksendung, bemerkt Sam verspätet, in der in einem fort die Aufnahmen von Fiona vor dem Theater gezeigt werden. *Fiona St. James' neuester Ausraster geht viral,* so die Einblendung am unteren Bildrand.

»Verdammte Scheiße.« Sam stürzt den Großteil seines Biers in zwei Schlucken hinunter. »Hey«, ruft er und winkt dem Barkeeper, bevor er weiß, was er tut. »Entschuldigung. Würden Sie das bitte ausschalten?«

Der Barkeeper sieht ihn zweifelnd an. »Sie haben was gegen The View?«

»Nein, gar nicht, aber ... wie wär's mit Sport?«, bettelt er. »Da muss doch irgendwo Sport laufen, oder? Es läuft doch immer irgendein Spiel.«

Der Barkeeper rollt die Augen, schaltet aber höflich um zu einem Bowling-Turnier auf ESPN2. Als sich Sam zu Erin dreht, stellt er fest, dass sie ihn triumphierend beobachtet. »Heilige Scheiße«, sagt sie leise. »Hast du etwa Gefühle für Riley Bird entwickelt?« Bei ihr klingt das, als hätte er sich Chlamydien eingefangen.

Anstatt zu antworten, trinkt er sein Bier aus. »Lass sie besser nicht hören, dass du sie so nennst. Sonst reißt sie dir in aller Öffentlichkeit das Herz raus.«

Erin schüttelt den Kopf. »Versuch nicht, mir den Spaß zu nehmen.«

»Ich versuche hier gar nichts«, erwidert er und weiß, wie gereizt er klingt. »Wir waren zweimal miteinander aus, das ist alles. Ich kenne sie kaum.«

»Kannst du mal für eine Sekunde aufhören, Scheiße zu labern?« Erin stellt ihr Glas hin. »Wenn ich dir jetzt so ins Gesicht sehe, wird mir klar, dass ich mich arschig verhalten habe. Also sollte ich mich wohl bei dir entschuldigen. Aber lassen wir das mal einen Moment beiseite, denn zwischen uns muss kein dämliches Spiel ablaufen, wer der Coolste in Hollywood ist. Wenn du sie magst, was offensichtlich der Fall ist, und sie gerade ein Problem hat, was«, sie deutet auf den Fernseher, »scheißoffensichtlich ist, wieso sitzt du dann hier mit mir herum? Sei ein anständiger Mensch und sorg dafür, dass es ihr besser geht.«

»Es ist nicht ...« Sam stockt. »Ich meine, wir sind nicht ...« Er seufzt. »Sie nimmt meine Anrufe nicht an, verstehst du? Ich hab's gestern Abend versucht und heute Morgen wieder, aber sie will nicht mit mir reden. Ist es das, was du hören wolltest?«

»Ja, genau.« Erin greift lächelnd nach ihrem Glas und versetzt ihm einen sanften Tritt gegen das Schienbein. »Das tut mir leid, nur damit du es weißt. Ich wäre nicht so oberflächlich damit umgegangen, wenn ich gewusst hätte, dass es ernst ist.«

»Ist es nicht«, widerspricht Sam reflexhaft. »Oder vielleicht doch?« Er legt den Kopf in den Nacken. »Ich weiß es echt nicht.«

»Lügner«, sagt Erin gut gelaunt. Sam bestellt noch ein Bier.

Als er nach Hause kommt, wartet ein Tantiemenscheck von einem Hallmark-Film auf ihn, den er vor zwei Jahren zu Weihnachten gedreht hat, und das muntert ihn für einen Moment auf. Doch nachdem er davon Kreditkartenschulden abgetragen hat, sodass er die Karte wieder benutzen kann, ist er in derselben Stimmung wie vorher. Er macht ein finsteres Gesicht. So pleite war er zuletzt, als er sich mit Erin die winzige Wohnung teilte, Liegestütze auf dem hässlichen Teppichboden machte und verschwenderische zehn Dollar für einen Haarschnitt ausgab. Er kann nicht glauben, dass er wieder da gelandet ist.

Eine Weile geht er in der Wohnung umher. Er isst einen halben Beutel Babymöhren neben der Spüle. Er beschließt, ein Nickerchen zu machen, findet aber keine Ruhe, auch nicht, nachdem er sich einen runtergeholt hat. Er sieht sich zwei Folgen einer Gerichtsshow an. Dabei schaut er nach, ob wegen der Feuerwehr-Rolle eine Nachricht von Russ eingegangen ist. Leider nein. Er ruft noch einmal Fionas Video auf. Dabei erinnert er sich an einen Abend während der dritten oder vierten Staffel von *Birds*, eine große Party in einem schicken Hotel in Malibu – der Sender gab jedes Jahr eine in der Woche, wenn die Pressetour der Television Critics Association stattfand und jeder nach L.A. kam, um die Pilotfilme der nächsten Staffeln zu gucken und sich vor dem Hollywood-Schriftzug fotografieren zu lassen. Zu der Party ging man immer festlich gekleidet, Kerzen schwammen im Pool, und Kellner im Frack eilten umher und balancierten Tabletts mit Champagner und Kanapees. Thandie und Fiona bezeichneten diese Party als sexfreien Abschlussball.

Die Teilnahme war zwar keine Pflicht, wurde aber dringend empfohlen, und obwohl Sam pflichtschuldig jedes Jahr teilgenommen hatte, seit er bei *Birds* auftrat, fand er es immer wieder seltsam, wenn alle großen Namen bei Family Network zusammenkamen: Der zweite Hauptdarsteller eines vage rassistischen Historiendramas über eine temperamentvolle Pionierin der Krankenpflege laberte die Moderatorin einer Vormittagstalkshow an, die dafür bekannt war, jeden Tag neue und originelle Rezepte für Hackfleisch zu präsentieren. Er selbst hoffte auf ein persönliches Gespräch mit dem Star eines populären Dramas über einen Kleinstadt-Sheriff – der Typ hatte gerade eine Rolle in einem Film der Coen-Brüder bekommen, und Sam wollte wissen, wie er das geschafft hatte. Währenddessen entdeckte er Fiona am Rand des Pools. Sie unterhielt sich mit zwei älteren Frauen von einem der Führungsteams. In der einen Hand hielt sie ein Whiskeyglas und in der anderen einen Teller voller Obst vom Käsebüffet. Nach ihrem Gesichtsausdruck zu urteilen, überlegte sie ernsthaft, sich im Pool zu ertränken.

Spontan schritt er auf sie zu und legte einen Arm um sie. »Da bist du ja«, sagte er. »Ich habe dich schon überall gesucht. Wir wollen jetzt alle zusammen in die Fotokabine.« Er grinste die beiden Führungskräfte charmant an. »Verzeihen Sie, meine Damen. Ich muss dem Mädchen sofort eine Federboa und eine schrille Sonnenbrille besorgen.«

»Was sollte das denn?«, fragte Fiona, sobald sie allein waren. Sie setzte sich auf den harten Rand eines großen Pflanzkübels, in dem tropische Gewächse blühten, und trank einen Schluck aus ihrem Glas. »Woher willst du wissen, dass ich nicht drauf brannte, mit den beiden zu reden?«

Sam zog die Brauen hoch. »Und war es so?«

»Nein«, gab sie zu. Sie trug ein kurzes Fransenkleid, extrem hohe Absätze und einen Haufen klobiger Ringe. Und dazu war sie todsicher betrunken, obwohl sie erst achtzehn war - auch wenn sie sich ziemlich gut benahm. Zu der Zeit tauchte sie zum ersten Mal auf den Klatschseiten auf, mit ein paar prekären Szenen in Clubs in West Hollywood und einer öffentlich ausgeschlachteten Affäre mit einem zweitklassigen Popstar, dessen größter Hit aus einem Chor bestand, der immerzu »My junk, my junk« sang. Sam hatte Thandie ganz beiläufig darauf angesprochen, nachdem die beiden Schluss gemacht hatten, und Thandie hatte ihn äußerst unschlüssig angesehen und gesagt, wenn er aus einem bestimmten Grund an Fionas Privatleben interessiert sei, dann sollte er sie doch selbst danach fragen. »Aber hätte doch sein können.«

»Das stimmt, und ich entschuldige mich.«

»Ich verzeihe dir«, sagte sie höflich.

»Das ist großmütig«, sagte er neckend und nahm sich eine Weintraube von ihrem Teller. Er war *nicht* aus einem besonderen Grund an Fionas Privatleben interessiert, er war nur neugierig gewesen, das war alles. Er deutete auf ihren Obstteller. »Angst, mehr Kurven zu kriegen?«

Fiona rollte die Augen. »Du bist ja ein ganz Schlauer.« Ihre Finger berührten sich, als er eine Erdbeere nahm und sich in den Mund steckte. »Ich bin quasi auf Diät.«

»Wirklich?« Das überraschte ihn. »Warum?«

»Jamie meint, ich werde zu dick.«

»Ernsthaft?« Sam schaute verständnislos. Das klang eigentlich nicht nach Jamie. Zumindest hatte Jamie so etwas zu ihm noch nie gesagt, und Sam konnte sich das fast nicht vorstellen. Er überlegte, ob Fiona ihn vielleicht missverstanden hatte, fragte das aber lieber nicht. »Was soll das denn?«

Fiona zuckte mit den Schultern und hob ihr Glas zum Anstoßen. »Zum Glück hat Wodka kaum Kalorien.«

Sam grinste und war unwillkürlich bezaubert. »Wie betrunken bist du schon?«

»Leck mich doch«, sagte sie sofort, lächelte aber. »Wie betrunken bist *du* denn schon?«

»Moderat«, gab er zu, und Fiona lachte. Im Schein der Terrassenbeleuchtung sah sie strahlend aus – er suchte nach einem anderen Wort, fand aber kein treffenderes. Volle Lippen, lange Wimpern, und die Haut an ihren Schlüsselbeinen schimmerte. Plötzlich zog sie ein langes Gesicht. »Das«, sagte sie leise und stellte ihr Glas zwischen sie auf den Steinrand, »ist keine gute Idee.«

Sofort spürte er, dass er rot wurde, als wäre er bei etwas

Ungehörigem erwischt worden, und ja, okay, ein kleines bisschen hatte er daran gedacht, sie zu fragen, ob sie die Party zusammen verlassen wollten, und ein kleines bisschen war er eben doch mehr als flüchtig an ihrem Privatleben interessiert und fragte sich, ob es darin einen Platz für ihn gäbe. Doch er glaubte nicht, dass ihm das so stark anzusehen war und sie ihn deshalb vorsorglich zurückweisen musste.

Doch Fiona redete nicht weiter darüber, welche Absichten sich in seinem Hinterkopf noch herausschälen mochten. Tatsächlich redete sie überhaupt nicht über ihn. Sie strich sich durch die Haare, wobei sie mit den Ringen darin hängen blieb. »Ich versaue es«, sagte sie sehr leise, fast als hätte sie es nur zu sich selbst gesagt.

»Was?« Sam schüttelte den Kopf. Er kapierte gar nichts. Diese Unterhaltung war plötzlich ernst geworden, als er nicht aufgepasst hatte, und er wusste nicht, wie er sie wieder in die alte Spur bringen sollte. »Wieso? Weil du betrunken beim sexfreien Abschlussball bist? Das sieht dir niemand an.«

»Nein. Das meine ich nicht. Ich meine ...«

»Alles okay«, sagte er reflexhaft, und im nächsten Moment begriff er, wie dumm die Bemerkung war. Das erinnerte ihn an den Nachmittag auf dem Spielplatz, als seine Mutter auf ihn zugerannt kam, weil er vom Klettergerüst gefallen war. Er war damals sieben. »Alles okay«, versprach sie, vermutlich damit er keine Angst bekam. Doch in dem Moment blickte er nach unten und sah, dass sein Arm verdreht war und seine Hand schlaff herabhing. Nichts war okay, und für Fiona auch nicht – das sah er jetzt an ihrem panischen Gesichtsausdruck. Er war erleichtert, als er aufblickte und Jamie über die Terrasse auf sie zukommen sah.

»Kinder«, grüßte er mit zuckenden Mundwinkeln. »Ihr plant eure Flucht?« Er trug dunkle Jeans und eine Smokingjacke. Die Sonnenbrille steckte noch vom Nachmittag in seiner Brusttasche. Er deutete mit dem Kinn auf Fionas Glas. »Ich nehme an, das ist Wasser.«

Von einer Sekunde auf die andere war Fiona wieder wie immer, frech und ironisch. Sie trank einen großen Schluck und deutete mit dem Glas auf Jamie. »Mein Aufpasser«, sagte sie süß lächelnd.

»Der bin ich.« Jamie kniff die Augen zusammen. »Kannst du dich zusammenreißen?« Er nahm ihr das Glas aus der Hand und stellte es auf das Tablett eines vorbeigehenden Kellners, von denen es nur so wimmelte. »Oder müssen wir gehen?«

Fiona zuckte mit den Schultern. »Das lässt sich nur auf eine Art herausfinden«, sagte sie gut gelaunt. Sie wackelte ein bisschen, als sie aufstand, und einen schrecklichen Moment lang war sich Sam sicher, dass sie in den Pool fallen würde, doch am Ende bekam sie beeindruckend anmutig die Kurve und legte einen mutigen kleinen Tanz auf der Terrasse hin. »Guck«, sagte sie mit einem umwerfenden Lächeln. »Stocknüchtern.«

»Sehr schön«, sagte Jamie völlig unbeeindruckt. »Doch ich glaube, das war dein Stichwort.«

Fiona runzelte die Stirn. »Aber es ist schön hier. Ich hänge mit meinem Freund Sam ab.«

Jamies Blick schoss zu Sam und wieder zurück zu ihr. »Das sehe ich. Ich sehe auch, dass du einen halben Wodka-Tonic davon entfernt bist, dich vor allen Medienjournalisten Amerikas und vielleicht ein, zwei kanadischen zum Narren zu machen. Deshalb schlage ich noch einmal vor, dass du für heute Schluss machst.«

»Oh, du schlägst das vor, ja?« Fiona sah ihn unheilvoll an. »Dir ist doch hoffentlich klar, James, dass du nicht mein Vater bist.«

Jamie ging nicht darauf ein, doch Sam meinte einen Muskel an seinem Kiefer zucken zu sehen. »Das bin ich gewiss nicht«, bestätigte Jamie gleichmütig. Dann seufzte er, und sein Ton wurde milder. »Na komm, Schätzchen.« Er nahm sie beim Ellbogen. »Es ist Zeit.«

»Mann, Jamie«, sagte Sam, noch bevor er sich bewusst entschieden hatte, ob er sich einmischen wollte oder nicht. Vor einer Minute war er erleichtert gewesen, ihn zu sehen – ihren Boss, einen erwachsenen, vernünftigen Mann mit Verantwortung –, aber jetzt fühlte er sich wie ein Verräter. »Sie sagte doch gerade, sie war brav.«

Sowohl Jamie als auch Fiona schauten leicht bestürzt, und Sam dachte, dass sie damit im Grunde recht hatten. Schließlich war dies das erste Mal, dass er Jamie in einer Sache widersprach. Doch Fiona hatte auf ihn gerade noch schutzbedürftig gewirkt – und deshalb war er jetzt doppelt überrascht, als sie den Kopf schüttelte. »Nein, er hat recht«, sagte sie kapitulierend. »Ich muss gehen.«

Jamie nickte. »Braves Mädchen.« Er klang erleichtert. »Bringen wir dich von hier weg. Sammy, Alter, du hast jetzt das Sagen. Bring sie dazu, etwas Nettes über uns zu schreiben, ja?«

Sam nickte. Er war sich sicher, dass ihm etwas Wichtiges entgangen war, und es war ihm ein Rätsel, was das sein könnte. Doch vermutlich spielte das keine Rolle. Jamie hatte recht – das Letzte, was sie jetzt brauchten, war eine Titelstory in sämtlichen Klatschseiten mit der Schlagzeile *Fiona St. James widerlich betrunken bei sexfreiem Abschlussball.* Er tat ihnen allen einen Gefallen.

»Ich tue mein Bestes«, sagte Sam, obwohl er nicht glaubte, dass sie ihn hörten. Sie waren schon zwischen den Gästen verschwunden.

Jetzt, sieben Jahre später, steht Sam von der Couch auf und wechselt sein T-Shirt, blickt prüfend auf seine Zähne im Badspiegel. »Das ist dämlich«, erklärt er seinem Spiegelbild, dann nimmt er seine Schlüssel vom Tisch neben der Tür.

Halb rechnet er damit, Fionas Haus dunkel und verlassen vorzufinden, als hätte die ganze Familie ihre Sachen gepackt und mitten in der Nacht die Stadt verlassen wie ein Wanderzirkus in altmodischen Bilderbüchern. Doch zehn Sekunden nach dem Klingeln kommt Claudia an die Tür.

»Ich weiß nicht, ob das wirklich ein guter Zeitpunkt ist.« Sie blickt an ihm vorbei zur Straße und verschränkt die Arme wie ein Rausschmeißer vor dem Soho House. Sie trägt einen Flatterrock und Cowboystiefel, und ihre Haare sind zu einem komplizierten Seitenzopf geflochten, der nach vorn hängt.

Sam nickt und versucht, die Enttäuschung zu schlucken. »Verstehe.« Er mag sie, ihre große Brille und das ernste Gesicht. Sie sieht aus wie Fiona vor zehn Jahren, wenn Fiona sich als Stevie Nicks verkleidet hätte. »Ich möchte die Dinge für sie nicht schlimmer machen. Aber wenn du ihr sagen könntest, dass ich vorbeigekommen ...«

In dem Moment kommt Fiona um die Ecke in den Flur. »Claud?«, ruft sie. »Wer ist denn ... Hi.« Ihr Augen weiten sich. Sie trägt einen Sport-BH und Männerbasketballshorts, die ihr zehn Nummern zu groß sind. Ihre Haare sind feucht vom Duschen. Sie fasst ihrer Schwester an den Rücken und blickt genau wie Claudia eben zur Straße – wegen der Fotografen, kapiert Sam jetzt, und kommt sich vor wie ein verdammter Idiot. Ihm ist nicht eingefallen, darauf zu achten. Fiona drückt Claudias Schulter. »Ist okay«, verspricht sie. »Das geht schon.«

Claudia ist nicht überzeugt. »Ganz sicher?«

Fiona nickt, tritt nach draußen und schließt die Tür hinter sich. Sie ist barfuß und sieht mit ihrem frisch gewaschenen Gesicht plötzlich jünger aus. Sie riecht nach Drugstore-Shampoo.

»Hey«, sagt er.

»Hey«, sagt sie.

»Überlegst du, zur NBA zu gehen?«

»Ich denke darüber nach.« Sie sieht an sich hinunter. »Meinen Sprungwurf müsste ich noch verbessern.«

Sam nickt. »Vielleicht kann dir Michael Jordan ein paar Tipps geben, wenn er seine Hose abholt.«

Fiona stößt ein Lachen aus, das sich mittendrin in etwas anderes verwandelt, und ihr Gesicht wird lang. In der Sekunde, bevor sie sich fängt, wirkt sie den Tränen nahe. »Sam ...«

Sam holt tief Luft. »Willst du ein bisschen rumfahren?«

Jetzt lacht sie wirklich, deutet mit dem Kopf zu dem Tesla in der Einfahrt. »Nicht in dem Wagen, nein.«

Das bringt ihn zum Lächeln. »Verständlich.«

Einen Moment lang blicken sie sich in die Augen. Er

sieht, dass sie abwägt. »Warte hier.« Sie dreht sich um und geht zurück ins Haus.

Er schiebt die Hände in die Hosentaschen und schaut zu den Häusern ringsherum. Ein paar Kinder spielen Freeze Tag, und gegenüber zieht ein Typ mit Glatze seine Mülltonnen von der Straße zur Garage. Zwei Frauen in Sportklamotten walken an ihm vorbei, machen drei Häuser weiter eine Kehrtwende und walken erneut an ihm vorbei. Gerade als er sich fragt, ob Fiona nicht mehr kommt, ob sie ihn als abschließendes »Fick dich!« draußen stehen lassen will, bis er von Kojoten gefressen wird, geht die Tür auf.

»Komm«, sagt sie und hält ihren Autoschlüssel hoch. Sie trägt jetzt Denimshorts und ein weißes T-Shirt. In dem weiten V-Ausschnitt sind die Schlüsselbeine und ein dünnes Goldkettchen zu sehen. Ihre Sonnenbrille besteht aus zwei roten Plastikherzen. »Ich fahre.«

Sobald sie auf die Straße eingebogen ist, kurbelt sie die Fenster herunter und schaltet das Radio ein, wahrscheinlich, damit er nichts Verrücktes tut, etwa ein Gespräch anfangen. Sam sieht ihr gern beim Fahren zu. Er ist nicht so dumm zu fragen, wohin sie will, aber ziemlich schnell wird ihm klar, dass sie den Zuma Beach ansteuert, wo man Touristen und Souvenirbuden hinter sich lassen kann und wo der Himmel weit und der Sand kalt und leer ist. Die Wellen sind heute riesig. Bevor er nach Kalifornien zog, hat er nie das Meer gesehen, und auch nach all der Zeit wird ihm bei dem Anblick noch ein bisschen mulmig – wegen der schieren Größe, schätzt er, auch wenn das ein abgedroschener Gedanke ist. Und weil alles andere dagegen so klein ist.

»Ich sollte dich wohl warnen«, sagt Fiona, als sie nebeneinander auf der Motorhaube sitzen. »Wenn du auf eine Entschuldigung hoffst, die wirst du nicht kriegen.«

Sam sieht sie von der Seite an. »Warum sollte ich eine Entschuldigung wollen?«

Fiona zuckt mit den Schultern. »Wegen des Vorfalls vor dem Theater. Weil ich dich da mit reingezogen habe. Weil ich bin, wie ich bin, keine Ahnung.« Sie seufzt. »Es hat gutgetan, bei dem Kerl auszurasten. Der Adrenalinrausch, alles. Es ist lange her, seit ich mir so etwas erlaubt habe.« Sie schaut aufs Wasser und beobachtet die Brecher. »Manchmal frage ich mich, ob das bei einem Süchtigen auch so ist. Ob ich mich in der ganzen Zeit erholt habe von ... meinem Charakter.«

»Und einen Tag nach dem anderen lebst?«, fragt er lächelnd, doch Fiona lacht nicht.

»Ich meine das ernst.«

Sam schüttelt den Kopf. »Mit deinem Charakter ist alles in Ordnung. Der Typ war ein Arschloch.«

»Oh, das war er«, sagt sie sofort. »Und ich kann mich den ganzen Tag aufspielen von wegen Einverständnis oder was immer man als Jugendlicher in dieser Branche unterschreibt. Aber das Endergebnis ist dasselbe.«

»Und das wäre?«

»Dass jeder, der mich als katastrophale Irre bezeichnet hat, an diesem schönen Abend schlafen gehen und sich seiner Einschätzung sicher fühlen kann.«

»Okay.« Sam richtet sich in der späten Nachmittagssonne auf und dreht sich zu Fiona hin. »Ich werde dir jetzt etwas sagen, aber lass es dir nicht zu Kopf steigen, okay?«

Fiona zieht eine Braue hoch. »Na gut ...«

»Ich finde, du bist unglaublich.«

Sie wirft den Kopf zurück und lacht übermütig. »Okay.« Sie hebt eine Hand. »Hör zu, Sam, nur weil wir halbwegs rumgemacht haben, musst du nicht, na ja ...«

»Kannst du das mal lassen?« Sam schüttelt verärgert den Kopf. Ihn selbst hat es nie gestört, durch seinen Beruf eine öffentliche Person zu sein – im Gegenteil. Manchmal glaubt er, er liebt die Aufmerksamkeit mehr als das Schauspielern selbst. Aber er hat auch nie solche zudringliche Neugier aushalten müssen wie Fiona, und ihm wird allmählich klar, dass er nie wirklich aufgehört hat, darüber nachzudenken, wie es für sie gewesen sein muss – die zermürbende Unbarmherzigkeit von Millionen beiläufiger Grausamkeiten, wenn jeder in Amerika denselben giftigen Scheiß über sie sagte, bis ihr nichts mehr übrig blieb, als es selbst zu glauben. Angesichts dessen fühlt er sich wie ein totaler Schwachkopf. »Das ist meine Meinung. Klar, du bist äußerst launisch, und meistens habe ich keine Ahnung, was in deinem Kopf vorgeht, aber du bist unglaublich. Klug und begabt und schön und ...« Er bricht verlegen ab. »Was auch immer. Das denke ich jedenfalls.« Er zieht die Brauen hoch. »Und wenn du mich fragst, ich kenne zwar dein Bewertungsschema nicht, aber wir haben definitiv richtig rumgemacht, nicht halbwegs.«

Darüber lächelt Fiona ein bisschen. »Na gut. Richtig.«

Sam schwingt sich wieder neben sie auf den Wagen und lehnt sich gegen die Windschutzscheibe, sodass er in den Himmel hochschaut und die Hitze von dem Glas durch sein dünnes Baumwollshirt dringt. Das ist unangenehm, aber nicht so sehr, dass er etwas dagegen unternehmen will. Fiona scheint es nicht zu stören.

»Meine Mutter ist krank«, hört er sich sagen. Er weiß

nicht mal, dass er es sagt, bis er die Worte selbst hört, laut und schonungslos in der salzigen Luft. Er hat das in L.A. noch keinem erzählt, nicht mal Erin. Er hat wohl geglaubt, wenn er es oben in Wisconsin lässt, Tausende Meilen weit weg, dann passiert es vielleicht nicht wirklich. »Sie hat Brustkrebs.«

»Scheiße, Sam.« Fiona schlägt ein Bein unter, schiebt die Sonnenbrille in die Haare hoch und dreht sich zu ihm. Ihre Augen sind groß und ernst. »Ist es ... Wird sie wieder gesund?«

»Wahrscheinlich nicht.« Diese beiden Worte bleiben ihm fast im Hals stecken wie ein Popcorn in einem dunklen Kino, das er möglichst geräuschlos hervorzuwürgen versucht.

Fiona verarbeitet das erst mal. »Sie hat mir einmal eine Binde gegeben«, erzählt sie schließlich. »Beim zweiten Vorsprechen für *Birds*. Erinnerst du dich?«

»Meine Mutter hat dir eine Binde gegeben?«

Fiona verzieht das Gesicht. »Beim zweiten Vorsprechen, Dumpfbacke.«

Sam erinnert sich. Er war damals sechzehn. Er und seine Mutter flogen Mitte Januar von Milwaukee nach L.A. und hängten sich die dicken Wintermäntel über den Arm, als sie am LAX aus dem Flugzeug stiegen. Das Vorsprechen war wie ein Mittelschul-Squaredance oder -Sommercamp, ein Dutzend Jugendliche spielten in verschiedenen Räumen Theater, wechselten die Partner, bis endlich nur noch wenige übrig waren. Fiona hatte sich eine Haarsträhne neonpink gefärbt, und wahrscheinlich hat Jamie deshalb Riley in ihr gesehen. »Sicher«, sagt er.

»Ich habe mittendrin meine Periode bekommen ... zum

allerersten Mal. Es war Caroline, die mich hingefahren hatte, und mir war es zu peinlich, um mich an sie zu wenden. Also stand ich in der Damentoilette und überlegte krampfhaft, was ich tun sollte, und da kam deine Mutter rein, sah mich, und das Problem war gelöst. Sie hat meine Hose mit einem Fleckenstift behandelt und mich wieder unter die Leute geschickt wie eine gute Fee.« Fiona lächelt. »Sie schien mir immer eine gute Mutter zu sein.«

»Ja«, pflichtet Sam bei und streicht sich durchs Haar. »Das ist sie. Und ich sollte jetzt bei ihr sein. Doch stattdessen bin ich hier und versuche, ein Filmstar zu sein wie ein blöder Witzbold.«

Fiona schüttelt den Kopf. »Das bist du nicht.«

»Nein?« Er lacht halbherzig. »Was bin ich dann?«

Er rechnet voll damit, zu hören: ein heißes Mordopfer, doch stattdessen denkt sie darüber nach. Ihr nacktes Knie berührt ganz leicht seinen Oberschenkel. »Du bist ein Magier«, sagt sie.

Sam betrachtet sie in dem rosa-goldenen Dämmerungsschein: ihren Mund und ihre Wimpern, ihre Haare, die beim Trocknen ein bisschen kraus geworden sind. Er möchte ihr sagen, dass es ihm Angst macht, wie sehr er sie mag. Er möchte ihr sagen, dass er Angst hat, allein zu sein. Er möchte ihr sagen, dass es ihm leidtut und dass er es nicht ernst gemeint hat, als er sagte, er würde die Fortsetzung von *Birds* nicht mehr ansprechen. Aber dass er es diesmal ernst meint und damit abgeschlossen hat. Dass ihm die Rolle nicht mehr wert ist als das, was er mit ihr hat, was immer es ist.

»Komm mit zu mir«, sagt er stattdessen.

Fiona zieht eine Braue hoch. Eine Fülle von Möglichkeiten liegt auf einmal vor ihnen, wie früher am ersten Tag der Sommerferien. »Willst du mir wieder versprechen, mich nicht anzumachen?«

»Nein«, sagt er leise.

Fiona mustert sein Gesicht. Dann nickt sie. »Okay.« Sie nimmt ihre Schlüssel von der Motorhaube, die in der untergehenden Sonne blinken. »Lass uns fahren.«

Fiona

Sam nimmt ihre Hand, als sie die Stufen zu seiner Wohnung hochsteigen, ein Kribbeln jagt ihr über die Arme und den Rücken, sein Daumen streift die Innenseite ihres Handgelenks. Sie riecht Eukalyptus und Jasmin und noch etwas, einen nächtlichen Los-Angeles-Geruch, der heiß aus der Wüste heranweht. In einer Nachbarwohnung findet eine Party statt. Sie hört die Leute lachen, während Nancy Wilson vor sich hin jault.

»Möchtest du was trinken?«, fragt er, sobald sie drinnen sind.

Fiona schüttelt den Kopf. Es hat sie sofort zum Bücherregal gezogen. Sanft stößt sie mit dem Rücken gegen die Borde. »Nicht unbedingt.«

Darauf schweigen sie erst mal. Fiona hört den Wasserhahn in der Spüle tropfen. Ich hatte nicht annähernd mit so vielen Sex, wie alle denken, möchte sie sagen. Sie möchte vorschlagen, *Wives with Knives* zu gucken.

Sam sieht sie quer durchs Wohnzimmer an. »Scheiße.« Verlegen lächelnd reibt er sich über den Kopf. »Ich weiß nicht, warum ich gerade so nervös bin.«

Fiona zuckt mit den Schultern. »Es ist normal, beim ersten Mal nervös zu sein.«

Sam schnaubt. »Quatsch nicht. Komm her.« Nur dass er

stattdessen zu ihr kommt. Er küsst sie, und sofort vergisst Fiona ihre eigene Anspannung.

Sie legt die Arme um ihn, schiebt die Finger in seine weichen dunklen Haare im Nacken. Allmählich riecht er vertraut, nach seiner Seife, seinem Shampoo, seiner Haut. »Hi«, murmelt er an ihrem Mund, während seine Hände unter ihr Shirt kriechen. Er dreht sich mit ihr herum und schiebt sie rückwärts den Flur hinunter.

»Selber Hi.« Das Schlafzimmer liegt im hinteren Teil der Wohnung. An der Wand hängt ein Triptychon gerahmter künstlerisch minimalistischer Filmplakate, und durch das Fenster über der Kommode sieht man die dichten Zweige eines Feigenbaums. Die Wand hinter dem Bett ist in einem matten, düsteren Grau gestrichen. »Ich denke seit zwei Tagen an deine Bettlaken«, gesteht Fiona, als sie mit den Kniekehlen gegen den Bettrand stößt.

»Meine Bettlaken?« Er hebt ihr Kinn, um sie anzusehen. »Das ist alles?«

»Ja«, sagt sie sofort. Sie schiebt den T-Shirt-Kragen zur Seite, damit sie in sein Schlüsselbein beißen kann. »Du kamst dabei nicht vor.«

Sam nickt, als hätte er nichts anderes erwartet. »Das leuchtet ein.« Er stößt sie mit den Hüften an, bis sie mit dem Hintern auf die Matratze plumpst. »Ich kann im Augenblick nicht das Geringste reißen.«

Fiona lächelt, greift unter sein T-Shirt, streicht über seinen Bauch und spürt die Muskeln unter ihren Händen zucken. Er ist gebaut wie eine Ken-Puppe, überall wölben sich Muskeln, und als sie die Fingernägel über seine vorstehenden Hüftknochen zieht, schaudert er. »Du Ärmster.«

»Ich Ärmster«, bekräftigt er. Er setzt neben ihr ein Knie

aufs Bett, drängt sie mit Küssen auf die Kissen und zieht ihr das Shirt über den Kopf. Als Nächstes hakt er mit zwei Fingern ihren BH auf und zieht die Träger über die Arme herunter, dann setzt er sich auf, um sie im Halbdunkel zu betrachten.

»Du«, sagt er langsam und berührt sie behutsam mit einem Finger, »bist wirklich schön.«

Fiona verzieht das Gesicht und spürt, dass ihre Wangen heiß werden. »Du musst mir nicht schmeicheln.« Sie ringt mit dem lächerlichen Drang, die Arme über ihre Brüste zu legen. Nicht, dass er sie nicht ansehen soll. Vielmehr macht es ihr Angst, wie sehr sie das mag. »Ich schlafe sowieso mit dir.«

Aber Sam lacht nicht. »Ich meine das ernst.« Er geht in den Vierfüßerstand und schwingt ein Bein über sie. Er ist noch vollständig bekleidet. »Du kannst mich beleidigen, so viel du willst, das ist in Ordnung, ich mag das. Trotzdem ist es wahr.«

Fiona schluckt schwer. »Nicht so schön wie du«, sagt sie. »*Heart Surgeon* und so weiter.«

Sam macht ein Gesicht, als ärgerte ihn das, und sie fürchtet, dass sie es zu weit getrieben hat, dass er aufhört wegen ihres blöden Benehmens, und deshalb legt sie ein Bein um seines und zieht ihn an den Schultern zu sich runter, bis er auf sie sinkt, nah genug, um sich an ihr zu reiben. Sam stöhnt, und sie lächelt heimlich über seine Schulter hinweg.

Danach kommt es ihr vor, als passierte alles blitzschnell: Sie zerrt ihm das T-Shirt über den Kopf, wirft es auf den Teppich, er zieht ihr die Shorts die Beine hinunter. Es ist, als wüsste er instinktiv, wie er sie anfassen muss. Mit den Daumen streicht er unter ihren Brüsten entlang, durch die

Ellenbeuge, über ihre Rippen, bis sich ihre Haut heiß und gespannt anfühlt und ihr ganzer Körper summt. Als er die Finger in den Gummibund ihres Slips hakt und ihn sanft gegen ihre Hüftknochen schnellen lässt, hält sie den Atem an, um nicht laut zu keuchen.

»Sam.« Sie will ihm sagen, dass er *das* auch nicht tun muss, doch er ahnt es anscheinend, denn er senkt die Stirn auf ihren unteren Bauch. Seine Bartstoppeln kratzen an den empfindlichen Innenseiten ihrer Oberschenkel.

»Fee«, sagt er. Sein Atem weht heiß gegen den Stoff des Slips. »Lass mich, okay?«

Okay. Sie lässt ihn.

Er nimmt sich dafür Zeit. Mit den Händen und dem Mund und seinem Oberkörper hält er sie an die Matratze gedrückt, ihre Fersen gleiten über seinen Rücken. Er ist gründlich. Fiona greift in seine Haare, an seine Schultern, an die Matratze und versucht, nicht peinlich viel zu stöhnen.

Offenbar übertreibt sie es damit, denn nach ein paar Minuten blickt er stirnrunzelnd auf, als fürchtete er, sie könnte in Gedanken ihren Text aus dem *Puppenhaus* wiederholen. Er hat zwei Finger in sie hineingeschoben und zieht mit der flachen Zunge langsame Kreise. »Gut so?«, fragt er.

Fiona nickt zur Zimmerdecke. »Nicht ganz schrecklich«, gesteht sie atemlos, dann kneift sie die Augen zu und kommt in seinen Händen.

Als sie die Augen aufmacht, grinst Sam sie an. Seine Haare sind zerzaust. »War das …?«, fragt er sichtlich erfreut über sich. »Hattest du …«

»Vielleicht«, sagt Fiona und zieht ihn schon zu sich herauf. Die Lust prickelt noch wild durch ihren Körper, als wäre sie voller Meerwasser. Sie will sich an ihm festhalten wie an einem Floß. »Komm her.«

»Einen Augenblick.« Sam lächelt zwischen ihren Oberschenkeln und – verdammt, wie er sie *betrachtet.* »Ich will das genießen.«

»Das wirst du ziemlich sicher«, verspricht sie und hofft, dass sie selbstbewusster klingt, als sie ist. Sosehr sie in den letzten Tagen sie beide vom Gegenteil überzeugen wollte, in Wirklichkeit ist sie von ihm überwältigt, von Sam Fox mit seiner Fernsehserie und seinem Lächeln und seinem Waschbrettbauch und den hübschen Frauen, mit denen er sich wahrscheinlich trifft. Sie hat Angst, dass er ihr das Herz bricht. Sie fürchtet, sich anmerken zu lassen, dass er das könnte.

Er hat noch immer seine Jeans an, und sie spürt seine heiße Erektion, als er langsam zu ihr nach oben kommt. Sie greift mit ungeschickter Hand an seinen Reißverschluss.

Zumindest erwartet sie, den Bund von Retropants zu fühlen, doch plötzlich merkt sie, dass er keine anhat.

»O mein Gott.« Und plötzlich ist sie gar nicht mehr überwältigt. Er ist wirklich albern. »Gehörst du wirklich zu den Kerlen, die sich für zu cool halten, um Unterhosen zu tragen?«

Sam seufzt theatralisch. »Ich bin für gar nichts zu cool, vielen Dank. Es ist nur ...«

»Aber das verwirrt mich, denn gestern Abend hast du eine angehabt. Das ist mir ein Rätsel.«

»Tja, dann ruf doch mal bei *Unsolved Mysteries* an.« Er wirft ihr einen strafenden Blick zu. »Es tut mir leid, Liebling. Wärst du über Nacht geblieben, wenn ich mit nacktem Hintern ins Bett gekommen wäre?«

Fiona nickt. »Verstehe.« Sie schließt die Faust um ihn und experimentiert. Seine Haut ist sehr, sehr warm. »Und ist das ein Wäscheproblem oder …«

»O mein Gott, leck mich doch«, sagt er, aber er stößt in ihre Faust, also kann er nicht allzu böse auf sie sein. »Brad Pitt trägt auch keine, nur damit du es weißt.«

Fiona lacht schallend. »Woher weißt du das? Oder besser, von wem weißt du das? Sam, ich glaube nicht, dass das wahr ist.«

»Es ist wahr«, behauptet er fest. Er beugt sich zur Seite und kramt im Nachttisch, kommt mit einem Kondom zurück, reißt die Folie mit den Zähnen auf und streift es über. Fiona drückt die Zähne in ihre Unterlippe, während sie zusieht – wie er mit seinem Schwanz umgeht und wie sich die Bauchmuskeln zusammendrängen und wie er sich herabsenkt und an sie legt, sodass sie ihn gerade eben da unten spürt. So bleibt er eine Weile und spannt sie auf die Folter, indem er die Stelle, wo sie ihn braucht, nur zart berührt. Fiona versucht sich an ihn zu schieben, doch Sam hält sie fest. Er hat mehr Kraft, als man ihm ansieht.

»Willst du dich noch mal über mich lustig machen?«, fragt er leise, und ein Lächeln zeigt sich in seinen Mundwinkeln. »Denn wenn du das willst, können wir die Sache abblasen, vielleicht Frozen Yogurt essen gehen, und du könntest noch mehr von deiner umwerfenden Komik ausprobieren …«

»Halt die Klappe«, brummt sie heftig. »Sam.«

Sam grinst und legt los.

Diesmal keucht sie laut: über seine Größe und sein Gewicht auf ihrem Oberkörper. »Ist das okay?«, murmelt er in ihre Haare.

»Ja.« Es ist besser als okay, wenn sie ehrlich ist – wie langsam und zielgerichtet er sich in ihr bewegt, als wäre er nirgendwo lieber als dort. Fiona rückt die Hüften zurecht. »Ich … ja!«

Darauf lächelt er, oder zumindest klingt es so. »Okay.«

So geht es eine Weile, sein Mund an ihrer Wange und seine Hände überall, wo sie hinreichen, an ihrer Taille, ihren Oberschenkeln, ihren Haaren. »Ich will dich sehen«, sagt er und dreht sich mit ihr herum, sodass sie auf ihm liegt, und ehe ihr darauf eine Antwort einfällt, spürt sie seine Finger zwischen den Beinen und kommt urplötzlich zum zweiten Mal, schockierend schnell und intensiv. »O mein Gott. O mein Gott, Sam.« Sie schöpft Atem und hebt den Kopf, um ihn anzusehen. »Bilde dir bloß nichts ein.«

Sam lacht sie an. »Doch, ein bisschen.«

»Na gut.« Fiona schluckt. »Mach weiter«, murmelt sie und wippt ermutigend mit den Hüften. Aus nächster Nähe sieht er gar nicht so makellos aus. Er hat eine Aknenarbe am Haaransatz, die sie jetzt erst bemerkt, und Krähenfüße in den Augenwinkeln. Sie sammelt seine wandernden Hände ein und drückt sie über seinen Kopf aufs Kissen. Seine Augen werden sehr dunkel.

»Fiona«, sagt er leise, und seine Stimme klingt dabei ungewohnt rau und fremd. »Fiona, bitte.«

Sie nickt. »Ich habe gelogen«, gesteht sie und senkt den Mund an sein Ohr. »Als ich sagte, ich hätte mir nur deine Bettlaken vorgestellt.«

»Verdammt«, stöhnt er, und dann passiert es – sein Körper spannt sich an. Er sieht dabei so verletzlich und gelöst aus, so hat sie ihn noch nie erlebt, und sie fühlt sich wie der mächtigste Mensch der Welt.

Als es vorbei ist, zieht er sie mit einem Ruck zu sich herunter, sodass sie flach auf ihm liegt, das Gesicht an seiner salzigen Halsbeuge. Allmählich kommen sie zu Atem. Nach einer Weile fragt sie sich, ob er eingeschlafen ist, und beißt ihn sanft ins Schlüsselbein. »Irgendwann will ich was zu Abend essen«, teilt sie ihm mit und streicht mit dem Daumen über seine flache braune Brustwarze. »Nur zur Vorwarnung.«

Sam lacht, was als tiefes zufriedenes Dröhnen durch ihren Körper geht. »Du bekommst dein Abendessen«, verspricht er und zieht die Fingerspitzen schläfrig über ihre Wirbelsäule. »Verdammt, Fee, du bekommst von mir alles, was du willst.«

Fiona schließt die Augen, obwohl er ihr Gesicht nicht sehen kann. Nur für einen Moment erlaubt sie sich zu glauben, dass er die Wahrheit sagt.

Sam

Sam wird wach, als der Himmel vor dem Fenster einen bläulichen Schimmer annimmt. Fiona liegt auf dem Rücken und starrt an die Decke, eine Hand in ihre Haare geschoben.

»Diesmal *habe* ich deine Schuhe versteckt«, verkündet er und dreht sich auf die Seite, legt die Hand auf ihren Bauch und senkt den Daumen in den Bauchnabel. Gestern Abend haben sie sich Essen liefern lassen und auf der Couch bei einer zweiteiligen Ted-Bundy-Dokumentation verzehrt. Dann hatten sie Sex in der Küche, sind wieder ins Bett gekrochen und haben da noch ein bisschen rumgemacht. Sam mag es, wie sie dabei stöhnt. »Nur falls du dachtest, du könntest dich wieder tollpatschig rausschleichen.«

Sie kneift die Augen zusammen. »Ich war nicht tollpatschig.« Sie dreht sich zu ihm auf die Seite und stützt sich auf den Ellbogen.

Sam wirft ihr einen zweifelnden Blick zu. »Wie eine Herde Wasserbüffel, die in der Oper Hustenbonbons auswickelt.«

»Sehr plastisch.«

»Lauter als Paula Deen, wenn sie ihre schrägen Söhne von der Farm zum Essen ruft.«

»Okay.«

»Gegen dich klingt eine Monstertruck-Rallye leise wie ein Elektrowagen.«

Das bringt sie zum Lächeln. Sie sieht süß und schläfrig aus, ihr Mund geschwollen vom Küssen, und ihre Haare haben fast das doppelte Volumen. Sie sieht aus wie ein Renaissanceporträt, obwohl er hundertprozentig weiß, dass er das nicht laut sagen sollte. So streichelt er sie nur still weiter, zeichnet ihre Lippen nach, ihren Nasenrücken und die Krümmung ihrer Ohrmuschel, wo er über drei oder vier Piercings streicht und schließlich an die winzige Perle stößt, die noch sicher in ihrem Ohrläppchen steckt.

»Die sind von meiner Mutter«, erzählt sie nach kurzem Zögern. Ihre Finger stoßen an seine, als sie nach dem Ohrstecker tastet. Sie sagt es sehr leise.

»Ah. Ich habe mich das schon gefragt.«

»Sie arbeitet in Seattle in einer Töpferwerkstatt.« Sie rollt die Augen, als ob diese Albernheit sie bis ins Mark verletzt. »Sie ist dort hingezogen, um sich selbst zu finden, nachdem sie meinen Vater verlassen hat.«

»Wann war das?«

»Vor langer Zeit. Ich glaube, während der zweiten Staffel.« Sie dreht sich auf den Rücken. »Da war ich sechzehn.«

Sam nickt und versucht, nicht zu neugierig auszusehen. Sie spricht kaum mal über ihre Familie. »Kam das überraschend?«

»Ja und nein.« Sie redet weiter an die Zimmerdecke. »Das heißt, meine Eltern hatten ihre Probleme. Sie haben Claudia mehr oder weniger bewusst bekommen, um ihre Ehe zu retten, und waren schockiert, als das nicht funktionierte. Aber ich gebe zu, ich war ein bisschen erstaunt, dass sie es für ihr Wohlbefinden nötig fand, die Staatsgrenze zu überqueren und so weit von uns wegzuziehen.« Dann grinst sie. »Und zu der Zeit war ich praktisch ganz normal! Stell dir vor, sie hätte damit ein oder zwei Jahre gewartet. Dann hätte sie bis nach Neuseeland ziehen und Alpakas züchten müssen.«

Sam weiß nicht, ob er lachen soll. Sie redet in demselben Ton wie neulich, als sie von *Weetzie Bat* erzählte, so als ob sie herumflachst, aber eigentlich traurig ist. »Sprecht ihr miteinander?«, fragt er.

Sie schüttelt den Kopf. »Eigentlich nicht. Das ist bestimmt ein Schock für dich, den Nutznießer meines sprühenden, schlagfertigen Witzes, aber wir haben uns meistens nicht viel zu sagen.«

»Nicht mal, als alles so ...« Seine Frage verebbt.

»Nein«, antwortet Fiona leise. »Da schon gar nicht.«

Sam sagt dazu erst mal nichts. Nicht zum ersten Mal überlegt er, sie zu fragen, was eigentlich mit ihr los war in der Zeit, als *Birds* abgesetzt wurde, warum sie derart darauf versessen war, sich ihr Leben zu versauen. Aber er ist sich ziemlich sicher, dass sie ihn dann zum Mond schießen würde, und das will er nicht. Ihm ist nicht so ganz klar, was zwischen ihnen läuft, aber er will es nicht verderben. »Das muss hart sein«, sagt er.

»Nicht so hart, wie man vielleicht denkt.« Sie zuckt mit den Schultern. »Meistens kann sie mich mal. Aber ich hänge auch furchtbar an diesen Ohrsteckern, also kannst du dir deinen Reim darauf machen.«

»Und dein Vater?«

Fiona lächelt. »Mein Vater ist ein wirklich anständiger Mensch. Aber er hat viele Probleme, bei denen er nicht helfen lassen will.« Sie zieht die Brauen hoch. »Ich sage ihm immer wieder, ein paar Wochen in einer Klinik, und er ist wieder wie neu.«

Sam streicht ihr die Haare hinters Ohr. »Deine Schwester hat Glück, dass sie dich hat«, sagt er.

Aber Fiona schüttelt sofort den Kopf. »Andersherum, Sam. Es ist genau andersherum.«

Inzwischen ist es hell, der Himmel rosa und gelb. Die Sonne scheint ins Zimmer und bringt das Gold in Fionas Haaren zum Leuchten. Das Mädchen ist ein Wunder. Die Frau. Auch das möchte er ihr sagen, aber erstens würde sie nie Gras darüber wachsen lassen, und zweitens hat er Angst vor dem Gefühl, vor der Wucht des Gefühls in seiner dummen Brust. Das ist viel zu viel und viel zu früh.

Zum Glück scheint sie genug davon zu haben, über sich selbst zu reden. »Was ist mit dir?«, fragt sie und deckt sich wieder zu. Sam sieht den dunklen Umriss ihrer Brustwarzen durch das weiße Laken. »Guter Vater? Schlechter Vater?«

»Ich weiß es nicht.« Er legt sich zu ihr und schiebt einen Arm unter den Kopf. »Sie haben sich getrennt, als ich noch sehr klein war. Ich habe ihn nur ein paar Mal gesehen. Also schlechter Vater, muss man wohl sagen.«

Fiona runzelt die Stirn. »Ist das die Wahrheit?« Sie streicht mit einem Finger nachdenklich über seinen Bizeps. »Oder ist das eine Mitleidsstory, die du Frauen erzählst, um sie rumzukriegen?«

Sam sackt das Kinn herab. »Leck mich doch!«, sagt er lachend. »Ich war so nett zu dir, als du von deinen verkorksten Eltern erzählt hast!«

Sie lächelt. »Das stimmt«, räumt sie ein, rutscht näher und schmiegt sich an seine Seite. »Du warst sehr nett.«

»Außerdem könnte man herausstellen, dass es vermutlich mehr über dich aussagt als über mich, wenn ich dich mit meiner Vatergeschichte herumkriegen kann.«

Fiona neigt den Kopf zur Seite. »Könnte man«, stimmt sie zu, schwingt ein Bein über seine Hüfte und küsst ihn. »Man könnte aber auch herausstellen, dass du allzu gekränkt klingst für einen Typen, der sich eine Hallo-Ladys-bin-ich-nicht-tiefsinnig-Van-Morrison-Gitarre an die Wand hängt. Vielleicht bäckt dein Vater in Wisconsin jetzt Schoko-Pfannkuchen, trägt unvorteilhafte Jeans und wundert sich, wieso du seinen guten Ruf in den Schmutz ziehst.«

»Hm-hm.« Durch ein unwillkürliches Zucken stupst er sie versehentlich an. Er ist halb hart seit dem Aufwachen. »Vielleicht bin ich ja ein Gitarrenvirtuose, und du weißt es nur nicht.«

Fiona reibt sich an seinem Schaft. »Bist du einer?«

Sam verkneift sich ein Stöhnen. »Nein«, gibt er zu und schluckt mühsam, als sie den Kopf senkt und mit den Zähnen an seinem Kiefer entlang zwickt. »Könnte ich aber sein.«

»Das könntest du«, stimmt sie zu, dann greift sie in den Nachttisch nach einem Kondom.

Als sie fertig sind, dösen sie eine Weile. Ein warmer Wind streicht durch die Vorhänge, und die Vögel antworten einander mit ihrem Gesang. Sam wartet auf die vertraute Reue, die vertraute Ungeduld, den Wunsch, sie möge endlich gehen – das hat er meistens, wenn er eine Frau mit nach Hause genommen hat. Auch wenn er diese Eigenschaft an sich nicht mag, weil er sich damit vorkommt wie der Flegel-Typ in einer billigen Liebeskomödie. Doch diesmal bleibt das Gefühl aus. Er ist einfach nur froh, dass sie da ist.

Schließlich knurrt ihm der Magen, und er stößt sie unter der Decke mit dem Knie an. »Weißt du«, sagt er leise, »wir haben nie Eier im Haus.«

Kaum ausgesprochen, bereut er es, zumindest ein bisschen – es hört sich an, als dehnte er die Sache zwischen ihnen übers Haltbarkeitsdatum aus und machte etwas daraus, was sie nicht ist. Andererseits ist die Bemerkung »Wir haben keine Eier« nicht gerade ein Heiratsantrag. Ganz zu schweigen davon, dass Fiona aller Erfahrung nach nicht der Typ ist, der eine Einladung zum Frühstück ausschlägt.

Außerdem will er sich noch nicht von ihr verabschieden.

Falls Fiona denkt, dass er gerade verzweifelt klang, dann scheint es ihr nichts auszumachen. »Ich hätte Lust auf Rühreier.« Mehr sagt sie nicht dazu. Sie schlägt das Bettzeug zurück und tappt nackt durch den Flur zum Bad. Sam genießt den Anblick – den anmutigen Rücken, die Rundung ihres Hinterns. Am Bad angekommen dreht sie sich nicht nach ihm um, sondern greift um den Türpfosten und ruft durch den Flur. »Hey, Sam?« Sie klingt abgelenkt und kratzt sich mit den Zehen das Knie. »Dein Vater ist ein Loser, und dass er nicht täglich an deinem Leben teilnimmt, ist hundertprozentig sein Verlust.« Dann geht sie hinein und schließt hinter sich ab. Sam starrt in den leeren Flur.

Sie frühstücken in einem Diner mit einer kleinen überdachten Terrasse an der Rückseite. Über den wackligen runden Tischen blüht eine Bougainvillea an einem Rankgitter, und aus einem kleinen Lautsprecher kommt Folk-Pop. Sam bestellt sich eine Acai-Bowl mit Blaubeeren und Leinsamen. Fiona bestellt sich drei Eier mit gebratenem Speck. »Sie sind es!«, sagt die Kellnerin verblüfft. »Ich habe im Internet gelesen, Sie wären tot.«

Fiona nickt und lächelt süß. »War ich auch.«

Die Kellnerin reagiert darauf nicht, sondern denkt zurück. »Mein Bruder hatte in seinem Zimmer ein Poster von Ihnen. Das trashige, Sie nackt mit einer Echse ...«

Fiona lächelt weiter, schüttelt aber den Kopf. »Das kenne ich nicht.«

Die Kellnerin runzelt verwirrt die Stirn, beschließt aber anscheinend, das Thema nicht weiterzuverfolgen. »Acai-Bowl, Eier mit Speck«, wiederholt sie mit Blick auf ihren Block, dann entfernt sie sich mürrisch.

Sam blickt Fiona mit hochgezogenen Brauen an. »Passiert dir das häufig?«

»Oh, das war noch gar nichts.« Sie schlingt ihre Haare zu einem Knoten und sichert ihn ohne ein Haargummi. »Manche Leute werden richtig unhöflich.«

Sam trinkt einen Schluck von seinem Kokos-Latte. »Ich muss dich das mal fragen. Die Sache mit der Echse.«

Fionas Gesicht hellt sich auf. »Oh, ich liebe das Poster!« Sie klatscht in die Hände wie ein entzücktes Kind am Weihnachtsmorgen. »Es ist genauso geworden, wie ich es haben wollte. Dieser künstlerische Touch war von Anfang an meine Vision. Falls du mal zu uns zu Besuch kommst, wirst du eins in Lebensgröße über dem Kamin hängen sehen. Wir haben einen Strahler darauf gerichtet, damit wir es mit der gebührenden Ehrfurcht betrachten können, wenn wir daran vorbei...«

»Okay.« Sam hebt kapitulierend die Hände. Er hat geahnt, dass es ein Fehler ist, sie darauf anzusprechen. »Okay, hab verstanden.«

Fiona ist still, so als überlegte sie, wie viel sie ihm erzählen will. Schließlich lehnt sie sich seufzend zurück und schließt die Hände um ihren Kaffeebecher. Sie sehen zart aus, ihre Hände, und vielleicht sind sie das Einzige an ihr, das sie nicht tarnen kann.

»Man hatte mir vorher gesagt, Annie Leibovitz würde mich fotografieren.« Sie spricht so leise, dass Sam sich nach vorn beugen muss, um sie zu verstehen. »Und es sollte was richtig Künstlerisches werden, mit Vögeln – nach Art eines Balletts wie Schwanensee.« Sie zieht ein Gesicht. »Das war zu der Zeit, als ich neu anfangen wollte, weißt du. Als ich erreichen wollte, dass die Leute mich wieder ernst nehmen.«

»Okay.« Sam fühlt sich ein bisschen mulmig. »Und was ist dann passiert?«

»Tja, falls du das Poster nicht kennst, Samuel, ich kann dir versichern, es wurde kein scheißkünstlerisches Ballerinafoto mit Schwänen von Annie Leibovitz.« Sie zuckt mit den Schultern, aber heftig, als wäre ihr Körper ein mechanischer Apparat. »Ich ging zu dem Fototermin, und da hieß es, es sei zu einem Konflikt gekommen. Und dann passierte etwas mit den Schwänen – nicht, dass die krank oder tot waren, aber sie waren an dem Tag nicht verfügbar. Wahrscheinlich waren sie für eine Hochzeit gebucht von jemandem, der wirklich berühmt war. Dann stellte sich heraus, dass einer der Beleuchter auch Reptilienhalter war.« Sie seufzt. »Du siehst, worauf es hinausläuft.«

Das sieht er. Ihr weiter zuzuhören ist, als müsste er einen Horrorfilm durchstehen und zusehen, wie die zarte, blonde Naive einen dunklen Flur entlangschleicht, ihrem unvermeidlichen Tod entgegen. Er möchte ihr zurufen *Tu's nicht!*, obwohl er weiß, dass sie ihn nicht hören kann. »Ja.«

»Ich hätte ablehnen können«, sagt sie und streicht mit dem Daumen über den Becherrand. Sie meidet seinen Blick. »Ich hätte es sein lassen sollen. Ein wiederkehrendes Thema in meinem Leben, wie du weißt. Aber ich dachte – Mensch, all die Leute sind extra deswegen hier, und ich hab das Fotoshooting selbst gewollt. Also zog ich es durch. Ich hab die Zähne zusammengebissen und hab mich aus der Situation fortgeträumt und mich fotografieren lassen. Und jetzt denken die Leute, wenn sie meinen Namen hören, nur noch an dieses Poster.«

Sam öffnet den Mund, um zu sagen, dass das nicht stimmt, tut es aber nicht. Wahrscheinlich hat sie recht, und es ist wahr, zumindest ein bisschen. Eine Vergangenheit wie ihre vergessen die Leute nicht. Er schaut über ihre Schulter, anstatt ihr in die Augen zu sehen, und versucht den schleichenden Verdacht zu ignorieren, dass es für seine Karriere und seinen Ruf eine Katastrophe ist, hier mit ihr zu sitzen. Nicht zum ersten Mal wünscht er sich, kein Mensch zu sein, dem es wichtig ist, was andere über ihn denken. Doch so ein Mensch ist er. War er immer. Und tatsächlich weiß er nicht, wie lange er noch so tun kann, als wäre es anders.

Zum Glück bringt die Kellnerin gerade das Essen und setzt es ihnen umstandslos vor, um sofort wieder zu gehen. »Du hast vergessen, ihr zu sagen, dass sie die Frau deiner Träume ist«, bemerkt Fiona milde.

»Ich hab gar nichts vergessen«, sagt er. »Iss deine Eier.«

Fiona braucht ein Geburtstagsgeschenk für ihre Schwester, deshalb gehen sie nach dem Frühstück ein paar Türen weiter in einen kleinen Laden, der lauter Schmucksteine und Lederarmbänder und die bei Frauen beliebten Filzwimpel mit Sprüchen über Kaffee und Feminismus verkauft. Es riecht darin nach Patchouli und Zitrone, ein bisschen wie Fiona auch. »Welches?« Sie hält zwei goldene Halskettchen hoch, an jeder hängt eine haselnussgroße Steinkugel. »Jade oder Tigerauge?«

Sam zieht die Finger durch einen Korb voll kleiner Emaille-Anstecker in Form von Avocados. »Tigerauge«, entscheidet er, obwohl er nicht weiß, was was ist. Ihm gefällt nur der Name.

Fiona bezahlt die Kette und einen Avocado-Anstecker und eine Karte mit einem Cartoon-Straußenvogel, der einen Partyhut aufhat. Während sie zum Auto gehen, bekommt Sam eine Nachricht von Erin. Hab gerade den Megaartikel für Vanity Fair eingereicht. Ich genehmige mir jetzt ein feuchtfröhliches Mittagessen, falls du auch Lust hast?

Sam zögert. Das ist Tradition zwischen ihnen seit der Zeit, als sie zusammen wohnten und beide jeden Job annahmen, der zu kriegen war. Damals hieß das gewöhnlich, dass sie sich einen Burger teilten und so viele billige Schnäpse kippten, wie sie sich gerade leisten konnten, um am Nachmittag auf dem Sofa bei *Bones*-Wiederholungen einzuschlafen. Gute Arbeit, Pulitzer-Tante, antwortet er. Kann mich jetzt nicht mit dir treffen, aber ich schulde dir eine Plastikflasche Gin.

LANGWEILIG, mault Erin. Zu beschäftigt mit Riley Bird?

Sam blinzelt und sieht unwillkürlich zu Fiona. Das Sicherste wäre, es frech zu leugnen. Aber Erin ist auch deshalb so erfolgreich, weil sie ein feines Gespür dafür hat, ob jemand lügt. Deshalb schickt er ihr bloß ein paar Emojis und hofft, dass ihr das als Eingeständnis genügt.

Doch so viel Glück hat er nicht. Heilige Scheiße, schreibt

sie umgehend. Bist du gerade mit ihr zusammen??? Bring sie sofort hierher.

Und einen Moment später: Es sei denn, ihr ... Drei Auberginen-Emojis.

Sam schnaubt. »Verdammt noch mal«, murmelte er und schiebt sein Handy in die Hosentasche, als sie am Auto ankommen.

Fiona blickt neugierig zu ihm hinüber. »Was ist?«

Sam öffnet den Mund, um sie mit einer unverfänglichen Lüge abzuspeisen, und platzt stattdessen mit der Wahrheit heraus. »Du willst nicht zufällig meine Freundin Erin kennenlernen, oder?«

Diesmal überkommt ihn brennende Reue. Sofort wünscht er, er könnte das zurücknehmen, die Worte aus der Luft greifen und runterschlucken. Es ist viel zu früh, es steht zu viel auf dem Spiel, und da Fiona erbleicht, weiß er, dass sie das genauso sieht.

Doch er muss ihr zugutehalten, dass sie sich sofort fängt. »Lüg nicht«, sagt sie lässig. »Du hast doch gar keine Freunde.«

»Oh, du bist rasend komisch.« Sam grinst erleichtert. »Ehrlich, wenn aus deiner Theater-Sache nichts wird, solltest du es als Stand-up-Comedian versuchen. Ich wette, Jerry Seinfeld fände es toll, von dir ein paar Tipps zu bekommen.«

Fiona zieht die Brauen hoch. »Entschuldige, ist Jerry Seinfeld dein Maßstab für lustige Comedians?«

Sam runzelt die Stirn. »Was hast du gegen Jerry Seinfeld?«

Fiona schüttelt den Kopf und sieht ihn über das Autodach an. Sam kann ihren Verstand arbeiten sehen – wie sie alle möglichen Folgen abwägt und auflistet, was alles schiefgehen kann. Dann holt sie tief Luft. »Gut«, sagt sie und klingt wahnsinnig lässig. »Treffen wir uns mit ihr.«

Scheiße. »Okay«, sagt er sofort. Wenn sie sich hier gegenseitig zu einer Mutprobe anstacheln - und dessen ist er sich ziemlich sicher -, dann wird er definitiv nicht als Erster zucken. Lieber rasiert er sich die Brauen ab oder tritt bei *Dancing with the Stars* an. Verdammter Mist, das wird eine absolute Vollkatastrophe! »Gut, fahren wir.«

Erin sitzt an einem Ecktisch in der gewohnten Bar und liest in der *Paris Review*. Vor ihr steht ein Bourbon und ein halb gegessenes Cubano-Sandwich. »O mein Gott, ihr kommt tatsächlich.« Sie steht auf und wischt sich die Hände an der Papierserviette ab. Sie trägt Jeans und ein T-Shirt mit dem Aufdruck DIE ZUKUNFT IST DIVERS und hat sich einen langen Zopf geflochten, der nach vorn hängt. »Ich dachte, ihr kneift.«

»Hätten wir auch fast«, antworten Sam und Fiona gleichzeitig; dann blicken sie sich entsetzt an.

Erin reißt die Augen auf. »Oh, und schon seid ihr unerträglich.«

Sam ignoriert das. »Fiona St. James, Erin Cruz«, sagt er und deutet abwechselnd auf die beiden.

»Wieso kenne ich den Namen?«, fragt Fiona, als sie sich die Hand geben.

»Erin ist Autorin«, erklärt Sam. Während er das ausspricht, befällt ihn die irrationale Angst, dass Erin etwas Schreckliches über Fiona geschrieben haben könnte - Scheiße, wieso hat er nicht daran gedacht, das zu googeln? -, doch Fionas Gesicht hellt sich augenblicklich auf.

»Du hast den Artikel geschrieben, der vor zwei Monaten

in der *Times* erschien«, sagt sie und setzt sich Erin gegenüber. »Über den perversen Coach an der St. Anne.«

Sam sieht sie überrascht an. Er liest alles, was Erin schreibt, weil sie seine beste Freundin ist und sie es ihm zuschickt, aber er hätte Fiona nicht für eine Kennerin der investigativen Berichterstattung gehalten. »Ich bekenne mich schuldig.« Erin zieht den Kopf ein, doch er sieht ihr an, dass sie sich idiotisch freut, weil sie von jemandem erkannt wurde. In der Hinsicht ist sie ihm ähnlicher, als sie wahrscheinlich zugeben würde.

»Das war ein unglaublicher Bericht«, sagt Fiona und wirkt dabei offen und ernst. So ernsthaft hat er sie noch nie erlebt. »Kann ich dich was fragen? Wenn du so etwas schreibst, kommen die Quellen dann zu dir oder …?«

»Das ist verschieden«, sagt Erin. »In dem Fall habe ich über zwei Ecken einen Tipp von jemandem bekommen, der an der Schule arbeitete und wusste, dass die Schulverwaltung versuchte, das Problem unter der Hand zu lösen.«

»Das ist typisch«, sagt Fiona. »Hast du den Artikel in *The Cut* gelesen über das Reitcamp …«

»… in Greenwich.« Erin nickt aufgeregt. »Den hat eine Freundin von mir geschrieben.«

Am Ende stellt sich heraus, dass Sam sich umsonst vor dem Zusammentreffen gefürchtet hat. Als sie ihre erste Runde ausgetrunken haben, sind Erin und Fiona ins Gespräch vertieft über die *New York Times*, TikTok und die Verflachung der Medienlandschaft, und Sam fühlt sich im weiteren Verlauf völlig überflüssig. »Ehrlich gesagt, ist es wahrscheinlich nur eine Frage der Zeit, bis ich Storys per Video bringen muss«, sagt Erin sarkastisch.

»Sag mir Bescheid, wenn du Hinweise brauchst«, sagt

Fiona grinsend. »Ich kenne mich da auch aus.« Dann sieht sie zu Sam und scheint jetzt erst zu merken, dass er auch noch da ist. »Noch eine Runde, bitte, Barkeeper.« Sie schiebt ihm ihr leeres Glas zu.

Na schön, Sam kann auf einen Hinweis eingehen. Er steht auf und geht zur Theke, sieht sie sofort die Köpfe zusammenstecken und hat allmählich das Gefühl, dass ihm das mehr Stress macht als die Alternative. Er wartet darauf, dass der Barkeeper von seiner Grindr-App aufblickt, als sein Handy in der Tasche vibriert.

»Hey!« Er geht sofort ran, als er Russ' Name auf dem Display sieht. »Wie ist es in Tulum?«

»Grauenhaft«, sagt Russ. »Scheiße heiß, meine Töchter hassen mich, und der Fernseher ist Schrott.«

»Schon was wegen der Feuerwehrrolle gehört?«

»Was?«

Sam runzelt die Stirn. »Für die ich neulich vorgesprochen habe.«

»Ah.« Russ klingt, als hätte er das völlig vergessen. »Nein, noch nicht. Ich rufe wegen *Birds of California* an.«

»Oh. Äh. Sekunde.« Sam sieht über die Schulter zu Fiona und Erin, die ihn beide nicht beachten, und geht Richtung Tür. »Das wird abgeblasen, stimmt's?«, fragt er, als er auf dem Parkplatz steht und in die grelle Mittagssonne blinzelt. »Nach dem, was zwischen Fiona und dem Fotografen vorgefallen ist …«

»Das könnte man meinen, nicht wahr?« Russ klingt triumphierend. »Aber ich habe gerade mit Arkin telefoniert, und die sind jetzt erst recht scharf darauf.«

»Warte.« Sam spürt, dass ihm die Farbe aus dem Gesicht weicht. »Ernsthaft?«

»Jede Publicity ist gute Publicity, meinen sie. Und laut Bob zielen sie wegen der Streaming-Plattform auf ein älteres Publikum ab, das trendy und intellektueller ist. *Family After Dark* oder so ähnlich.«

»Das ist … ein grauenhafter Name«, sagt Sam. »Hört sich nach einer inzestuösen Vampirserie an.«

»Verdammt noch mal, Sammy.« Russ stöhnt ungeduldig. »Kannst du dich bitte auf das Wesentliche konzentrieren? Ich bin im Urlaub. Der Punkt ist, er und Hartley wollen wissen, ob du bei dem Mädchen weitergekommen bist.«

»Weitergekommen?«

»Hartley sagt, er hat euch beide auf dem Studiogelände zusammen gesehen. Und denk nicht, ich hätte die Fotos von euch beiden nicht gesehen, wie ihr beide knutschend aus deiner Wohnung kommt.« Er kichert. »Ich muss schon sagen, als ich dir geraten habe, ihr die Entscheidung zu versüßen, habe ich nicht *das* gemeint.«

Sam erschrickt. »Da war doch überhaupt nichts.« Er sieht wieder über die Schulter und fühlt sich leicht hysterisch. Es mag kitschig sein, aber tatsächlich hat er die *Birds*-Fortsetzung sofort vergessen, als Fiona gestern Nachmittag an die Tür kam. Und jetzt will er auf keinen Fall, dass sie ihn zufällig darüber reden hört.

»Das sah aber ganz anders aus, Kumpel.« Russ klingt eindeutig gut gelaunt, allerdings vermutet Sam, dass das an den All-inclusive-Daiquiris in dem Resort liegt, in das er für eine Woche sein Büro verlegt hat. »Versteh mich nicht falsch, ich will mich nicht beklagen. Das ist großartige PR. Offen gestanden wünschte ich, ich wäre selbst auf die Idee gekommen.«

Das dreht Sam fast den Magen um. »Wir sind nur

Freunde«, beharrt er. »Mehr nicht. Und ehrlich gesagt finde ich die Idee nicht so toll, sie zu etwas zu überreden, was sie nicht will.«

Russ lacht. »Das Mädchen weiß doch gar nicht, was es will«, erklärt er mit einer beiläufigen Gewissheit, bei der Sam die Luft wegbleibt. »Aber wenn du lieber nicht mitspielen willst ...«

»Nein, nein«, versichert Sam hastig. »Ich will, es ist nur ...«

»Du bist dir nicht sicher?«, unterbricht Russ. »Denn wenn du an der Rolle nicht interessiert bist, habe ich jede Menge anderer Klienten, die sich darum reißen würden ...«

»Nein, das ist es nicht.« Sam zögert und fährt sich durch die Haare. Scheiße. Er braucht dringend Arbeit. Im Augenblick wäre er verrückt, wenn er nicht alles Menschenmögliche täte, um für etwas engagiert zu werden, was Russ für ihn besorgt, und sei es ein Auftritt bei *Dancing with the Stars.* Doch andererseits war er mächtig erleichtert bei der Vorstellung, die *Birds*-Fortsetzung könnte sang- und klanglos in der Versenkung verschwinden, sodass er und Fiona ... so weitermachen können, ohne dass das Schreckgespenst zwischen ihnen hockt und seinen eisigen Atem verströmt. Es gefällt ihm nicht, sie anzulügen, aber es ist zu spät, um ihr die Wahrheit zu sagen. »Ich arbeite daran, okay? Das ist eine heikle Situation.«

»Das möchte ich wetten.« Sam hört sein Feixen. »Hör zu, Sammy, ich muss auflegen. Cara hat uns zum Tauchkurs angemeldet. Ich melde mich bald, außer, ich ertrinke auf rätselhafte Weise. In dem Fall weißt du, dass sie ihre Drohung wahr gemacht und mich umgebracht hat.«

Russ legt grußlos auf. Sam schiebt das Handy in die Hosentasche und geht wieder in die dunkle Bar. Inzwischen haben sich Fiona und Erin selbst zur Theke begeben und quatschen angeregt weiter.

»Wir haben uns schon versorgt«, berichtet Fiona, als sie ihn sieht, und hebt ihr Glas. »Zwei unabhängige Frauen.«

»Wir haben dir etwas mitbestellt, auch wenn du das nicht verdienst«, pflichtet Erin bei.

»Wie ich immer sage, ihr seid zwei Klassefrauen.« Sam greift nach dem Bier und leert das Glas in zwei langen Schlucken. Er fühlt sich gereizt und unbehaglich. Er hat Angst, dass ihn das Gespräch mit Russ in einer Weise mitgenommen hat, die Fiona ihm anmerkt, dass sie es an ihm riecht wie ein billiges Rasierwasser. »Worüber habt ihr euch unterhalten?«, fragt er.

»Die typischen Frauenthemen«, antwortet Fiona sofort.

»Intimduschen«, bestätigt Erin trocken, und Fiona grinst.

»Wisst ihr was? Das geschieht mir recht.« Er blickt erstaunt auf sein leeres Glas. »Noch eine Runde?«

Bis sie sich eine Stunde später von Erin verabschieden, hat Sam das komische Gefühl, am Nachmittag betrunken zu sein – die Sonne irritiert ihn, es ist noch heller Tag. »Ich war nervös«, erklärt er, als Fiona ihn mit hochgezogenen Brauen mustert. »Darum habe ich so viel getrunken.«

Fiona nickt. *Was du nicht sagst!*, bedeutet ihr Blick. »Weswegen warst du nervös?«

Sam öffnet den Mund und schließt ihn wieder. Er könnte es einfach aussprechen, wenn auch ein bisschen undeutlich. Er könnte ihr einfach die Wahrheit sagen. »Wegen vielem.«

Fiona denkt darüber nach. »Ja«, sagt sie schließlich. »Ich auch.«

Anstatt darauf einzugehen, drückt er sie gegen die Fahrertür, fasst um ihren Hinterkopf und küsst sie. Fiona gibt einen Laut der Überraschung von sich. Er rechnet damit, dass sie ihm sagt, er soll das lassen – sie kommt ihm nicht vor wie jemand, der öffentliche Liebesbekundungen schätzt, vor allem nicht am helllichten Tag. Doch sie lässt ihn eine Minute lange gewähren, drückt sich an ihn und nimmt die Beine auseinander, damit er sich dazwischenschieben kann. Er stöhnt an ihrem Mund.

»Okay«, keucht sie schließlich und schiebt ihn weg. »Das reicht.«

Sam nickt, zieht sich zurück und schiebt die Hände in die Taschen. Ihm reicht es nicht. Bei Weitem nicht.

»Komm«, sagt sie. »Ich fahre dich zu uns, damit du deinen Wagen nehmen kannst. Vielleicht lasse ich mich ein paar Minuten befummeln, wenn wir da sind.«

Aber er schüttelt den Kopf. »Warte.« Er schiebt die Finger zwischen ihre. »Vorher will ich dir etwas zeigen.«

»Weißt du, Samuel«, sagt Fiona zwanzig Minuten später, als sie vor einer hohen, dichten Hecke in den Hollywood Hills anhält. »Ich frage mich, was ich in all der Zeit, die wir uns kennen, gesagt oder getan habe, das dich auf die Idee bringt, ich könnte Überraschungen lieben.«

»Ja, ja.« Sam zeigt. »Es ist das da drüben.« Er schnallt sich ab und beugt sich über sie, greift durch das Fahrerfenster und tippt beim Geruch ihrer Haare den Code in das Tastenfeld ein. Einen Moment später schwingt das Metalltor zur Seite.

Fiona späht durch die Windschutzscheibe, während sie langsam weiterfährt, und kneift die Augen zusammen, als müsste sie bei dichtem Schneetreiben etwas erkennen. Sie steigt nur zögernd aus, als er schon die Haustür aufschließt, so als hielte sie sich bereit, jeden Moment abzuhauen. »Wem gehört das Haus?«, fragt sie.

»Meinem Agenten.«

»Wen vertritt er noch außer dir?«

»Wie unhöflich«, sagt Sam, doch er lächelt und winkt sie ins Haus.

Fiona blickt sich staunend um. Es sieht aus wie in einer HBO-Serie: lauter Holz und Stein und Stahl, hohe Decken und strenge moderne Linien. Der Boden besteht aus poliertem Beton, die Sitzmöbel wirken nüchtern, architektonisch und unbequem. Die Rückwand des Hauses besteht aus Glas. »Und er … lässt dich hier abhängen?«

»Das ist sicher schwer nachvollziehbar«, sagt Sam, »aber die meisten Leute mögen mich.«

Fiona zuckt mit den Schultern und weicht seinem Blick aus. »So schwer auch wieder nicht.«

Sam lacht und schiebt sie vorwärts durch die hohen Hallen. »War das ein Kompliment?«

»Genieße es«, schießt sie zurück. »Es ist das Einzige, das du heute von mir kriegst.«

»Dann werde ich das in mein Tagebuch eintragen.«

Er führt sie durch die Schiebetür auf die Poolterrasse, wo es nach Hibiskus und Zitronen riecht und große Sukkulenten in Tontöpfen wachsen. Das Wasser schimmert in der rosigen Nachmittagssonne, man schaut über die tiefer gelegenen Hügel. Das hier sieht aus wie ein Haus, in dem eigentlich niemand wohnen sollte. Wie eins, in dem man lange unentdeckt bleiben kann.

Fiona streift sich die Schuhe ab und streckt einen Zeh

in den Pool, dann sieht sie ihn unverhohlen argwöhnisch an. »Bist du sicher, dass nicht gleich die Cops vor der Tür stehen?«

Sam lächelt. »Ganz sicher.«

»Dir dürfte klar sein, dass ich solchen Scheiß nicht gebrauchen kann: Fiona St. James verhaftet nach Eindringen in Luxusanwesen in den Hollywood Hills.«

»Darcy Sinclair wäre begeistert.«

»Ich habe ihr das sechsfache Collegegeld für ihre Kinder eingebracht. Ich bin nicht geneigt, ihr noch mehr Gefallen zu tun.«

»Hm-hm.«

»Ich meine nur, dass ich wenigstens ein paar Tantiemen kassieren sollte.«

»Steig ins Wasser, Teuerste.«

Fiona sieht ihn skeptisch an, als rechnete sie damit, dass Ashton Kutcher gleich den Kopf aus dem Fenster streckt und ruft: »Reingelegt!« Schließlich zieht sie ihr Trägerhemd und die Denimshorts aus und gleitet geräuschlos ins Wasser. Einen Moment lang taucht sie unter, sodass ihre Haare nass werden und Tropfen an ihren Wimpern hängen und auf der Haut über dem Sport-BH schimmern.

Sam starrt sie mit offenem Mund an. Dann fällt er fast über die eigenen Füße, so hastig zieht er sich die Jeans aus.

Fiona zieht eine Braue hoch. »Oh, du trägst ja Unterwäsche«, neckt sie.

»Willst du dich ewig darüber lustig machen, egal was ich tue?«

»Es tut mir leid!« Fiona lacht. »Ich versuche nicht, dich zu beschämen, damit du nicht mehr herumläufst, wie Gott dich schuf.«

»So, so«, sagt Sam und springt am tiefen Ende ins Wasser.

Eine Weile lassen sie sich auf dem Rücken treiben. Der warme Wind rauscht in den Palmen, eine Libelle saust über die Terrasse. »Ich liebe es, im Wasser zu sein«, sagt Fiona leise. »In der Mittelschule war ich in der Schwimmmannschaft, bevor ich ausgestiegen bin.«

Sam schaut zu ihr hinüber. »In der Schwimmmannschaft?«

»In der Mittelschule.«

»Hast du mal überlegt, weiterzumachen?«

»In der Mittelschule? Dafür bin ich wohl ein bisschen zu alt.«

»Har-har-har.« Er richtet sich auf. »Du hast aber deinen GED, stimmt's? Du könntest aufs College gehen.«

Fiona schnaubt. »Sehe ich etwa aus wie Elle Woods?«

»Du bist intelligent«, sagt er achselzuckend.

Er rechnet mit einer rotzigen Erwiderung, doch Fiona neigt nur den Kopf zur Seite und sagt: »Danke.«

»Keine Ursache. Es ist wahr.«

»Wenn ich das tun würde, dann richtig«, gesteht sie. »Auf einem richtigen Campus, wo ich in die Bibliothek und zu langweiligen Pflichtvorlesungen gehen kann. Das volle Programm.«

An ihrem Tonfall merkt er, dass sie sich das schon häufiger ausgemalt hat. »Schauspiel im Hauptfach?«

»Englisch«, sagt sie sofort, dann lächelt sie. »Schauspiel im Nebenfach.«

»Das könntest du machen«, sagt er.

»Vielleicht.«

»Nicht vielleicht.« Er möchte ihr sagen, dass sie alles tun

kann, was sie sich wünscht, in einer preisverdächtigen TV-Serie mitspielen oder ein Unternehmen gründen oder für das Präsidentenamt kandidieren. Er möchte ihr sagen, dass sie ihm das Gefühl gibt, auch alles tun zu können, was er sich wünscht. Stattdessen schwimmt er zu ihr und zieht sie an sich. »Ich möchte dich nur küssen«, verspricht er leise, was gelogen ist. Jedes Mal, wenn er sie ansieht, will er unsagbar vieles. »Mehr werde ich nicht tun.«

Fiona lächelt. »Tja, schade.« Sie schiebt ihn zum Poolrand und zieht ihm die Retropants herunter.

Sam holt scharf Luft, alles Blut fließt in seinen Schwanz. »Was tust du da?«, fragt er.

»Dich nicht anmachen«, antwortet sie, nimmt ihn in die Hand und bewegt sie auf und ab. Sam hilft mit Beckenstößen nach. Er stöhnt leise, seine Lider sinken herab, als er sich den Lustgefühlen überlässt.

»Das hast du dir so gedacht«, sagt Fiona sofort, lässt ihn los und tritt einen Schritt zurück. »Sieh mich an.«

Sam reißt die Augen auf und sieht sie an.

»Gut«, sagt sie leise und nimmt ihr Tun wieder auf.

Sie nimmt sich Zeit und probiert einiges aus, lernt, was ihm gefällt, wie Sam verspätet begreift, weil das vielleicht etwas ist, das sie in der Zukunft wiederholen möchte. Bei dem Gedanken greift er in ihre Haare. »Bitte«, murmelt er. »Fiona. Bitte.«

Fiona lächelt neckend. »Bitte was?«

»Bitte, hör nicht auf.«

Fiona hört nicht auf. Es ist im Grunde nicht mal Sex und trotzdem einer der intimsten Momente in Sams Leben: ihre warme Hand an ihm, ihre hellbraun und golden gesprenkelten Augen. Er fühlt sich, als würde sie unter seine Haut blicken. »Fee«, murmelt er schließlich, um sie zu warnen. »Ich komme gleich …«

Fiona grinst. »Das ist der Plan.«

Sam sieht ihr weiter in die Augen, solange er kann, bis er heftig atmend den Kopf auf ihre Schulter fallen lässt. Fiona reibt ihm den Nacken, bis er fertig ist. Hoch über ihnen rauscht der warme Wind in den Palmen.

Fiona

Die Schatten werden lang, als sie vor Fionas Haus ankommen, der Sonnenschein hat die dunkelgoldene Färbung des späten Nachmittags, und die Umrisse der Palmen bekommen ein trübsinniges Blau. »So, tja«, sagt er, als der Wagen in die Einfahrt rollt, und wirkt plötzlich schüchtern. »Ich nehme an, ich simse dir? Das heißt, wenn du das willst …?«

Fiona presst die Lippen zusammen, um nicht zu lachen. Ihre Haare sind noch feucht vom Pool, sie liegen schwer auf ihren Schultern. Ihre Lippen sind geschwollen vom Küssen und brennen, zwischen ihren Beinen spürt sie einen leisen, süßen Schmerz. »Sicher«, sagt sie so lässig sie kann. »Das wäre schön.« Dann greift sie nach seinem T-Shirt und zieht ihn mit einem Ruck zu sich, um ihn zu küssen.

Im Haus findet sie Claudia in der Küche, die von der Schule zurück ist. Sie isst in Erdnussbutter getunkte Kartoffelchips und guckt dabei *Nosferatu* auf ihrem Handy. »Hi«, sagt Fiona und sieht im Kühlschrank nach, ob sich aus dem Vorhandenen ein Abendessen machen lässt. »Wie war dein Tag?«

Claudia zieht die Brauen hoch und steckt einen Chip in den Mund. »Du warst lange weg«, sagt sie bloß.

Fiona zuckt mit den Schultern. »Hab im Stau gestanden«,

behauptet sie, dann kann sie ihren lässigen Gleichmut nicht länger durchhalten und lächelt ihre Schwester selig an.

Claudia grinst zurück.

Doch bis sie ein Nudelgericht gekocht hat und in ihr Zimmer geht, um sich für die Probe umzuziehen, ist ihre Laune irgendwo unter den Meeresspiegel gesunken. Dass sie den ganzen Tag ihre Pflichten vernachlässigt hat und mit Sam zusammen war, hat sie von dem Problem abgelenkt. Doch wenn sie jetzt daran denkt, ins Angel City Playhouse zu gehen, nachdem alle ihren Auftritt vor dem Fotografen gesehen haben, möchte sie sich am liebsten vom Santa Monica Pier stürzen. Seit sie an dem Abend mit ihrem Auto davonfuhr, hat sie mit niemandem von der Truppe gesprochen. Es war einfacher, nicht an den Vorfall zu denken und sie ihrer Bestürzung und dem Klatsch zu überlassen. Wieder überlegt sie, einfach zu verschwinden, zu einem Geist zu werden, von dem sie auf Cast-Partys erzählen können: *Wisst ihr noch, als Riley Bird eine Weile bei uns spielte und sich dann zeigte, dass sie genauso durchgeknallt ist, wie alle sagen?*

So wäre es leichter, denkt Fiona. Sauberer. Nicht so demütigend.

Doch sie blickt sich im Kommodenspiegel an und stellt überrascht fest, dass sie das gar nicht will.

Sicher, sie fühlt sich auch verpflichtet, die Inszenierung zu Ende bringen, und ja, ihre Schwester soll sie nicht für feige halten. Aber die schlichte Wahrheit ist die: Sie liebt dieses Theater, den Geruch nach Schweiß und Schminke und den Moment, wenn vor der Premiere das Licht gedimmt wird – mehr als sie die Arbeit für *Birds of California* liebte. Mehr als jede andere Arbeit. Das will sie sich nicht wegnehmen lassen, schon gar nicht von Darcy Sinclair.

Also geht sie zur Probe.

Als sie die Tür zum Zuschauerraum aufzieht, sind die Kollegen schon auf der Bühne versammelt. Sie stehen dicht beieinander wie Flamingos, die einem Sturm trotzen. Sie verstummen, sobald sie Fiona den Mittelgang entlangkommen sehen. Sie blicken ihr vorsichtig entgegen. Fiona ist flau im Magen. »Hi«, sagt sie, als sie auf der Bühne angelangt ist, und hebt verlegen die Hand. Die Kulisse sieht schon besser aus, bemerkt sie nebenbei, aber es bleibt noch ein wenig daran zu tun. »Ich muss mich bei euch entschuldigen.«

Eine Minute lang sagt keiner etwas, jeder wartet darauf, dass der andere das heiße Eisen anfasst. »Wofür?«, fragt DeShaun.

»Na ja.« Fiona streicht sich durch die Haare. »Das ist doch ziemlich klar, oder?«

Wieder ein langer Moment des Schweigens. Scheiße. So lange wie jetzt hat noch keiner von ihnen die Klappe halten können. Hector räuspert sich. »Erstens hatte der Mistkerl es verdient«, sagt er mit Überzeugung. »Zweitens ... war das für uns kein Riesenschock.«

Fiona kneift die Augen zusammen. »Und das heißt?«

»Frances«, sagt Georgie sanft. Sie trägt fließende Hosen, einen modisch verfälschten Kimono und die grau-blonden Haare auf dem Scheitel zum Knoten gebunden. »Fiona. Wir wussten es.«

Fiona sieht sie verständnislos an. »Was heißt das, ihr wusstet es?« Sie schüttelt den Kopf und schaut halb erschrocken, halb übermütig in die Runde. »Etwa die ganze Zeit?«

»Selbstverständlich«, sagt Pamela. »Wir sind Bühnenschauspieler, keine Tunnelmenschen.«

»Nein, ich weiß«, sagt Fiona, obwohl sie sie neulich Sam gegenüber als solche beschrieben hat. »Ich dachte ...«

»Glaub es ruhig«, sagt Larry, der wie ein cooler Dad auf der Sofalehne sitzt. Sie werden Kissen werfen müssen, bemerkt Fiona geistesabwesend. »Du warst drei Jahre lang auf den Titelseiten der Regenbogenpresse.«

»Mein Sohn hat das Poster von dir und dem Alligator an der Wand hängen«, sagt Georgie.

»Und ich habe auf Twitter gelesen, dass du tot bist«, sagt DeShaun.

»Okay.« Fiona hebt die Hand. »Mehr Details sind vielleicht nicht nötig.« Sie schüttelt den Kopf. »Ihr habt also alle ... beschlossen, nachsichtig zu sein?«

»Unserem Eindruck nach brauchtest du etwas Abgeschiedenheit«, sagt Hector. »Ich glaube, jeder von uns kann nachvollziehen, wie es ist, wenn man für eine Weile jemand anderer sein will.«

Fiona nickt und sieht in die Gesichter dieser erstaunlichen Sonderlinge – Pamela kaut gelangweilt den schwarzen Lack von ihren Fingernägeln, Larry zieht finster seine buschigen Brauen zusammen. Fiona hat ein Gefühl in der Brust, als ob darin etwas anschwillt. Nach einem Moment wird ihr klar, dass sie Liebe fühlt. Sie möchte ihnen das sagen, weiß aber nicht wie, und außerdem wäre das total rührselig. Deshalb schluckt sie den Kloß hinunter und klatscht in die Hände.

»Na, wenn das so ist«, sagt sie strahlend, »dann lasst uns loslegen.«

Die nächsten zwei Wochen vergehen wie im Flug. Sie arbeitet in der Druckerei. Sie geht zu den Proben. Wenn sie abends fertig ist, fährt sie nicht nach Hause und guckt *Homicide Hunter*, sondern sie fährt zu Sam. Sie hören Musik auf seinem protzigen Soundsystem, trinken Bier auf seiner Balkonterrasse und machen miteinander rum.

Sie kaufen sich ein Sixpack und sehen sich am Hollywood Forever Cemetery einen Film an. Sie essen Frühstücksburritos am Strand. Sie gehen zu Richies Ska-Konzert in einem Club in der Innenstadt, der garantiert in Kürze von der Gesundheitsbehörde dichtgemacht wird. Sie wissen beide nicht, wie man zu dieser Musik tanzt, und hüpfen darum eine Weile auf der Stelle, halten sich bei den Händen, um nicht in dem Gewimmel getrennt zu werden, und verlassen es eine Stunde später verschwitzt und lachend und mit feuchten Haaren. Fiona perlt ein Hochgefühl durch die Adern.

»Ihr seid gekommen!«, ruft Richie aus, als sein Auftritt vorbei ist, und strahlt sie beide an. Er zieht Fiona in eine leicht übelriechende Umarmung und nach einem Was-soll's-Achselzucken auch Sam. Ausnahmsweise sieht er mal hundertprozentig nüchtern aus.

»Netter Kerl«, sagt Sam, nachdem Richie im Gewühl verschwunden ist und eine andere Band auf der Bühne ein schepperndes Intro spielt. Sam mag Leute, das ist Fiona schon an ihm aufgefallen. Er ist mit jedem gut Freund, vom Pressesprecher über seine Trainerin bis zum Barista im Coffeeshop um die Ecke.

»Richie? Ja, das ist er«, pflichtet sie bei. »Er ist praktisch mein bester Freund.« Dann wird sie verlegen. »Na ja, eigentlich Thandie, aber abgesehen von ihr.«

Sam nickt. »Wie geht es Thandie?«

»Gut!«, antwortet sie schnell und lässt unter dem Gewicht der Lüge die Schultern hängen. Sie schüttelt den Kopf und lehnt sich an einen Stützpfeiler. »Ehrlich gesagt, habe ich keine Ahnung. Ich habe seit Jahren nicht mehr richtig mit ihr gesprochen.«

Sam ist sichtlich überrascht. »Wirklich? Ihr wart doch mal unzertrennlich.«

»Jaa«, sagt sie gedehnt und denkt daran zurück: Thandies derbes Lachen und ihre sichere Hand mit dem Eyeliner, ihre Begeisterung für Museen und Käsestreifen. Zu Fionas achtzehntem Geburtstag mietete Thandie ein altes Cabrio, und sie fuhren die Küste hoch nach San Luis Obispo und aßen in dem gold-rosa Restaurant des Madonna Inn Ribeye-Steak und Krabbencocktail. »Waren wir.«

»Was ist passiert?«

Fiona zögert und schaut über die Köpfe der Tanzenden. Wenn sie ihm nach und nach von all den Leuten erzählt, die lieber aus Los Angeles abgehauen sind, als noch eine Minute länger in ihrer Nähe zu verbringen, wird er auch irgendwann im Schutz der Dunkelheit in den Mittleren Westen verduften. Ein Milwaukee-Lebewohl. »Ich denke, wir waren beide zu beschäftigt«, sagt sie unbekümmert. »Sie musste Preise entgegennehmen, und ich musste für die Klinik Infoposter über Geschlechtskrankheiten Korrektur lesen.«

Sam schießt ihr einen Blick zu, als vermutete er, dass sie Blödsinn redet, aber er lässt das Thema fallen, wofür sie ihm dankbar ist. Er geht zur Theke, um ihnen eine zweite Runde zu besorgen, und bleibt ewig weg, vielleicht weil er einen Bekannten getroffen hat, und allmählich wird ihr die Hitze und die Enge in dem Club zu viel, und der unaufhörliche Lärm nervt sie. Sie hält es in solchen Clubs immer nur eine begrenzte Zeit aus. Gerade will sie ihn suchen gehen, um ihm zu sagen, dass sie wegmöchte, da landet eine Hand auf ihrer Schulter. »Fiona St. James!«, sagt eine tiefe Stimme hinter ihr. »Ich hab dich gleich erkannt.«

Fiona schreckt vor dem unerwarteten Kontakt zurück, dreht sich um und sieht sich einem Typen gegenüber, der ihr vage bekannt vorkommt. Er trägt eine Brille und ein halb aufgeknöpftes Henley-Shirt über seiner mageren Brust. »Ja, ich bin es«, sagt sie und überlegt, woher sie ihn kennt. Ein unbedeutender Schauspieler von UBC? Oder vielleicht ein flüchtiges Mitglied der Meute, mit der sie früher abgefeiert hat? Es ist genauso gut möglich, dass sie ihm noch nie begegnet ist und er ihr bloß was vormacht. Das ist ihr schon mal passiert. Sie wünschte, sie könnte sich besser an die ersten Jahren nach der Serie erinnern, obwohl sie die sonst lieber komplett vergessen möchte.

»Ich wollte dir immer mal simsen«, sagt der Typ und beugt sich an ihr Ohr, damit sie ihn bei dem Lärm verstehen kann. »Nachdem …«

»Ah.« Plötzlich fällt es ihr ein: In einem Club in West Hollywood hat sie mal mit ihm geknutscht, wobei seine Finger langsam zwischen ihren Beinen hinaufkrochen. Josh hieß er wohl. Oder Joss? »Und da bin ich. Hab die ganze Zeit am Telefon gewartet.«

Joss/Josh zieht die Mundwinkel nach unten und tritt näher. »Okay, das habe ich wohl verdient.«

Du hast gar nichts verdient, denkt Fiona gereizt. Er hat ihr zwar keine SMS geschickt, aber definitiv Darcy Sinclair erzählt, dass er mit dem berüchtigten Jungstar von Family Network einen heißen Abend verbracht hat. Wenn sie sich recht erinnert, lautete die Überschrift: *Brünstiger Vogel.*

»Schön, dass du wieder ausgehst«, sagt Josh/Joss und ist bei der scheppernden Musik und dem Stimmenlärm nur schwer zu verstehen. »Mit wem bist du hier?«

Fiona schüttelt den Kopf. »Was?« Seine Frage dringt kaum in ihren Verstand vor. Pam hat sich einmal von ihr beschreiben lassen, wie es in ihrem Gehirn aussieht, wenn sie in diesen Zustand gerät, wenn ihre Wut durch ihre Synapsen feuert. »Da ist gar nichts zu sehen«, sagte Fiona damals. »Das ist nur Lärm.«

»Ich sagte: Mit wem bist du hier?« Der Typ fasst ihr an die Taille und drückt ein bisschen.

Das bringt das Fass zum Überlaufen. »Was soll der Scheiß, Junge?«, braust Fiona auf und schlägt seine Hand weg, gerade als Sam mit zwei Flaschen Pacífico zurückkommt. »Fass mich gefälligst nicht an!«

Sam reißt die Augen auf. »Ähm.« Sein Blick saust zwischen ihnen hin und her. »Alles okay?«

Fiona fährt den Typen an. »Wieso glaubt jeder, er kann mich einfach anfassen?«, schreit sie, sodass die Umstehenden es hören. »Würdest du auf Sir Ian McKellen zugehen und ihm in den Hintern kneifen? Nein, natürlich nicht, also verstehe ich nicht, wieso du …«

»Hey, immer mit der Ruhe«, unterbricht Joss/Josh und sieht Sam beschwörend an. »Bro, ich hab ihr definitiv nicht in den Hintern gekniffen.«

»Sprich gefälligst nicht mit ihm, sondern mit mir!«, faucht Fiona. Am Rande nimmt sie wahr, dass die Leute zu ihnen herüberblicken, doch das kümmert sie nicht. »Vor zwei Sekunden warst du noch scharf darauf, dich mit mir zu unterhalten, als kannst du jetzt zumindest …«

»Okay«, fällt Sam ihr ins Wort und blickt nervös zu dem

Türsteher, der sie von seinem Posten aus beobachtet. »Ich denke, es ist Zeit, dass wir weiterziehen.«

»Wirklich?«, fragt Fiona ironisch. »Aber es macht gerade so viel Spaß.«

»Hm-hm.« Sam drückt Joss/Josh die beiden Bierflaschen in die Hand. »Als Friedensangebot«, verkündet er und tippt sich auch noch an die Mütze. »Schönen Abend noch, Kumpel.«

»Das ist unser Bier!«, protestiert Fiona. Plötzlich ist sie stocksauer über sein krankhaftes Bedürfnis, ständig mit jedem gut Freund zu sein, über seine Weigerung, sie zu verteidigen, obwohl sie weiß, sie hätte ihm sofort die Hölle heißgemacht, wenn er es versucht hätte. »Wieso gibst du es ihm?«

»Na ja, wir werden es kaum mitnehmen dürfen«, sagt Sam. Er nimmt sie bei der Hand und zieht sie zum Ausgang. Fiona reißt sich los, folgt ihm aber, und wie immer nach einem Ausraster durchströmt sie ein Hochgefühl. Plötzlich wird sie sehr, sehr ruhig.

»Was für ein blöder Typ«, sagt sie kopfschüttelnd, als sie in den kühlen, windigen Abend hinausgehen. »Ich bin diese Typen so leid, dass ich kotzen könnte.«

»Hat er dich tatsächlich in den Hintern gekniffen?«

»Er hat mich ...« Nur für eine Sekunde erwägt sie, ihm von Joss/Josh und Darcy zu erzählen, entscheidet sich dann aber dagegen. »Ist das irgendwie von Belang, Sam?«

»Nein«, stellt er sofort klar. »Nein, natürlich nicht, ich meine nur – okay, kannst du bitte leiser reden?«

»Leiser ...« Fiona runzelt die Stirn und bleibt abrupt stehen. »O mein Gott. Ich bin dir peinlich?« Sie fährt ihn an. »Im Ernst? Weil du denkst, ich habe irgendeinem aufstrebenden Drehbuchautor eine Szene gemacht oder wer immer der Typ war?«

»Was? Nein!« Sam weist das hastig von sich, doch dabei wird er blass, und plötzlich will er ihr nicht mehr in die Augen sehen.

Fiona glaubt ihm nicht. »Doch, ich bin dir peinlich«, beharrt sie vorwurfsvoll. Voller Wut und Scham stampft sie über den Parkplatz. »Du ekelhafter Scheißkerl.«

»Erstens pass auf, was du sagst, ja?«, entgegnet Sam verärgert. »Zweitens habe ich gerade geantwortet, dass du mir nicht peinlich bist. Allerdings könnte man argumentieren, dass du vor vielen Leute eine Szene gemacht hast und nicht nur vor einem aufstrebenden Drehbuchautor. Außerdem, woher weißt du denn, dass er bloß ein aufstrebender Drehbuchautor war? Er kann genauso gut Martin Scorseses Assistent gewesen sein, und …«

»Du sorgst dich darum, was Martin Scorseses Assistent von dir denken könnte?«

»Martin Scorsese ist wohl der bedeutendste Regisseur aller Zeiten!«

»Und jetzt wird er dich nie in einem Film mitspielen lassen?«

Sam - du lieber Himmel - er wird tatsächlich rot. »Ich sage doch nur, dass ich nicht verstehe, warum du beim kleinsten Anlass gleich den Flammenwerfer rausholst.«

»Und ich verstehe nicht, warum du so ein übereifriger kleiner Wichser sein musst, aber so ist es nun mal.«

»Wow.« Sam macht große Augen und sieht getroffen aus. »Du kannst mich mal, Fiona.«

»Und du mich erst!« Es tut gut, wütend zu sein. Das ist vertraut und erfrischend und beträchtlich weniger furchteinflößend als das, was sie sonst für ihn empfindet und was sich anfühlt, als würde sie sich vollständig preisgeben. »Du denkst, du bist der erste Mensch – der erste Typ –, dem ich peinlich bin? Davon gibt es einen ganzen Club. Ruf doch Darcy Sinclair an und erzähl ihr, wie durchgeknallt ich bin. Sprich mit ihr darüber. Denn ehrlich gesagt habe ich das so oft in meinem Leben gehört, da brauche ich mir das von dir nicht auch noch anzuhören.«

Beim letzten Satz schwankt ihre Stimme bedenklich. Deshalb macht sie ein entschlossenes Gesicht. Sie ist nicht gewillt, sich von ihm kränken zu lassen. Zumindest wird sie ihm nicht zeigen, dass ihm das gelungen ist.

Sie wendet sich ab und bestellt sich ein Uber – sie muss sich dringend angewöhnen, selbst zu fahren, wenn sie von jetzt an öfter wütend abhauen will –, doch Sam greift nach ihrem Arm. »Es tut mir leid.« Er zieht sie an sich und birgt das Gesicht in ihren Haaren. »Du bist mir nicht peinlich. Ich bin ein Idiot. Ich mag dich, und das macht mir wohl Angst, keine Ahnung.«

Fiona atmet tief durch und kneift die Augen zu. Einerseits will sie weiterstreiten – damit es zu Ende ist, damit sie es hinter sich hat –, andererseits, und das verblüfft sie, will sie ihn lieber festhalten.

»Ich würde dir keinen Vorwurf machen«, räumt sie leise ein an seiner Schulter. »Na ja, das ist nicht wahr, ich würde dir das bis an dein Lebensende vorwerfen. Ich würde jemanden finden, der dir einen Fluch anhexen kann, und ich würde das Gerücht streuen, dass du im Bett schrecklich bist. Aber ich verstehe das durchaus.« Sie zuckt mit den Schultern. »Ich weiß, ich bin eine Last.«

Sam schüttelt den Kopf. »Du bist … eine kostbare Last.«

Das bringt sie zum Lachen, so albern klingt das. »Es tut mir leid, dass ich dich einen übereifrigen Wichser genannt habe.«

»Ich *bin* ein übereifriger Wichser«, sagt Sam lässig. »Was auch immer mir das zur Zeit einbringt.« Er küsst sie, nur ein Mal und so schnell und flüchtig, dass sie es fast nicht spürt. Aber hat er sich gerade vergewissert, dass keiner guckt, oder bildet sie sich das ein? »Wollen wir uns wieder versöhnen?«

Fiona zieht die Brauen hoch. »Haben wir das nicht gerade getan?«

Sam verschränkt seine Finger mit ihren und zieht sie zu seinem Tesla. »Noch nicht.«

Er nimmt sie mit in seine Wohnung und schiebt sie küssend zum Bett, dreht sie auf den Bauch und leckt sie, bis sie ins Kissen wimmert und die Finger ins Laken krallt. Hinterher essen sie im Schneidersitz auf dem zerwühlten Bettzeug den Rest von den Getreide-Bowls, während die Nachbarn im Garten lautstark Celebrity spielen. »Wie bist du zur Schauspielerei gekommen?«, fragt Sam.

»O mein Gott, frag mich das nicht.« Fiona lächelt und schlägt sich die Hand vor die Augen. »Ich wurde entdeckt.« Sie späht zwischen den Fingern durch.

»Ist nicht wahr.« Sam lacht. »Echt jetzt?«

Fiona nickt. »Ich war dreizehn und trieb mich in der Druckerei herum, als Caroline eines Nachmittags hereinkam, um Hochzeitseinladungen abzuholen – da war sie noch Assistentin bei LGP, wahrscheinlich jünger als ich jetzt. Sie fragte meine Eltern, ob sie mit ihrem Handy ein Video von mir aufnehmen dürfte, und so kam es dazu.«

Sam streicht mit der Fingerspitze über die empfindliche Haut an der Innenseite ihres Arms. »Wolltest du das tun?«

»Du meinst, schauspielern? Klar.« Sie zuckt mit den Schultern. »Aber ich habe damals nicht darüber nachgedacht. Und bis ich alt genug war, um eine Meinung zu haben ... Wie auch immer. Wie war das bei dir?« Sie pickt das letzte Stück Brokkoli aus den Nudeln und stellt die Schale beiseite. »Bist du schon mit dem Wunsch auf die Welt gekommen und hast einen Monolog aus einem Aaron-Sorkin-Film aufgesagt?«

»So ziemlich.« Sam wirft sich neben sie. »Das wird dich sicher schockieren, aber ich mag die Aufmerksamkeit.«

»Du?«, fragt sie, und ihre Lippen zucken. Er hat ein paar Stoppeln an der Brust, sie streicht geistesabwesend mit einem Finger darüber – es gefällt ihr, wie hart sie sich anfühlen und wie intim das ist. Sie versucht nicht daran zu denken, was für ein Gesicht er in dem Club gemacht hat, wie die nackte Angst in seinen Augen leuchtete, als sei ihm plötzlich klar geworden, dass er der Sache nicht gewachsen ist und schnellstmöglich von ihr wegmuss. Sie spürt, wie sein Herz klopft. »Das hätte ich nie gedacht.«

Sam hebt den Kopf und mustert ihr Gesicht. »Ich gehe zu einer Ungarin namens Renate«, gesteht er und legt die Hand auf ihre. »Die ersten beiden Male habe ich gekreischt wie in der Szene in *Jungfrau (40), männlich, sucht ...*, aber jetzt bin ich da ganz stoisch.«

Fiona stützt sich auf den Ellbogen. »Gibt Renate dir am Ende einen Lolli und sagt, was für ein tapferer Junge du bist?«

»Das ist die positive Bestärkung, die ich brauche, ja.«

»Das dachte ich mir.« Fiona lächelt und steigt noch einmal auf ihn.

»Wusstest du, dass Eartha Kitt eine Dreiecksbeziehung mit Marlon Brando und James Dean hatte?«, fragt Claudia am Samstagmorgen. Sie sitzen in Estelles Wintergarten und haben sich eine Fußmaske aufgelegt, die Estelle bei Amazon erworben hat und die angeblich abgestorbene Haut entfernt, sodass man babyzarte Fersen bekommt.

»Wo hast du das denn gehört?«, fragt Fiona, während Estelle sagt: »Da war sie nicht die Einzige.«

Fiona und Claudia sehen sie an, dann einander. »Erzähl mehr davon«, verlangt Claudia, und Fiona beugt sich wieder über die Dankkarte, die sie schreibt. Bei ihr drüben in der Küche steht eine schöne Orchidee auf dem Fensterbrett an der Spüle und daneben ein Brief von Thandie, die hofft, dass Fiona gut auf sich aufpasst. Sie hat das Video nicht erwähnt – das ist nicht ihre Art. Trotzdem arbeitet Fiona seit fast einer Stunde an einer Antwort und versucht den richtigen Ton zu treffen, irgendwo zwischen Dankbarkeit und Abwiegeln – *Du machst dir ganz unnötig Sorgen, denn es geht mir bestens.* Sie empfindet das als demütigend, obwohl sie weiß, dass Thandie es ernst meint. Es *ist* demütigend, obwohl Thandie sich als gute Freundin zeigt.

»Okay«, sagt Fiona schließlich und streift sich die Wegwerfbaumwollschuhe von den Füßen, die mit dem schleimigen Gel überzogen sind. Sie hat keine Ahnung von den Inhaltsstoffen der Maske, allerdings ist auf der Packung eine Warnung aufgedruckt, dass man sie nicht in der Schwangerschaft oder Stillzeit benutzen soll. »In diesem Sinne, ich muss mich für die Probe fertig machen.«

»Kommst du heute Abend nach Hause?«, fragt Claudia. »Oder schläfst du bei Sam?«

Das erregt Estelles Aufmerksamkeit. »Wie oft schläfst du

bei Sam?«, fragt sie, schlägt ihre eleganten Knöchel übereinander und blickt Fiona interessiert an.

»Drei Mal pro Woche«, meldet Claudia.

Fiona sackt das Kinn herab. »Claudia!«

»Es ist wahr.« Claudia zuckt mit den Schultern.

»Das tut Fiona gut«, sagt Estelle und prostet ihr mit ihrem Tomatensaft zu. »Und was dich betrifft, Prinzessin«, sagt sie zu Claudia, »du weißt, Brando und ich freuen uns immer über Gesellschaft, wenn du dich da drüben einsam fühlst.«

Fiona runzelt die Stirn. »Ist das so?«, fragt sie. Darüber hat sie sich Sorgen gemacht, ihre Schwester allein zu Hause nur mit Dad als Gesellschaft, obwohl Claudia sehr klar gesagt hat, dass sie in zwei Monaten ihren Abschluss macht und ganz bestimmt keinen Babysitter mehr braucht. »Fühlst du dich manchmal einsam?«

»Verzweifelt«, sagt Claudia, und ihr dreieckiges Gesicht wird ernst. »Tatsächlich wollte ich mit dir darüber reden. Ich glaube, ich gerate auf die schiefe Bahn. Ein paar andere Schlüsselkinder in der Schule haben mich angefixt, Schlagsahne zu schnüffeln, und ich habe das Gefühl, es ist nur eine Frage der Zeit, bis ich nachts in dein Zimmer schleiche und deinen Nickelodeon Kids' Choice Award klaue, um mich dafür mit Sprühsahne einzudecken.«

Fiona schnaubt. »Na gut.« Sie wischt sich die Füße mit einem Handtuch ab und steht auf. »Du hast deinen Standpunkt klargemacht.«

»Ich mag Sam«, verkündet Estelle. Sie trinkt einen Schluck Tomatensaft, der bei näherer Untersuchung viel Wodka enthält. »Er wirkt außerordentlich männlich.«

Fiona gelingt ein nichtssagender Gesichtsausdruck, aber nur mit Mühe. »Ich werde es ihm ausrichten.«

»Hat er noch was über die Serie gesagt?«, fragt Claudia.

Fiona schüttelt den Kopf. »Hat er nicht«, räumt sie ein wenig widerwillig ein. »Er sagte, er wollte nicht, und er hat nicht.«

»Fast als wollte er mit dir Zeit verbringen, um mit dir zusammen zu sein«, stellt Estelle heraus.

Fiona fühlt sich kribbelig, kann sich das aber nicht erklären. »Ja, fast.«

»Ich freue mich für dich, *ma chérie*«, sagt Estelle. »Du hast es verdient.«

»Geht noch kein Hochzeitsservice aussuchen. Ich kenne ihn kaum.«

»Im Ernst?« Claudia klingt verblüfft und gar nicht mehr ironisch. »Fiona«, sagt sie ruhig. »Seit du fünfzehn warst, bist du in ihn verliebt.«

»Ich ... wie bitte?«, stottert Fiona, und ihre Wangen werden heiß. »Bin ich nicht!«

»Ganz ruhig.« Claudia hebt die Hände. »Ich sage das nicht, um dich zu ärgern.«

Fiona sieht sie prüfend an. »Nicht?«

»Nein«, antwortet Claudia leise und sitzt vollkommen ruhig in ihrem Gartenstuhl. »Ich sage das, weil ich es für wahr halte.«

Fiona sieht ihre Schwester für einen langen Moment an, in der Hand noch die albernen Baumwollschuhe. »Ich bin spät dran.« Mehr sagt sie nicht.

Sam

Sam erwartet, dass Russ ihn nach seiner Rückkehr von Tulum anruft, aber nachdem eine Woche vergangen ist und er noch nichts von ihm gehört hat, hinterlässt er bei Sherri eine Nachricht, die sie weiterzugeben verspricht. »Nichts Dringendes«, sagt er und bemüht sich, weder drängend noch verzweifelt zu klingen. Er hätte geglaubt, dass sich inzwischen wegen der Feuerwehrserie jemand gemeldet haben könnte. »Ich will nur mal nachhören, wissen Sie.«

Er schaut bei seiner alten Schauspielklasse im Valley rein. Er verbringt viel Zeit im Fitnessstudio. Eine Weile schaut er sich auf YouTube alte *Birds-of-California*-Videos an, die er erstaunlich unterhaltsam findet – es war doch eine ziemlich gute Serie mit pfiffigen Dialogen, gelegentlichen Slapstick-Einlagen und schnulzigen Einblendungen alter Rocksongs. Dabei sieht er wieder Fionas große Begabung für Komik. Ihr Timing ist perfekt, ihre Mimik nuancenreich und treffend.

Seufzend lehnt er sich zurück und streicht sich durch die Haare. Er weiß, er sollte ehrlich zu ihr sein und mit ihr über die *Birds*-Fortsetzung reden, doch sie wird ihm den Kopf abreißen, sowie er davon anfängt. Und er will sie auf keinen Fall verlieren. Doch er hat den Eindruck, dass die Zeit allmählich knapp wird.

Auch wenn sie als Teenager berühmt wurden, sind sie doch keine mehr, sagt er sich. Sie können vernünftig miteinander reden. Er wird mit ihr ausgehen, beschließt er, in ein schönes Restaurant mit weißen Tischdecken und schmeichelndem Licht, wo die Gerichte französische Namen haben.

Okay, eigentlich weiß er nicht, wovon er das im Augenblick bezahlen soll, aber egal. Das wird sich finden.

Zuversichtlich klappt er den Laptop zu und fischt sein Handy hinter den Sofakissen hervor. Sollen wir uns heute Abend treffen?, schreibt er.

Kann nicht, antwortet sie. Claudia hat Geburtstag.

Sam überlegt einen Moment lang. Nicht zum ersten Mal fragt er sich, wie weit er sich eigentlich reinhängen will. Ich mag Geburtstage, tippt er und schickt die Nachricht raus, bevor er es sich anders überlegen kann.

Sie antwortet sofort. Im Ernst? Du willst zum Geburtstag meiner Schwester kommen?

Jetzt kommt er sich vor wie ein Idiot. Aber wer A sagt ... Nur wenn du mich dabeihaben willst. Ich werde nicht durch die Wand brechen wie der Hulk.

Die Punkte erscheinen, verschwinden und erscheinen wieder. Es dauert eine ganze Minute, bis die Antwort kommt. Claudia sagt, okay. Und ich will auch, dass du kommst.

Er rechnet mit einem Dutzend Teenys, aber als er ankommt, sind nur Fiona, ihr Vater und Estelle da. Sam Cooke singt aus den Stereolautsprechern, und die Schiebetür steht weit offen und lässt den warmen Abendwind herein. Claudia trägt einen langen rosa Tüllrock, der wie Zuckerwatte aussieht, ein bauchfreies Top und Nikes. »Samuel«, sagt sie und klingt genau wie Fiona. »Schön, dich wiederzusehen.«

»Ähm, dich auch.« Er hatte keine Ahnung, was er ihr schenken sollte, wollte aber auch nicht mit leeren Händen kommen, und deshalb hat er ihr in einem Kostümgeschäft in West Hollywood für fünf Dollar ein Diadem gekauft. »Herzlichen Glückwunsch«, sagt er und gibt es ihr. Claudia grinst und setzt es auf.

»Sie hatte auch eine Party mit Freundinnen«, sagt Fiona zu ihm, reicht ihm einen Krug Limonade mit Basilikum und Ingwer und deutet mit dem Kopf zum Garten. »Wir sind eine tragische Familie, aber so tragisch auch wieder nicht.«

Sam schüttelt den Kopf. »Es kommt mir nicht tragisch vor«, sagt er ehrlich. Sie haben ein Tuch über den Terrassentisch gebreitet, Kerzen angezündet und weiße Lichterketten in die Bäume gehängt. In der Mitte auf dem Tisch stehen Einmachgläser mit Kräutern und Blumen und ringsherum viele verschiedene Speisen: gegrillte Hähnchenteile, Hummus, Pita und eingelegtes Gemüse. »Das schmeckt herrlich«, sagt er und nimmt sich einen Nachschlag, obwohl er zurzeit eigentlich nur 1500 Kilokalorien am Tag zu sich nehmen sollte. »Habt ihr das selbst gekocht?«

»O Gott, nein.« Fiona nimmt sich von dem Taboulé. »Das ist Mörderhähnchen.«

»Mörderhähnchen?«, wiederholt Sam, und Claudia nickt.

»Der Typ, dem das Restaurant gehörte, zog sich eines Tages einen weißen Seidenanzug an und ermordete seine Mutter und seine Schwester«, erklärt sie freundlich und streicht Hummus auf ihr Pita. »Danach schoss er sich in den Kopf.«

Sam hört auf zu kauen. »Entschuldige, aber was soll das?«

»Hey«, sagt Fionas Vater müde lächelnd und zeigt mit einer Hähnchenkeule auf ihn. »Du hast gefragt.«

»Stimmt«, räumt Sam leise ein. Er war sich nicht sicher, was er erwartet hat, aber der Mann scheint ganz nett zu sein, wenn auch ein bisschen schlampig und still. »Und das Restaurant wurde danach nicht geschlossen?«

Claudia zuckt mit den Schultern. »Na ja, das Hähnchen bei denen ist sehr lecker.«

Sam blickt kopfschüttelnd zu Fiona. »War ja klar, dass du gerade dieses Restaurant nimmst.«

»Hey, das ist *ihr* Geburtstag.« Fiona deutet auf ihre Schwester. »Ich habe nur einen nützlichen Vorschlag gemacht.« Sam sieht die beiden gern zusammen: wie ungezwungen sie miteinander umgehen, wie angenehm und lustig sie sind. Zwischen ihm und seinem Bruder ist die Stimmung nie so, auch wenn sie sich ganz gut verstehen.

Nach dem Essen hilft er beim Aufräumen, spannt Plastikfolie über das restliche Mörderhähnchen und stellt die Teller in die Spülmaschine. Als Fiona den Rest des Geburtstagskuchens in eine Plastikbox packt, geht sie mit einem Finger durch den Guss, aber bevor sie ihn ablecken kann, schnappt Sam ihre Hand und steckt ihren Finger in seinen Mund. Er schmeckt die klebrige Süße und das Salz ihrer Haut. Fiona schluckt mühsam, er sieht ihre Halsmuskeln arbeiten. »Das war meins«, protestiert sie leise.

»Ups«, sagt Sam und geht nach draußen, um noch mehr schmutziges Geschirr hereinzuholen.

Fionas Vater ist ins Haus verschwunden, aber Claudia und Estelle machen von sich Starporträts im Abendlicht und schwärmen von der magischen Stunde. Sam sammelt gerade die Gläser ein, als Estelle ihn am Arm berührt und unterbricht. »Sam, mein Lieber«, sagt sie leise. Sie trägt ein langes, funkelndes Kleid und Schuhe mit so hohen Absätzen, dass er sofort Angst um ihre alten Knöchel hatte. »Hör zu.«

Sam dreht sich zu ihr hin. Wegen ihres Tonfalls vermutet er eine Warnung, wie sie Jamie als Vater in *Birds of California* gegenüber einem potenziellen Freund von Riley ausgesprochen hätte: Wenn du ihr wehtust, schneide ich dir die Eier ab und werfe sie in den Mixer, oder etwas in der Art. Na ja, mit diesen Worten hätte Jamie das nicht gesagt, denn Family Network ist strengstens gegen jede Art vulgären Benehmens, aber das wäre die unterschwellige Botschaft gewesen. Vielleicht werden die Dialoge bei *Family After Dark* ein bisschen pikanter ausfallen.

Jetzt blickt er Estelle an und hebt beschwichtigend die Hände. »Was auch immer du sagen willst«, platzt er heraus, »ich weiß, ihr wollt Fiona nur beschützen. Und das zu Recht. Sie hat viel durchgemacht. Aber ich mag sie sehr und würde ihr nie mit Absicht wehtun. Also braucht ihr euch deswegen keine Sorgen zu machen.«

Estelle sieht ihn an, und ein ironisches, wissendes Lächeln huscht über ihre hell geschminkten Lippen. »Die Sektflöten dürfen nicht in die Spülmaschine, Cupcake«, sagt sie zu ihm. »Die sind aus Kristall.«

Sam spürt, dass er bis zum Haaransatz rot wird. »Oh.« Er nickt lebhaft. »Äh, gut zu wissen.«

»Sie sind empfindlich und kostbar.« Sie zieht die Brauen hoch. »Mehr wollte ich gar nicht sagen.«

Irgendwann muss Sam pinkeln und geht den Flur entlang. Auf dem Rückweg bleibt er in der Tür von Fionas Zimmer stehen. Er weiß nicht genau, was er erwartet hat – Unordnung vielleicht, überall Kram und Krempel –, doch es ist ordentlich und sauber. Ein heller Quilt liegt glatt über dem breiten Bett, und auf der Kommode stehen Fläschchen mit Duftölen. Es gibt gerahmte Fotos von ihr und Claudia und eines von ihr und Thandie, auf dem sie einander einen Arm auf die Schultern gelegt haben. Sie sehen aus, als würden sie zu einem Mittelschultanzabend gehen. Vanille- und Sandelholzduft hängt in der Luft. Er nähert sich gerade dem Bücherregal, als er Fiona hinter sich hört: »Suchst du nach Drogen?«

Er dreht sich um und sieht sie mit verschränkten Armen am Türrahmen lehnen. Sie lächelt, als wäre sie ihm auf die Schliche gekommen. »Eigentlich nach Waffen.«

Fiona nickt ernst. »Die sind in Claudias Zimmer.«

»Da hätte ich als Nächstes gesucht.« Er wendet sich wieder dem Regal zu und überfliegt die Buchrücken: viele Theaterstücke, aber auch einige Romane, zwei Essaysammlungen. Die Fächer sind vollgestopft, die Böden biegen sich ein wenig. Kein Wunder, dass sie sich mit Erin so gut versteht. »Oho!«, kräht er und zieht zwischen einem gruseligen Buch über wahre Verbrechen und einer abgegriffenen Ausgabe von *Der kleine Samthase* ein Taschenbuch heraus: *Der Alchimist.* »Was haben wir denn da?« Er hält es triumphierend hoch.

Fiona rollt die Augen. »Ich habe nie behauptet, ich hätte es nicht gelesen.« Sie durchquert das Zimmer, nimmt es ihm aus der Hand und wirft es aufs Bett. »Ich habe vieles gelesen.«

»Das weiß ich«, sagt er leise und geht mit dem Zeigefinger an den Buchrücken entlang, bis er auf *Weetzie Bat* stößt.

Er zieht das Buch heraus und hält es hoch. »Leihst du mir das?«

Fiona kneift die Augen zusammen. »Warum?«

»Was glaubst du denn?« Er zuckt mit den Schultern. »Du hast mein Lieblingsbuch gelesen. Jetzt will ich deins lesen.«

Fiona sieht ihn an, als wartete sie darauf, dass er es als Scherz zu erkennen gibt. »Na gut«, sagt sie, als das ausbleibt. »Wenn du versprichst, es mir zurückzugeben.«

Darüber muss er lächeln. »Willst du vorher deinen Namen reinschreiben?«

»Vielleicht«, sagt sie, aber ehe Sam darauf etwas sagen kann, küsst sie ihn, hakt die Finger in seine Gürtelschlaufen und reißt ihn zu sich heran. Sam stöhnt leise an ihrem Mund und lässt das Buch fallen, um ihre Taille zu umfassen und mit den Daumen über ihre zarte Haut zu streichen. Er überlegt, wann er das letzte Mal eine Frau so sehr gewollt hat wie sie, und ihm fällt keine ein. Er möchte ihr einen Filzstift geben und den Arm hinhalten, damit sie *Eigentum von Fiona St. James* darauf schreibt.

Er schiebt sie Richtung Bett, seine Hände gleiten unter dem Shirt langsam höher, aber Fiona stoppt ihn am Bettrand. »Nicht hier«, murmelt sie.

Sam stöhnt tief und leise, ohne den Kuss zu unterbrechen. »Warum nicht?«

Fiona schiebt ihn sanft von sich und zieht die Brauen hoch. »Weil meine ganze Familie nebenan *The Bachelor* guckt, du Perversling.«

»Oh.« Sam schluckt. »Klar.« Einen Moment lang steht er da, völlig unfähig, das Problem zu lösen, stumm und benommen vor Verlangen. Schließlich lacht Fiona und schiebt die Finger zwischen seine.

»Willst du woanders hin?«, fragt sie.

Das will er.

Sie reden nicht, während er die kurvigen Straßen des Laurel Canyon hinunterfährt. Die Fenster sind offen, und der warme Fahrtwind weht Fiona die Haare ins Gesicht. Er würde gern bis nach Palm Desert fahren, sich mit ihr auf eine Decke legen und in die weite Sternenkuppel schauen. Er möchte mit ihr nach Norden fahren und die Mammutbäume sehen und über die Golden-Gate-Brücke laufen. Seit fünfzehn Jahren lebt er in Kalifornien und hat noch nichts davon unternommen, aber mit Fiona neben sich würde er das gern tun.

Dann schiebt sie die Hand seinen Oberschenkel hinauf und drückt durch die Jeans seinen Schwanz, ganz beiläufig, und von da an will er nichts weiter, als sie nackt in seinem Bett haben.

Es dauert ewig, einen Parkplatz zu finden. Endlos fährt er um den Block und wird immer ungeduldiger. »Ich kann es nicht glauben, dass du den blöden Tesla auf der Straße parkst«, sagt Fiona und klingt, als wäre sie einem hysterischen Anfall nahe. »Im Ernst, hat dir noch keiner die Reifen zerstochen?«

»Als ich die Wohnung bekam, war ich deswegen so aufgeregt, dass ich nicht gefragt habe, ob es dazu einen Garagenplatz gibt«, antwortet er zähneknirschend. »Und dann war es dazu zu spät.«

»Du hast also auch später nicht daran gedacht, einen in der Nachbarschaft zu mieten, oder ...«

»Hier ist normalerweise immer irgendwo was frei!«

Schließlich findet sich eine Parklücke, die aber sehr klein

ist, und er reißt das Lenkrad hin und her, um sich hineinzuzwängen. »Soll ich das machen?«, fragt Fiona mit hellerer Stimme als sonst.

Sam verzieht das Gesicht. »Was bist du? Eine Rückwärtseinparkexpertin?«

»Tatsächlich ja. Mein Vater ist in Queens aufgewachsen, das ist für ihn ein Frage des Stolzes.« Sie schaut aus dem Fenster. »Du wirst das definitiv nicht hinkriegen.«

»Und ob ich das hinkriege!« Er schafft es, allerdings stößt er den hinteren Wagen sanft mit der Stoßstange an. »Da ist nichts zu sehen«, entscheidet er bei einem flüchtigen Blick auf den Schaden, ergreift Fionas Hand und zieht sie vom Auto weg. Stolpernd hasten sie die Treppe zu seiner Wohnung hoch. Kaum ist die Tür hinter ihnen zu, fallen sie übereinander her. Sam hebt sie am Hintern hoch und drückt sie an sich, wobei sie die Beine um seine Taille schlingt.

Das Schlafzimmer ist zu weit weg. Er setzt sie auf dem Sofa ab, stützt sich über sie und reißt ihr T-Shirt hoch. Um sich nicht mit dem BH-Verschluss aufzuhalten, zieht er die Körbchen herunter. Fiona keucht auf. Es ist, als wären ihre Hände überall an ihm. Ihre Finger harken über seine Brust und den Rücken und den Bauch, dann knöpft sie seine Jeans auf.

Sowie sie endlich nackt sind, schiebt er ihn so tief es geht hinein und bleibt so, neben ihren Schultern auf die Ellbogen gestützt. Er streicht ihr die Haare aus der Stirn, und sie sehen einander still an, während er sich auf die Zunge beißt, um nichts zu sagen, was sich nicht zurücknehmen lässt.

»Sam«, flüstert sie. Ihre Augen sind dunkel vor Erregung. Unruhig hebt sie den Unterleib an, streicht mal über seine Bizepse, mal über seine Haare. *»Sam.«*

Er blinzelt sie benommen an. »Hm?«

Fiona grinst. »Hat dir noch keiner mit dem Schlüssel den Lack zerkratzt?« Sie mimt die Kratzbewegung mit der Hand. »Wirklich? Kein bisschen?«

Sam brummt und dreht sie auf den Bauch, greift mit einem Arm um ihre Taille und findet mit der anderen Hand ihre Klitoris. Sie lacht, bis sie an seinen Fingern kommt.

Ein Weilchen später tun sie es noch mal in der Dusche, dann noch mal im Bett, sodass die Nässe aus ihren Haaren ins Kopfkissen dringt. Ihre Haut ist warm und feucht vom Duschen. »Warst du mal in Palm Springs?«, fragt er, als sie fertig sind, und stützt sich auf einen Ellbogen.

»Nein.« Fiona zieht die Brauen hoch. »Sind da nicht bloß Influencer und ein paar Kakteen?«

»Möglich.« Er zuckt mit den Schultern. »Willst du es herausfinden?«

Er erwartet ein reflexhaftes Nein, doch stattdessen überlegt sie und nickt dann. Ihre Augen leuchten in der Dunkelheit wie die einer Katze. »Sicher. Lass uns hinfahren.«

»Okay.« Er beschließt, zu glauben, dass sie das ernst meint. »Das machen wir.«

Kaum schließt er die Augen, schläft er verschwitzt und befriedigt ein, nur um zwei Sekunden später, so kommt es ihm vor, hochzuschrecken. Desorientiert blinzelt er ins Dunkle, dann sieht er zu Fiona hinüber, die sich im Schlaf hin und her wirft und etwas Unverständliches murmelt. Die Uhr auf dem Nachttisch zeigt kurz nach zwei.

Er setzt sich auf, unsicher, was er tun soll. Instinktiv streckt er die Hand zu ihr hin, aber aus irgendeinem Grund hält er es nicht für klug, sie anzufassen. »Fiona.«

»Was …?« Sie schreckt hoch. Benommen sieht sie sich um, als ob sie nicht weiß, wo sie ist, und weicht mit einem Ruck zurück, als wäre er ein Fremder. »Was fällt dir ein?«

»Ich bin's. Sam«, sagt er vorsichtshalber und hebt beruhigend die Hände. »Ich glaube, du hattest einen Albtraum.«

Fiona sieht ihn mit großen Augen an, dann lässt sie die Schultern sinken. »Oh.« Sie streicht sich übers Gesicht. Ihre Haare sind zerzaust. »Entschuldige.«

»Nein, ist okay.« Ihm liegt die Frage auf der Zunge, was sie geträumt hat, doch auch das wäre wohl unklug, und obendrein möchte er es eigentlich lieber doch nicht wissen. Fiona erwidert sein Lächeln – zumindest glaubt er das; im Dunkeln ist das schwer zu erkennen – und legt sich zu ihm.

Er will nicht einschlafen, aber ihm fallen die Augen zu, und als er aufwacht, ist das Bett neben ihm leer und die Matratze kalt. Er steht auf und tappt ins Wohnzimmer. Da liegt sie eingerollt auf der Couch und guckt *Evil Lives Here*. »Hey«, sagt er verschlafen. »Was machst du da?«

Fiona dreht nicht den Kopf nach ihm. »Na ja.« Sie zuckt mit den Schultern und deutet mit dem Kinn zum Fernseher. »Das ist doch offensichtlich, oder?«

Sam runzelt die Stirn. »Alles in Ordnung?«

»Jep.«

»Okay.« Er ist es gewohnt, dass sie ihm manchmal grob kommt, aber jetzt klingt sie richtig sauer, und er weiß nicht, wieso. »Möchtest du reden?«

»Was?« Sie blickt ihn verständnislos an. »Es gibt nichts zu reden. Alles gut.«

»So siehst du aber nicht aus«, sagt er vorsichtig. Sie sieht wirklich schlecht aus, hat dunkle Ringe unter den Augen, und ihre Haare sind ein bisschen verfilzt. Er fragt sich, wie lange sie sich im Bett gewälzt hat, bevor sie aufgab und ins Wohnzimmer ging.

Fiona stößt ein hohles Lachen aus. »Na, vielen Dank.«

»Nein, so meine ich das ...« Er unterbricht sich. Sie presst die Lippen zusammen und zieht die Schultern bis zu den Ohren hoch. Sie macht dicht. Er sieht förmlich, wie sie die Rollläden runterlässt. »Möchtest du wieder ins Bett kommen?«

Sie schüttelt den Kopf. »Geh du nur. Ich will weiter fernsehen.«

Doch er geht zu ihr und legt sich ans andere Ende der Couch. Dabei stößt er an ihre Füße, aber sie zieht ihre weg, ohne ihn anzusehen, und krümmt sich noch mehr zusammen. »Fee.« Er betrachtet sie im Halbdunkel. Obwohl er weiß, wie sie reagieren wird, fragt er: »Hast du oft Albträume?«

Es kommt wie erwartet. »Sam«, faucht sie, verlässlich wie der Winter in Wisconsin. »Lass es, okay? Ich kann auch nach Hause fahren, wenn ich dich vom Schlafen abhalte.«

»Was?« Sam erschrickt. »Nein, hey, darum geht es mir nicht.«

»Okay.« Fiona zuckt mit den Schultern. »Na schön. Lass mich einfach fernsehen, okay?«

»Okay.«

Er schläft nicht wieder ein, und sie auch nicht. Stattdessen liegen sie da in unbehaglichem Schweigen, und der Schein vom Bildschirm flackert über den Teppich.

Als er am nächsten Morgen wach wird, bäckt sie bereits Pfannkuchen.

»Jedenfalls so was Ähnliches«, sagt sie, als er in die Küche kommt und ihr einen gut gelaunten Schmatz auf den Mund gibt. Sie hat die Haare hochgebunden und trägt ihren Slip und eins seiner T-Shirts. »Da steht Kaffee.«

»Äh ... danke.« Er kratzt sich zaghaft den Nacken. Fiona hat in der ganzen Zeit, die sie bei ihm verbracht hat, noch nie morgens Kaffee gekocht. Er wusste nicht mal, dass er welchen hat. »Wow.«

»Ich brauche erst heute Abend im Theater zu sein.« Sie bewegt sich geschäftig durch die Küche. »Willst du was unternehmen? Eine Wanderung machen?«

Sam zieht eine Braue hoch. »Seit wann stehst du auf Wandern?«

»Schon immer!«, sagt sie defensiv. »Oder zumindest *hätte* mir das gefallen. Ich habe es nur nie getan.« Sie zuckt mit den Schultern. »Aber das tun normale Leute, oder? Mit der Person, mit der sie auf die eine oder andere Art Sex haben?«

Sam lächelt. »Ja, ich glaube, so ist es.« Seine Gedanken bleiben an dem Wort *normal* hängen. Er wird das Gefühl nicht los, dass sie ihm etwas vorspielt, so als hätte sie ihn versehentlich hinter die Fassade blicken lassen und wollte das jetzt kompensieren. »Fiona. Wegen letzter Nacht.«

»Ja«, sagt sie selbstironisch lächelnd. »Tut mir leid. Manchmal schlafe ich schlecht, und dann werde ich arschig.«

»Du warst nicht arschig.«

»Du weißt, was ich meine.« Sie wedelt mit der Hand, als ließe sich die Tatsache, dass er sie praktisch in Schreckstarre auf dem Sofa gefunden hat, zerstreuen wie Zigarettenrauch. »Ich werde jetzt duschen.«

»Warte. Was ist mit den Pfannkuchen?«

Sie zuckt mit den Schultern, als hätte sie die schon abgeschrieben. »Ich habe eigentlich keinen Hunger. Hatte nur Lust, sie zu machen. Aber du solltest essen.«

»Okay ...?« Sam runzelt die Stirn. »Wir haben gestern Abend geduscht, wie du weißt.«

»Na ja.« Sie drückt ihm einen Kuss auf den Mund, der ihm ein bisschen gezwungen vorkommt. Oder bildet er sich das ein? »Ich glaube, es zählt nicht, wenn keine Seife im Spiel ist.«

»Wir haben Seife benutzt.«

»Aber nicht zum Waschen.«

Das bringt ihn zum Lächeln. »Stimmt.«

Sie geht den Flur hinunter und zieht sich dabei das T-Shirt aus. Er betrachtet die langen Linien ihres nackten Rückens, die glatten Hautflächen. Er bleibt noch einen Moment lang so stehen, nachdem sie die Tür hinter sich geschlossen hat, und verschlingt geistesabwesend ein, zwei Pfannkuchen. Er hat definitiv nicht die richtigen Zutaten dafür, sie schmecken ausgesprochen sandig. Doch es ist Jahre her, dass ihm jemand Frühstück gemacht hat.

Scheiß drauf, denkt er und legt den halb gegessenen Pfannkuchen auf die Arbeitsfläche. Er hat sich blöd verhalten. Jeder darf mal eine üble Nacht haben, und wenn man das Gesamtbild ihrer Ausraster bedenkt, dann war die letzte Nacht gar nicht der Rede wert. Er denkt zu viel darüber nach, weil er sie hintergeht und sich deshalb schuldig fühlt, das ist alles. Aber es ist ein für alle Mal genug. Es ist Zeit, reinen Tisch zu machen.

Gerade will er in den Flur gehen, als sein Handy klingelt. Verwundert sieht er aufs Display. Die Nummer kennt er nicht – die Feuerwehrserie, denkt er plötzlich, und sein

Herz schlägt höher. Und ja, gewöhnlich erfährt er so was durch Russ, aber es ist denkbar, dass sie mit ihm persönlich …

Er meldet sich. »Sam Fox.«

»Sam!«, sagt eine vertraute Stimme. »Jamie Hartley.«

Sam erschrickt. Jamie hat ihn nicht angerufen seit … tja, noch nie eigentlich. »Ähm, hey.« Er blickt über die Schulter zur Badezimmertür. »Kann ich dich später zurückrufen?«

»Nein«, sagt Jamie fröhlich. »Das ist wichtig. Jetzt geht es um Ganze, Kumpel. Hör zu, ich habe mit deinem Agenten gesprochen, und er sagt, du bist genauso scharf darauf, die Sache auf den Weg zu bringen, wie ich. Und ich weiß, du hast es mit unserem Mädchen getrieben.«

Sam kann sich Fionas Gesichtsausdruck vorstellen, wenn sie hören würde, dass Jamie sie als »unser« Mädchen bezeichnet. »Ich weiß nicht, ob ich es so nennen würde«, erwidert Sam möglichst leise, aber ohne zu flüstern. »Und, Alter, ich muss dir sagen, eigentlich solltest du die Sache direkt mit ihr verhandeln …«

»Hört euch den Jungen an!« Jamie lacht. »Okay, Mann, du willst nicht darüber reden? Das respektiere ich. Ich finde das hat Stil. Aber hör zu. Wie wär's, wenn wir drei wenigstens zusammen Mittagessen gehen? Wir gehen in ein nettes Restaurant, trinken etwas, und du und ich können sie persönlich überzeugen. Und wenn es nicht klappt, geht das auf meine Kappe. Sie bekommt zumindest ein Essen umsonst, kannst du ihr sagen. Wirklich, ganz ohne Verpflichtungen.«

»Ich …« Sam muss zugeben, das klingt vernünftig. Könnte sogar nett werden, sofern ihm Fiona nicht die Eier abreißt, weil er das überhaupt an sie heranträgt. »Ja, vielleicht.« Er muss an Jamies Burger-Einladungen am Ende der *Birds*-Staffeln denken. Und daran, dass in elf Tagen seine Miete fällig ist. »Okay«, sagt er schließlich und fährt sich durch die Haare. Er war sowieso schon entschlossen, ihr die Wahrheit zu sagen, nicht wahr? Das ... lässt sich praktisch in einem Aufwasch erledigen. »Hör zu, Jamie. Du weißt genauso gut wie ich, dass ich sie nicht dazu bringen kann, etwas zu tun, was sie nicht will, egal, was ich sage. Aber ich werde es ihr vorschlagen, okay? Und ich versuche weiter, sie zu überzeugen.«

»Das ist gut«, sagt Jamie. »Sagen wir morgen um eins? Ich lasse meine Assistentin einen Tisch reservieren und gebe euch Bescheid.«

Sam merkt, dass er blass wird. »Warte. Ich habe nicht gesagt ...«

Aber Jamie hat schon aufgelegt.

Leise fluchend starrt Sam auf das schwarze Display. Erst als er das Handy hinlegt, fällt ihm auf, dass im Bad das Wasser nicht mehr läuft.

»Wovon überzeugen?«, fragt Fiona.

Sam schließt für einen Moment die Augen und öffnet sie wieder. Als er sich umdreht, steht sie in ein Handtuch gewickelt im Flur und sieht ihn ruhig an. Ihre Haare sind nass, ihr Gesicht ist rosig frisch. Sie sieht sehr, sehr jung aus.

»Fee«, beginnt er und stockt. Sein erster Impuls ist zu lügen. Hat er beim Telefonieren ihren Namen genannt? Er glaubt nicht. Er könnte behaupten, sie hätten über etwas ganz anderes gesprochen. Er könnte sogar behaupten, dass er mit einem anderen Jamie gesprochen hat, den sie nicht kennt und der nichts über sie weiß, und sie hätten über etwas geredet, das gar nichts mit ...

»Er will essen gehen«, sagt er leise. »Mit uns beiden. Um über die Fortsetzung zu sprechen.«

Fiona nickt langsam, während sie das Gehörte verarbeitet. Dann lächelt sie. »Die ganze Zeit schon, hm?«

»Moment, was?« Sam schüttelt den Kopf, versteht nicht gleich, was sie meint. »Nein, ich …«

»Was hast du dir dabei gedacht?« Sie klingt ernsthaft neugierig. »Etwa, wenn du mich nur genügend vögelst, dann gebe ich irgendwann nach und tue, was du willst? Oder war der Sex nur ein Spaßbonus für dich?«

Sam zuckt zusammen. »Ich … Nein, natürlich nicht! So ist das überhaupt nicht.«

»War«, sagt Fiona.

»Was?«

»Das zwischen uns *war* mal.« Sie lächelt noch immer. Sie wirkt … beinahe erfreut, so als hätte sie auf diesen Moment gewartet und wäre erleichtert, weil er endlich eingetroffen ist. »Es ist definitiv vorbei.«

Es ist wie ein Schlag in den Magen. »Fee«, sagt er wieder, mit schwankender Stimme. »Können wir nicht einfach …«

»Was genau sollen wir einfach können?« Ihre Augen blitzen gefährlich, sie lächelt nicht mehr. »Weiter über die angeblichen Vorzüge eines Projekts reden, das ich ganz klar abgelehnt habe? Nett zu Mittag essen mit einem Mann, den ich abgrundtief hasse, wie du sehr wohl weißt? Vergessen, dass du dir in der ganzen Zeit, die wir miteinander geschlafen haben, deinen platten Arsch aufgerissen hast, um mich zu manipulieren?« Sie neigt den Kopf zur Seite. »Was genau soll ich deiner Meinung nach tun, Sam?«

Sam blinzelt verblüfft. »Sekunde mal«, plappert er. »Du findest meinen Hintern platt?«

»O mein Gott.« Fiona lacht laut und schrill. Es klingt gehässig. »Okay. Das ist lächerlich. Und weißt du, was das Schlimmste ist? Ich wusste es die ganze Zeit. Jeden einzelnen Tag habe ich mir gesagt: Fiona, das ist absolut lächerlich. Und trotzdem habe ich …« Sie schüttelt ungläubig den Kopf. »Vergiss es. Ich gehe mich jetzt anziehen.« Sie geht Richtung Bad.

»Es tut mir leid, aber was war daran so lächerlich?« Sam geht ihr nach und greift nach ihrem Arm. »Denn ich muss sagen, du schienst es nicht lächerlich zu finden, wenn du …«

Fiona reißt ihren Arm weg. »Fass mich nicht an.«

»Okay.« Sam hebt die Hände und weicht sofort zurück. »Okay.« Er weiß, er ist eindeutig im Unrecht. Er wusste, dass es so kommen musste. Genauso wie er wusste, dass man *The Heart Surgeon* absetzen würde, auch wenn er sich das nie eingestehen wollte. Ihm ist vollkommen bewusst, dass er jetzt nur noch eines tun kann: Er muss zugeben, dass er es maximal verbockt hat, muss vor ihr auf die Knie fallen und sie um Verzeihung bitten und hoffen, dass sie die ganze Sache irgendwann vergisst.

Stattdessen fängt er an zu streiten.

»Weißt du, was ich eigentlich von dir will?«, sagt er und behält die Hände weiter oben. »Ich will, dass wir endlich mal in unserer ganzen Beziehung wie Erwachsene darüber reden. Über die Fortsetzung. Denn ich denke, das bist du mir schuldig.«

»Erstens: Unsere ganze Beziehung besteht seit drei Wochen«, erwidert sie höhnisch. »Und zweitens: Ich bin weder dir noch jemand anderem etwas schuldig.«

Das tut weh – der Gedanke, dass er mehr darin gesehen hat als sie, dass er etwas daraus machen wollte, was es nicht war. »Ach so.« Er schlägt sich theatralisch an die Stirn. »Entschuldige. Ich habe ganz vergessen, dass du ein verwundeter einsamer Wolf bist. Das wird mir nicht noch mal passieren. Obwohl verwundete einsame Wölfe normalerweise kein gemütliches Familienunternehmen haben, auf das sie zurückgreifen können, wenn sie sich die Karriere unwiderruflich versaut haben.«

Fiona reißt die Augen auf. »Oh, das denkst du also, ja?«

»Ich denke, du bist in der Situation, dich nicht verkaufen zu müssen, so viel steht fest.«

»Nicht verkaufen müssen?« Fiona lacht schallend. »Sieh dir deine Wohnung an. Sam! Sieh dir dein protziges Auto an! Willst du mir wirklich weismachen, dass du dringend Geld brauchst?«

»Ich bin restlos pleite, Fiona!«

»Was?« Jetzt ist sie überrascht, das sieht er ihr an. »Bist du nicht.«

»Doch.« Es auszusprechen fühlt sich widerlich und zugleich gut an, wie wenn man sich den Schorf abreißt. »Mal im Ernst, wie hast du drei Wochen mit mir verbringen können, ohne dass dir das auffällt? Gratuliere, du hattest recht: Ich bin genau der Idiot, für den du mich immer gehalten hast. Ich habe über zwanzigtausend Dollar Kreditkartenschulden. Ich habe keine Ahnung, wie ich nächsten Monat meine Miete zahlen soll. Meine Mutter stirbt ...« Bei dem Wort bekommt er fast keine Luft. »Und ich versuche verzweifelt, mein Leben auf die Reihe zu kriegen, solange sie es noch mitbekommt.«

Fiona grinst höhnisch. »Und du meinst, dich wieder in *Birds* zu sehen überzeugt sie, dass du ein erfolgreiches Leben führst?«

Ihm wird heiß vor Scham und Ärger. »Du kannst mich echt mal!«

»Und du mich erst!«, kontert sie sofort. »Ich bin der einzige Mensch, den du nicht manipulieren kannst, und das konntest du nicht akzeptieren, also hast du mich die ganze Zeit hintergangen.«

»Kann man mir das übelnehmen?«, platzt er heraus. »Du wolltest nicht mal darüber nachdenken. Nicht nur das, sondern du hast nicht mal die Höflichkeit besessen, mir den Grund zu nennen.«

»Ich habe dir jede Menge Gründe genannt!«

»Nur lauter blödsinnige. Was hätte ich denn tun sollen?«

»Meine Güte, keine Ahnung.« Fiona sieht ihn an wie einen armen Irren. »Du hättest zum Beispiel der eine Mensch in ganz Amerika sein können, der meine Grenzen nicht überschreitet, sondern akzeptiert.«

»Deine Grenzen?« Sam reicht es wirklich. »Jetzt mach aber mal halblang, Fiona. Du tust gern so, als ob Darcy Sinclair und Konsorten sich völlig grundlos auf dich stürzen, aber du hast den ganzen Scheiß *getan*. Du hast es getan! Tut mir leid, aber wenn du gewollt hättest, dass die Leute dich nicht ständig angaffen, dann hättest du dich vielleicht nicht fünf Jahre lang aufführen sollen wie ein irrer Pausenclown!«

Fiona ist sprachlos. Sam weiß sofort, dass er zu weit gegangen ist. »Fiona ...«

»Gut!« Sie fällt ihm ins Wort. »Fühlst du dich besser, nachdem du das endlich losgeworden bist?«

Sam sackt der Magen weg. »Es tut mir leid.« Er fährt sich mit beiden Händen durch die Haare. »Ich meinte nicht ...« Er sieht ihr an, dass er sie gerade in einem Verdacht bestätigt hat, dass eine geheime Befürchtung wahr geworden ist, die sie sich immer ausreden oder ignorieren wollte. Sie ist ihm peinlich, ein bisschen – manchmal mehr als ein bisschen –, und so wie sie ihn jetzt ansieht, hat sie es wohl die ganze Zeit gewusst. Sam ist sich noch nie so feige vorgekommen wie im Moment. »Ich hätte das nicht sagen sollen ... Sieh mal, wir sind beide aufgebracht. Wie wär's, wenn wir uns erst mal ...«

»Folgendes werden wir jetzt tun«, sagt Fiona scharf. Sie lächelt nicht mehr, aber sie ist auch nicht mehr unbeherrscht. In erster Linie wirkt sie ... leer. »Ich gehe jetzt ins Schlafzimmer und ziehe mich an. Du gehst auf den Balkon und wartest, bis ich gegangen bin.«

»Fiona ...«

»Ich will dich nie wiedersehen«, sagt sie ruhig. »Und damit will ich schnellstmöglich anfangen. Also geh bitte.«

Sam starrt sie an, macht den Mund auf und wieder zu. Fiona wartet nicht auf ein Wort von ihm, sondern dreht sich um und lässt ihn stehen.

Fiona

Erst unten an der Treppe fällt Fiona ein, dass sie gestern Abend mit seinem Wagen hergefahren sind, wobei sie einander befummelt haben wie zwei Teenager. Es kommt ihr vor, als wäre das eine Ewigkeit her, als wäre das einer anderen passiert – als hätte eine andere beim Brummen des Motors seine Hände an sich gespürt. Sie angelt ihr Handy aus der Tasche und bestellt sich ein Uber. Drei endlose Minuten steht sie wartend vor Sams Wohnhaus und hofft, dass er ihr nicht hinterherkommt. Und ein bisschen, dass er es doch tut.

Er tut es nicht.

Sie überlegt, in eine Bar zu gehen und sich zu betrinken, bis sie nicht mehr gerade gucken kann. Sie überlegt, Richie anzurufen und zu hören, ob er sich mit ihr treffen kann. Sie überlegt, vor allen Leuten etwas so Schräges, Beschissenes zu tun, dass sie wieder in der Klinik landet. Doch insgesamt scheint ihr das alles viel Aufwand für nichts zu sein, und deshalb fährt sie einfach nach Hause. Den Kopf ans Fenster gelehnt, sitzt sie auf der Rückbank des Uber und schaut sich wie betäubt Fotos von Häusern auf Martha's Vineyard im Handy an.

»Hey«, sagt der Fahrer bei einem Blick in den Rückspiegel. »Sind Sie nicht …«

»Nein, bin ich nicht.«

Zu Hause geht sie ins Bett, schaltet *Wives With Knives* auf ihrem Laptop ein und schläft plötzlich ein, als hätte sie jemand umgehauen. Als sie aufwacht, leuchtet der Bildschirmschoner, und sie sieht an dem Licht, das durch die Jalousien dringt, dass es Nachmittag ist. In ihrem Hinterkopf pocht ein dumpfer Schmerz. Die Fußmaske, die sie zusammen mit Claudia und Estelle benutzt hat, zeigt Wirkung, denn ihre Füße sehen faltig aus, und an den Zehen flockt die Haut ab. Sie schaut aufs Handy, keine Nachricht von Sam – nicht, dass sie mit einer gerechnet hätte. Allerdings hat sie elf Anrufe von Georgie verpasst.

»Ich habe schlechte Neuigkeiten«, verkündet Georgie aufgeregt, als Fiona zurückruft. »Larry hat sich beide Fußgelenke gebrochen.«

»Was?« Fiona setzt sich auf. »Wie ist das denn passiert?«

»Er ist am Bordstein gestolpert.«

Fiona schüttelt den Kopf. »Das … kann nicht wahr sein.«

»Ist es aber.«

»Ich … Okay.« Fiona streicht sich übers Gesicht. Larry ist ihr Torvald, ihr *Puppenheim*-Ehemann. Ohne ihn können sie das Stück nicht aufführen. »Na ja, DeShaun kann die Rolle spielen, oder? Dafür haben wir schließlich die Zweitbesetzung.«

»Das ist die andere schlechte Nachricht«, sagt Georgie. Fiona ist sich nicht sicher, ob sie sich den freudigen Unterton nur einbildet. »Offenbar wurde er für drei Folgen von *Malibu Nights* engagiert.«

Einen Moment lang bekommt Fiona keine Luft. »Das ist nicht wahr!«, bringt sie mühsam hervor.

Sie schreibt der Gruppe, dass die Probe am Abend ausfällt, aber ohne einen Plan, wie es weitergehen könnte. Dann zieht sie sich die Decke über den Kopf und schläft weiter.

Sie bleibt lange im Bett. Es ist peinlich. Sie hat seit Jahren nicht geweint und hat nicht vor, jetzt damit anzufangen, doch sie spürt den Druck in der Brust, in der Kehle und den Augen, als zöge ein Sturm auf. Sie hat es geahnt. Sie hat es geahnt und ihn trotzdem …

Hat sich trotzdem …

O Gott, wie konnte sie nur so blöd sein?

»Du bist hier?«, fragt Claudia, als sie irgendwann am Abend an ihrer Zimmertür vorbeikommt. »Ich dachte die ganze Zeit, du wärst weg.«

Fiona schüttelt den Kopf. »Tut mir leid. Ich stehe gleich auf und mache uns etwas zu essen.«

»Es ist halb elf«, sagt Claudia sanft. Sie trägt den weißen Overall, mit dem sie wie ein Ghostbuster aussieht, und die herzförmige Sonnenbrille steckt auf dem Kopf in ihren Haaren. »Wie geht es dir?«

Fiona seufzt. »Mies.«

»Willst du reden?«

»Nein.«

»Hat es mit dem Theater zu tun?«

»Gewissermaßen.«

»Und noch mit etwas anderem?«

»Ja.«

»Okay.« Claudia betrachtet sie eine Minute lang, dann kommt sie herein, kriecht zu ihr ins Bett und deckt sie beide zu. Sie rückt so nah heran, dass Fiona den Erdnussbuttertoast riechen kann, den sie eben noch gegessen hat.

»Meine Füße sind schuppig«, sagt Fiona.

»Meine auch.« Claudia reibt ihren großen Zeh an Fionas Bein.

»Das ist widerlich«, sagt Fiona, lacht aber und rückt von ihr weg.

Claudia rückt ihr nach und kuschelt sich an sie. »Du bist widerlich.«

Es ist mitten in der Nacht, als Fiona Hunger bekommt. So leise wie möglich verlässt sie das Bett – Claudia schläft neben ihr, einen Arm über den Augen – und tappt in die Küche, wo Brando neben der Tür schnarcht. Er hebt ein Lid an, als er sie hört, so als wollte er ihr versichern, dass er im Notfall zur Verfügung steht, wenn sie Verstärkung braucht. Sie öffnet den Kühlschrank, der praktisch leer ist. Nur ein Rest vom Hummus und dem Geburtstagskuchen ist noch da, denn in diesem Haushalt ist Fiona diejenige, die Lebensmittel einkauft, und das hat sie heute nicht getan. Sie schließt die Tür wieder. Die Frustration treibt ihr Tränen in die Augen.

»Kannst du nicht schlafen?«

Erschrocken fährt sie herum. Da steht ihr Vater in seinen ausgelatschten Mokassins und dem Caltech-Sweatshirt, das er seit dem College hat. Seine Bartstoppeln sind zwei Tage alt. »Das mit Sam tut mir leid.«

Fiona sieht ihn groß an. Sie hätte nicht gedacht, dass er von den Vorgängen im Haus genug mitbekommt, um zu wissen, dass es ein Problem gibt, geschweige denn zu erahnen, was mit ihr los ist. Anscheinend malt sich etwas in ihrem Gesicht ab, denn er sieht ihr fest in die Augen und sagt: »Ich bin depressiv, nicht im Koma.« Er schiebt sie mit der Schulter sanft beiseite und öffnet den Kühlschrank, holt Eier heraus und bedeutet ihr, sich an den Tisch zu setzen.

»Was machst du?«, fragt sie, als sie sich auf dem wackligen Stuhl niederlässt.

»Wonach sieht's denn aus?« Er holt eine Pfanne aus dem Schrank und dreht den Knopf am Herd. »Ich mache Spezialrührei.«

Er sagt das, als wäre es offensichtlich - und das ist es, denkt sie. Aber sie denkt auch, dass er seit drei Monaten nicht mehr in der Küche war, und schon gar nicht hat er irgendein Essen zubereitet. Sie sitzt da und sieht ihm zu. Früher, als sie noch klein war, haben sie jeden Sonntagmorgen Spezialrührei gegessen. Ihre Mutter schlug die Eier, und ihr Vater schnitt das Brot auf. Als sie älter wurde, erkannte sie, dass dies ein Resteverwertungsessen war, bei dem alles auf den Teller kam, was im Gemüsefach welkte, und das ohne nennenswerte Beschwerden verputzt wurde.

Heute Abend wird der Kanten von einem Stück Cheddar und der violette Spinat verwertet, den Claudia auf dem Bauernmarkt aussuchte und den sie dann glatt vergessen haben, außerdem etwas Schinken und eine Tomate. Er würzt mit Salz und Pfeffer und gibt einen Klecks von der Joghurtsoße obendrauf, die auch noch vom Geburtstagsessen übrig ist, dann setzt er ihr den Teller vor, zusammen mit einem Papiertuch und einer Gabel. »Iss«, sagt er.

Zum ersten Mal seit fünf Jahren gibt er ihr eine Anweisung. Deshalb gehorcht sie und isst den Teller leer, den Blick auf die Tür zum Garten gerichtet. »Ich habe mein Leben ruiniert«, sagt sie, als sie fertig ist.

Er schüttelt den Kopf. Ihre Mutter sagte früher immer, er sähe aus wie Mandy Patinkin in der *Braut des Prinzen*, und das stimmte. Aber inzwischen sieht er aus wie Mandy Patinkin in den späteren Staffeln von *Homeland*. »Du bist achtundzwanzig Jahre alt. Du hast gar nichts ruiniert.«

Das ärgert sie, ihre Wut flammt auf. »Entschuldige mal!« Sie ist sofort wütend auf ihn, weil er versucht, sie zu trösten, und auf sich selbst, weil sie überhaupt davon angefangen hat. »Woher willst du das denn wissen?«

Er schaut sie fassungslos an. Sie kann sich nicht erinnern, dass sie ihm mal Widerworte gegeben hat. »Fiona ...«

»Ich meine es ernst«, unterbricht sie ihn, sie kann nicht anders. Es fühlt sich gut und zugleich furchtbar an, das nach all der Zeit zu sagen. »Bei welcher Gelegenheit in den letzten zehn Jahren hast du genügend Interesse aufgebracht, um auch nur vage beurteilen zu können, ob mein Leben ruiniert ist oder nicht? Oder wie es Claudia geht?«

Ein paar Augenblicke lang sieht er sie schweigend an. »Gut«, sagt er leise. »Das habe ich verdient.«

»Ja, das hast du!«, bekräftigt sie und fühlt sich im nächsten Moment wie ein Riesenarschloch. »Ich ... ich weiß, dass du krank bist, Dad. Das verstehe ich. Aber das ist, als hättest du Diabetes und würdest immerzu sagen, dass du deswegen keine Pflichten übernehmen kannst, und würdest dein Insulin nicht nehmen.« Sie zuckt mit den Schultern. »Dann könnte dein Diabetes irgendwann nicht mehr als Entschuldigung gelten.«

Er nickt und hebt die Hände. »Du hast recht. Ich weiß, dass du recht hast.«

»Ich will nicht recht haben!«, erwidert sie. »Ich will, dass du zum Arzt gehst!«

»Fiona ...« Er lässt sich schwer auf den Stuhl gegenüber sinken. »In Ordnung.«

Das lässt sie aufhorchen. Sie blickt ihn prüfend an, ob er das vielleicht nur so dahinsagt. »Warte. Im Ernst?«

Er nickt und streicht sich über das schüttere Haar. »Im Ernst. Ich weiß, ich bin lange Zeit nicht für euch Mädchen da gewesen – für euch beide. Und ich weiß, wie viel ihr geleistet habt, um die Lücke auszufüllen.« Er seufzt. »Du solltest dein eigenes Leben leben dürfen. Du solltest nach vorn schauen dürfen.«

Fiona weiß erst mal nichts zu sagen. Dann bringt sie nur ein Flüstern zustande. »Okay.« Ihr kommt die Frage in den Sinn, was wohl passiert wäre, wenn sie viel früher die Geduld mit ihm verloren hätte. Vielleicht ist Ausrasten gar nicht immer das Schlechteste.

Ihr Vater steht auf, nimmt ihren Teller und räumt ihn in die Spülmaschine. »Morgen früh rufe ich meinen Arzt an«, verspricht er. »Bis dahin werde ich versuchen zu schlafen.«

Ich komme schon klar, will sie sagen, doch sie überlegt es sich anders und nickt nur.

Sie legt sich wieder ins Bett und starrt eine Stunde lang an die Decke, gibt schließlich auf und geht mit dem Handy auf die Terrasse. In der Morgenkühle scrollt sie durch ihre Kontakte, ihr Daumen schwebt über Sams Name. Sie zögert, schließt das Fenster und tippt *Erin Cruz* in die Suchmaske des Browsers ein.

Der Artikel über den Coach der Privatschule erscheint als viertes Suchergebnis. Sie klickt den Link an und liest den Text noch einmal bis zum Ende. Dabei schlägt ihr das Herz bis zum Hals. Sie prägt sich auch die geringsten Details ein: dass der Coach den Mädchen heimlich Alkohol besorgte, ihnen Playlists erstellte und sie spät abends nach Hause fuhr. »Wir dachten alle, dass uns niemand glauben würde«, zitiert Erin eine von ihnen, die jetzt in der Abschlussklasse der Highschool ist, genau im richtigen Alter, um in jüngeren Jahren *Birds of California* gesehen zu haben. »Erst als wir anfingen, miteinander zu reden, wurde uns klar, dass er gewollt hat, dass wir genau das denken.«

Als sie zu Ende gelesen hat, laufen ihr die Tränen über die Wangen und an der Nase entlang und tropfen auf die Risse in ihrem Display. Sie denkt an das Ryan-Adams-Album, das Jamie in seinem Wohnwagen immer laufen ließ. Sie denkt an den scharfen, rauchigen Geruch seines Rasierwassers. Sie denkt daran, dass er ihre Eltern anrief und behauptete, er sei um sie besorgt, weil sie sich unberechenbar benähme und weil sie plötzlich unzuverlässig geworden sei.

Jetzt wischt sie das Display an ihrer Sweathose ab, atmet tief durch und öffnet wieder die Kontakte. Bevor sie es sich anders überlegen kann, tippt sie auf den Namen. Sie hat keine Ahnung, wie spät es jetzt in Paris ist, und rechnet damit, nur die Stimme der Mailbox zu hören oder an eine Assistentin weitergeleitet zu werden, die ihr versprechen wird, etwas auszurichten, ohne wirklich die Absicht zu haben. Doch einen Moment später hört sie die vertraute Stimme. »Fiona?«, fragt Thandie leise und vorsichtig und klingt damit schmerzlich vertraut. »Wie geht es dir?«

»Nicht gut«, sagt Fiona und hält das Handy so verkrampft, dass ihr die Hand wehtut. »Hast du ein bisschen Zeit für mich?«

Sam

Er bekommt die Rolle des Feuerwehrmanns nicht.

»Das macht nichts«, versichert Russ ihm im Soho House. Seine Sonnenbräune ist noch einen Ton dunkler, seit er von Tulum zurückgekommen ist. »Die Serie wird sowieso nach zwei Episoden eingestellt. Ist zu unoriginell.«

»Haben die was gesagt?« Sam stochert in seinem Salat. Die frühe Nachmittagssonne scheint auf die gut besetzte Terrasse, doch statt dass ihn das wie gewöhnlich mit sprühender Energie erfüllt, empfindet er sich als Hochstapler: als jemand, der in diesem Restaurant nichts zu suchen hat. Er könnte ebenso gut ein Pappschild mit der Aufschrift *Außer Betrieb* vor der Brust tragen. Scheiße, er könnte sogar bald mit einem echten Werbeschild herumlaufen, um seine Kröten zu verdienen.

»Nur, dass sie in eine andere Richtung gehen wollen«, sagt Russ und schüttelt dabei in einer Weise den Kopf, dass Sam vermutet, sie könnten doch mehr gesagt haben. »Hör zu, pack noch nicht die Koffer, okay? Irgendwas wird sich schon ergeben.«

»Nein, werde ich nicht.« Verunsichert runzelt er die Stirn. »Und wer sagt, dass ich die Koffer packe?«

»Das ist nur eine Redewendung, Sammy.« Russ sieht ihn seltsam an. »Bleib locker, ja?«

»Ich *bin* locker«, murmelt Sam, was natürlich gelogen ist. Er war noch nie so angespannt wie jetzt, denn er hat 27 000 Dollar Kreditkartenschulden und einen protzigen Wagen, der ihm todsicher bald weggenommen wird. Er weiß nicht, wie er die nächste Miete aufbringen soll. Einen Moment lang überlegt er, Russ zu bitten, ihm unter die Arme zu greifen, bis er ein Engagement bekommt, doch damit würde er wie ein Verzweifelter dastehen – dann würde sich keiner mehr mit ihm abgeben. Also setzt er ein Lächeln auf und gibt der Kellnerin einen Wink, damit sie ihm noch einen Wodka Tonic bringt.

»Ich bin locker«, sagt er noch einmal.

Er vernachlässigt seine Diät. Er raucht eine Menge Gras. Er liest *Weetzie Bat.* Das Buch ist ziemlich schräg, ein Achtzigerjahre-Märchen über ein L.A., das es so sicher nie gegeben hat, mit vielen weißen Mädchen, die indianischen Federschmuck tragen, was ganz sicher nicht okay ist. Er meint aber zu verstehen, warum Fiona das Buch als Kind gefallen hat. Es handelt davon, Menschen zu finden, die einen lieben, auch wenn man Scheiße gebaut hat und zu viel trinkt oder von Hause wegelaufen ist oder versehentlich eine Hexe schwängert, die mit Barbiepuppen Zauber wirkt. Es handelt davon, sich eine Familie zu schaffen, nachdem man noch nie eine hatte.

Leise stöhnend wirft er das Buch auf den Sofatisch und redet sich ein, dass er sie nicht vermisst. Es trifft ihn in den seltsamsten Momenten: wenn er ein Haargummi von ihr im Bad findet, wenn er an einer grusligen Mörder-Doku vorbeiscrollt, die Netflix ihm empfiehlt. Tausend Mal tippt er in seiner Kontaktliste auf ihren Namen – hält den Daumen über den Anrufbutton, tippt darauf und bricht das

Wählen ab, bevor die Verbindung zustande kommt. Verdammt noch mal, was glaubt er denn, was er zu ihr sagen könnte? Er hat sich noch nie dermaßen wie ein Arschloch gefühlt.

Er hat es vergeigt, das ist alles. Natürlich hat er das. Er vergeigt es immer. Es war nur eine Frage der Zeit. Er erinnert sich an ihre letzte Begegnung, bevor er sie in der Druckerei wiedergesehen hat. Das war bei der Cast-Party am Ende seiner letzten Staffel von *Birds.* Die fand in einem angesagten Restaurant in West Hollywood statt, das inzwischen längst zugemacht hat, eines mit nackten Ziegelwänden und Fabriklampen. Die hohen Fenster standen offen, damit die kühle Abendluft hereinkonnte. Er schnorrte eine Zigarette bei einem Tontechniker, und als er zum Rauchen in die Gasse ging, traf er dort auf Fiona. Sie saß in einem Kleid, das mit violettem Flitter bestickt war, auf einem umgedrehten Eimer neben dem Müllcontainer und las ein dünnes Taschenbuch. Als sie ihn bemerkte, riss sie die Augen auf. »Was machst du denn hier draußen?«

Er war verdutzt, fing sich aber. »Na, offensichtlich suche ich nach dir.« Er hielt die Zigarette hoch und lehnte sich neben ihr an die Hauswand. Sein Oberschenkel berührte ihren Oberarm.

»Offensichtlich.« Fiona legte den Zeigefinger zwischen die Seiten, wo sie gelesen hatte, und klappte das Buch zu. König Lear, wie er sah. Anscheinend etwas Deprimierendes. Er selbst hatte es nie gelesen. »Seit wann rauchst du?«, fragte sie, als er sich die Zigarette anzündete.

»Seit wann achtest du darauf?« Er zuckte mit den Schultern. »Seit einer Weile.«

Und das hieß, seit gerade. Er hatte die Zigarette nur haben wollen, weil er seine Hände beschäftigen wollte. Den ganzen Abend war er seltsam gereizt und bei Unterhaltungen ungeschickt gewesen und hatte mit Verlegenheit zu kämpfen gehabt, weil er bei dieser Party war. Denn jeder wusste jetzt, dass er in der nächsten Staffel nicht mehr mitspielen würde. Es war riskant, ein Engagement aufzugeben, ohne etwas anderes in Aussicht zu haben, auch wenn Russ, sein neuer Agent, immer wieder beteuerte, dass er problemlos Filmrollen bekommen würde.

Fiona war still, als er an der Zigarette zog, dann streckte sie wortlos die Hand zu ihm hoch, um einen Zug abzukriegen. Er sah überrascht zu ihr runter, gab sie ihr aber und berührte dabei ihre Finger. Sie inhalierte, gab sie zurück und blies den grauen Rauch ins Halbdunkel.

»Also«, sagte er und tat, was er immer tat, wenn er ins Schwimmen geriet: Er setzte seinen Charme ein. »Wirst du mich vermissen?«

Fiona lachte laut. »Nein«, antwortete sie entschieden. »Ich freue mich sogar darauf, dass ich demnächst zur Abwechslung mal die hübscheste Person am Set bin.« Sie lehnte den Kopf gegen die Hauswand und blickte zu ihm hoch, und er betrachtete ihre Wimpern und Schlüsselbeine. »Bist du froh, dass du die Serie verlässt?«

Er schüttelte den Kopf. »Froh ist das falsche Wort«, sagte er, obwohl er bis vor zwei Minuten noch genau das behauptet hätte. Doch als er jetzt neben ihr in der Gasse stand, änderte sich seine Meinung plötzlich. »Ich freue mich nur darauf, etwas anderes zu machen.«

Fiona nickte und schaute - er konnte es nicht anders beschreiben - sehnsüchtig. »Würde ich auch gern tun«, gestand sie.

Das überraschte ihn. Selbst in der Zeit, als sie sich den Boulevardblättern zum Fraß vorwarf, hatte er sie immer gut vorbereitet und professionell erlebt, sobald die Kameras liefen. Deshalb hatte er immer geglaubt, dass sie die Arbeit liebte und täglich in ihrer Rolle der Riley Bird aufging. Aber jetzt zweifelte er daran. »Warum tust du es nicht?«, fragte er.

»Geht nicht«, sagte sie schulterzuckend und in einem Ton, in dem tödliche Resignation mitschwang. »Vertrag.«

»Wieso?«, fragte er. »Verträge laufen aus.«

Darauf lächelte sie schwach. »Nicht so bald.« Sie streckte die Hand zu ihm hin, er half ihr hoch, und dann ... ließ er sie einfach nicht los. Still verschränkten sie die Finger zwischen sich, als hätten sie das schon tausend Mal gemacht, was aber definitiv nicht der Fall war. Weder sie noch er sah auf ihre Hände.

»Ich sollte wieder reingehen«, sagte Fiona.

Sam nickte. »Okay«, sagte er, obwohl er sich bereits langsam zu ihr neigte. Er hatte schon beschlossen, sie zu küssen. Möglich, dass er das schon vor langer Zeit beschlossen hatte, irgendwo insgeheim im Hinterkopf.

Fiona wusste es auch. »Ich gehe jetzt«, sagte sie, und ihre Lippen zuckten.

Sam nickte. »Das solltest du.«

»Tue ich auch«, kündigte sie an, und in dem Moment senkte er den Kopf.

Es wurde nicht besonders heiß, denn sie küssten sich nur, mit den Lippen und der Zunge, und er spürte auch ihre Zähne an seiner Unterlippe. Trotzdem war es ein ungestümer Kuss, bei dem sein ganzer Körper wild kribbelnd in Fahrt kam, und das überraschte ihn. Sieh mal an, dachte er.

Das sprang ihm so klar in den Kopf, als hätte der Gedanke nur darauf gewartet. Er hatte keine Ahnung, warum er sie nicht längst geküsst hatte.

Fiona zog den Kopf zurück und sah ihn amüsiert an. »Wieso bist du nicht eher darauf gekommen?«, fragte sie, doch bevor er antworten konnte, ging die Hintertür des Restaurants auf, und Jamie streckte den Kopf heraus.

»Was macht ihr zwei Dummköpfe hier draußen?«, fragte er, und sein schlauer Blick huschte zwischen ihnen hin und her. »Kommt wieder rein und esst von dem Kuchen.«

Einen Moment lang loderte in Fionas Augen blanker Hass. Dann zog Jamie eine Braue hoch, und sie seufzte und ging widerwillig hinein. Sam wollte ihr folgen, doch Jamie hielt ihn am Arm auf. »Du wartest kurz.«

»Ich?«, fragte Sam lachend. »Was hab ich verbrochen?« Fiona blickte über die Schulter, als sich die schwere Stahltür hinter ihr schloss.

»Ja, du«, sagte Jamie, sobald sie allein waren. »Was habt ihr hier gemacht?«

Sam zögerte. Jamies Heftigkeit verblüffte ihn. »Immer mit der Ruhe, Dad«, scherzte er. »Wir haben bloß ein bisschen abgehangen, das ist alles. Kurze Verschnaufpause von der tollen Party, damit wir nicht überreizt werden.«

Jamie lächelte nicht. »Ich meine es ernst, Sam. Glaubst du, ich hätte nicht gesehen, dass du ihr schöne Augen machst?«

»Ich mache niemandem schöne Augen.« Er fühlte sich doppelt beleidigt, zum einen durch die Anschuldigung und zum anderen durch die schnulzige Formulierung. »Außerdem kann man wohl sagen, dass mein Privatleben ...« Er brach ab und hoffte, dass der Rest des Satzes unausgesprochen bei Jamie ankam, auch wenn er sich nicht sicher war, ob das wahr war. Manchmal schien es ihm, dass Jamie alles etwas anging, zumindest wenn es die Serie berührte.

»Ich spreche nicht von deinem Privatleben, Idiot.« Jamie rollte die Augen. »Ich spreche von deiner Zukunft. Fiona ist ein großartiges Mädchen und eine brillante Schauspielerin, aber du weißt so gut wie ich, dass sie eine Menge Probleme hat.«

Sam wusste nicht, was er darauf sagen sollte, und wich erst mal aus. »Na ja, jeder hat doch Probleme, oder?«

»Nicht wie Fiona, nein. Hör zu, ich weiß, du bist in Kürze mit größeren Dingen befasst, und das ist wunderbar. Verdammt, ich wünsche dir, dass du groß rauskommst, und deshalb darfst du es dir auf gar keinen Fall verderben, nur weil du bei einem hübschen Mädchen den Schwanz nicht in der Hose lassen kannst. Verstehst du, was ich sage?« Er schüttelte den Kopf. »Es braucht nur noch ein oder zwei kolossale Fiona-Katastrophen, und der Sender wirft uns alle achtkantig raus. Du tust gut daran, jetzt auszusteigen. Lass dich bloß nicht in ihren Dramaqueen-Scheiß reinziehen.«

Sam dachte daran, wie Fiona ihn in dem Augenblick vor dem Kuss angesehen hatte. Er dachte daran, wie ihre Haare sich in seinen Händen angefühlt hatten. Er dachte daran, wie es gewesen war, in den letzten zwei Monaten in ihrer Nähe zu sein: als sähe man einen unerfahrenen Schwimmer aufs Meer rauspaddeln. Und ja, einen Moment lang hatte es sich heute Abend so angefühlt, als wollte sie ihm erzählen, was mit ihr los war, und dass sie ihm vielleicht einen geheimen Teil von sich zeigen würde, den sie vor allen anderen verbarg. Doch wer konnte wissen, ob irgendwas davon echt war? Schließlich war sie in der Tat eine brillante Schauspielerin.

Außerdem vertraute er Jamie. Denn - peinlich, aber wahr - in den letzten vier Jahren war er ihm fast wie ein Vater gewesen. Und wenn Jamie ihm riet, sich von Fiona unbedingt fernzuhalten, dann dürfte er einen guten Grund dafür haben.

»Ja, nein, absolut«, sagte Sam darauf und winkte ab. »Ich hab verstanden. Du hast recht. Ich glaube eigentlich nicht, dass wir uns noch mal groß sehen, wenn ich erst mal weg bin.«

Jamie entspannte sich. »Kluger Junge«, sagte er grinsend und klopfte ihm auf die Schulter. »Komm, wir holen uns ein Bier.«

Fiona stand an der Bar, als er nach drinnen kam. Eine klare Flüssigkeit mit Eiswürfeln brachte das Glas in ihrer Hand zum Schwitzen. Jamie sprach mit ein paar Studioleuten neben der Tür und wirkte dabei gut gelaunt und lebhaft. »Was hat er gewollt?«, fragte Fiona ihn und deutete mit dem Kopf auf Jamie.

Sam schüttelte den Kopf. »Nichts Besonderes«, sagte er - in merklich kühlerem Ton als draußen, das hörte er selbst. »Nur was wegen meiner künftigen Karriere.« Er ignorierte sein schlechtes Gewissen, als er den Argwohn in Fionas Blick sah, und hielt sich vor Augen, dass außerhalb dieses Studios viele Chancen auf ihn warteten, lauter Filme mit großem Budget, in denen er wichtige Rollen bekäme, und lauter berühmte Frauen, die er kennenlernen würde. Jamie hatte recht. Er konnte es nicht gebrauchen, dass ihn ein unreifer Family-Network-Star mit runterzog.

»Es gibt ein paar Leute, mit denen ich reden muss«, sagte

er zu Fiona und drückte ihren Arm, um sich wieder unters Partyvolk zu mischen. »Wir sehen uns.«

Am folgenden Abend organisiert Erin einen Tisch in einem angesagten mexikanischen Restaurant, das sie nicht leiden kann, von dem sie aber weiß, dass er es mag, und in dem man würzige Koriander-Cocktails und Carnitas aus Tofu bekommt. Sam bestellt sich einen Tequila Gimlet und versucht, nicht an seine erste Nacht mit Fiona zu denken. Die Barkeeperin lächelt, als sie das Glas vor ihn hinstellt. Sam kann objektiv sagen, dass sie mit ihrem dunkelroten Haaren und der kurvigen Figur eine Schönheit ist, aber ... weiter nichts. Sie könnte ebenso gut ein Kerl sein.

»Wie läuft es mit Hipsterbrille?«, fragt er versuchsweise, denn er will über alles reden, nur nicht über seinen eigenen lächerlichen Scheiß. »Seid ihr noch zusammen?«

»Diese Woche jede Nacht«, gibt Erin schüchtern zu. »Anscheinend hab ich doch die richtige Menge feministischer Theorie zitiert.«

Sam grinst. »Das ist toll«, sagt er und meint es ernst. Erin hat eine tolle Partnerin verdient. Er hört zu, während sie von einem künstlerischen Film erzählt, den sie sich mit ihr angesehen hat, und von dem gemeinsamen Tag im botanischen Garten. Er stellt Fragen und stößt mit ihr an, aber die Wahrheit ist: Sosehr er sich für sie freut, er ist heute Abend nicht mit dem Herzen bei der Sache. Schließlich trinkt er sein Glas mit zwei großen Schlucken aus und greift nach seiner Jacke. »Ich muss los.«

»Was denn? Jetzt schon?« Erin sieht ihn mit großen Augen an. »Ach, komm.« Sie hält ihn am Arm auf. »So schlimm kann es doch nicht sein.«

Sam öffnet den Mund, sagt aber nichts, denn ihm wird mit Schrecken klar, dass sich in seinem Hals ein Kloß bildet. »Mensch!«, sagt er schließlich, nachdem er ihn mühsam runtergeschluckt hat. »Ich bin total pleite. So pleite, dass ich meine Drinks nicht bezahlen kann. Meine Karriere ist ins Stocken geraten. Russ hat nicht mal was von einem nächsten Vorsprechen gesagt. Ich kann meine Familie nicht unterstützen, und ich habe die einzige echte Beziehung, die ich je hatte, verkackt, mit einer Frau, die ich ...« Er bricht abrupt ab.

Erin zieht kaum merklich die Brauen hoch. »Einer Frau, die du was?«

»Ach, nichts.« Um ihrem Blick auszuweichen, schaut er durch das laute Restaurant.

»Lügner«, erwidert Erin prompt und bestellt bei der Barkeeperin die Rechnung.

Zurück in seiner Wohnung, schaltet er *Supermarket Sweep* ein und macht sich eine Liste mit Jobs, von denen er leben könnte. Barista, denkt er. Sportlehrer an einer Privatschule, bei der man kein Lehrerdiplom braucht und wo es egal ist, wenn man noch nie Sport unterrichtet hat. *Wie wird man Schiedsrichter in der NBA?*, tippt er gerade bei Google ein, als sein Handy klingelt. »Spreche ich mit Sam Fox?«, fragt eine Frau, als er rangeht.

Sam zögert, während ihm ein heißer Schreck durch den Körper fährt. Vor zwei Tagen hat er noch mit seiner Mutter telefoniert. Wenn etwas Schlimmes wäre, hätte Adam angerufen. Trotzdem ist er nahe daran, Nein zu sagen. »Ja ...«

»Hier ist Estelle Halliday«, sagt die Anruferin. »Was hast du morgen Abend vor?«

Sam blinzelt verblüfft, dann sieht er durch seine unaufgeräumte, schmutzige Wohnung. »Ich … Wahrscheinlich nichts«, sagt er ehrlich.

»Gut« Estelle klingt forsch und majestätisch. »Ich habe mich gefragt, ob du vielleicht eine Bühnenrolle annehmen würdest.«

Fiona

Den größten Teil des Samstagvormittags liegt Fiona auf der Bühne des Theaters, starrt in den Schnürboden hoch und überlegt, wie sie allen beibringen soll, dass sie die Vorstellung absagen müssen. Sie dachte, es sei anständig, der Truppe das persönlich zu sagen, aber jetzt, da sie tatsächlich auf sie wartet, fühlt sie sich mies, weil sie sie eigens herkommen lässt, damit sie etwas erfahren, was sich auch per E-Mail mitteilen ließe. Sie überlegt, ob es zu spät ist, alle anzurufen und das Treffen abzusagen. Als sie das Handy aus der Tasche zieht, hört sie die hintere Tür des Zuschauerraums aufgehen, und dann räuspert sich jemand.

Sie setzt sich so hastig auf, dass ihr schwindlig wird, und schaut angestrengt über die leeren Sitzreihen ins Dunkle. Von der hell beleuchteten Bühne aus ist sein Gesicht nicht zu sehen, aber sie erkennt ihn an seiner Silhouette.

»Hi«, ruft er und hebt zaghaft grüßend die Hand. »Ich bin Sam Fox. Ich komme zu dem Vorsprechen.«

Fiona schnappt hoffnungsvoll nach Luft und schnaubt sogleich, um das zu überspielen. »Wie bitte?« Sie beschirmt sich die Augen.

»Ich sehe, ich sehe. In der Tat – zwischen uns hat sich ein Abgrund aufgetan.« Er spricht mit lauter Stimme und schreitet den Mittelgang hinunter. »Aber Nora, sollte er sich nicht überbrücken lassen?« Kurz vor der Bühne bleibt er stehen, strafft die Schultern und streckt die Brust vor, ganz in der Rolle des gekränkten, arroganten Ehemanns. »Werde ich dir niemals wieder mehr als ein Fremder sein können?«

Fiona lacht, aber das Lachen verwandelt sich in etwas anderes, ihr Atemzug bleibt stecken wie eine Scherbe in der Brust. »Warum zitierst du unser Stück?«

Sam lässt die Arme hängen und ist wieder er selbst, sein Lächeln kleinlaut. »Ich habe die Rolle auswendig gelernt«, gesteht er leise. »Ich bin die ganze Nacht aufgeblieben, habe das ganze Stück gelernt. Ich bin bereit.«

Fiona sieht ihn verständnislos an. »Warum?«

Er zuckt mit den Schultern. »Vielleicht, weil ich mich in dich verliebt habe und weil ich hörte, dass du einen Torvald brauchst.« Er schüttelt den Kopf. »Estelle sagt, dass dein Kollege vom Bordstein gefallen ist. Ich verstehe nicht, wie man vom Bordstein fallen und sich die Knöchel brechen kann.«

»So geht es mir auch«, pflichtet sie schwach bei. Und unwillkürlich, weil sie nie ganz so hart oder gelassen oder unerschütterlich ist, wie sie gern wäre: »Geh wieder in den anderen Text.«

»Entschuldige.« Langsam verzieht Sam die Lippen zu einem neckenden Lächeln. »Welchen meinst du?«

»Sei jetzt kein Arschloch.« Sie sitzt noch mit ausgestreckten Beinen auf der Bühne. Seit drei Tagen hat sie sich die Haare nicht gewaschen. »Den, wo du dich vielleicht …« Sie wedelt mit der Hand. »Du weißt schon.«

»Es gibt kein Vielleicht«, sagt Sam. »Ich hätte es nicht abschwächen sollen. Ich hatte Angst, dass du sagst, ich soll mich gefälligst verpissen, und trotzdem hätte ich es nicht abschwächen sollen.« Er zieht die Nase kraus. »Ist das seltsam?«

»Dass du es abgeschwächt hast?«

»Dass ich mir so sicher bin.«

»Ich meine, Ja.« Fiona kneift die Augen zu und öffnet sie wieder. Das hat noch kein Mann zu ihr gesagt. Nicht mal annähernd. »Aber sprich weiter.«

»Tja.« Er macht einen Schritt auf sie zu, dann noch einen. »Ich bin es. Ich bin mir sicher. Und ich verstehe, warum du mir nicht getraut hast, und ich bitte dich nicht, das Gleiche zu mir zu sagen.« Er setzt sich auf den Bühnenrand und dreht sich zu ihr. »Ich finde nur, wir sollten, du weißt schon, den Stecker einstöpseln und den Strom der Liebe nutzen, wie Weetzie Bat sagt.«

»Ist nicht wahr!« Das bringt sie zum Lachen. Laut und ungläubig lacht sie. »Du hast *Weetzie Bat* gelesen?«

Sam nickt und zieht das abgegriffene Taschenbuch aus der hinteren Hosentasche. »Ich bringe es dir zurück für den Fall, dass du sagst, du willst mich nie wiedersehen«, gesteht er und streift ihre Fingerspitzen, als er es ihr gibt. »Es schien dir wichtig zu sein, dass ich es zeitnah zurückgebe.«

»Das stimmt.« Fiona blättert in den zerbrechlichen, zerlesenen Seiten, dann sieht sie ihn von der Seite an. »Und vielleicht sage ich das noch.«

»Ja.« Sam lächelt traurig, aber nur kurz. »Aber du brauchst einen Torvald.«

Fiona zieht die Brauen hoch. »Du bist dir anscheinend sehr sicher, dass ich dir die Rolle gebe.«

Sam zuckt mit den Schultern. »Na ja, ich kann meinen Text vorsprechen, wenn du willst.« Er deutet mit dem Daumen zur Tür. »Ich habe meine Porträtfotos im Wagen. Wir können die übliche …«

»Das wird nicht nötig sein.«

»Ich muss mich bei dir entschuldigen.«

»Das wird auch nicht nötig sein.«

Darauf zieht er ein langes Gesicht und lässt die Schultern hängen. Er hebt die Hand, wie um sie zu berühren, und überlegt es sich anders. »Fee«, sagt er mit schwankender Stimme. »Doch, das ist nötig.«

Fiona stützt sich rücklings auf die Hände und blickt zu den Scheinwerfern hoch, damit sie sich zusammenreißen kann und ihre Unterlippe nicht zittert. Sie wollte sich von ihm nicht verletzen lassen. Sie wollte niemand sein, den man verletzen kann. Sie wollte niemand sein, der viel empfindet, basta. Doch dann kam er in die Druckerei geschlendert, vollkommen sicher, dass sie nicht entzückt sein wird, ihn wiederzusehen, und jetzt, nach all diesen Augenblicken, sitzen sie hier. »Ja«, gibt sie schließlich zu. »Das ist es.«

»Es tut mir leid«, sagt er sofort. »Es spielt keine Rolle, warum du in der blöden Serie nicht mitmachen wolltest. Du hast gesagt, du willst nicht, und das sollte genügen. Aber ich war verzweifelt – nicht, dass das mein Verhalten entschuldigt, aber ich war verzweifelt, und deshalb habe ich mich idiotisch verhalten und dich hintergangen und war ein Arschloch. Und das tut mir leid.«

Fiona neigt nachdenklich den Kopf zur Seite. »Das ist … eine ziemlich gute Entschuldigung«, räumt sie ein.

Sam lächelt selig. »Danke.« Seine Erleichterung ist ihm anzuhören. »Ich habe sie im Auto geübt.«

Sie betrachtet ihn für einen langen, gefühlsbeladenen

Augenblick – sein offenes Gesicht und die unkomplizierte Art, sie anzusehen, seine grünen Wassermannaugen – und spürt, wie sich in ihr etwas löst. Sie schließt die Augen, atmet den Staub und Schweißgeruch der Bühne ein. Und Sams Seifen- und Rasierwassergeruch. »Willst du den wahren Grund wissen?«, fragt sie und macht die Augen auf.

Sofort wird Sam reglos. »Ja.« Dann, weil er fürchtet, sie könnte einen Rückzieher machen, wenn er nicht höflich genug ist: »Ja, bitte.«

Fiona lacht schnaubend, obwohl daran nichts lustig ist. Sie bereut schon, davon angefangen zu haben. »Und wenn ich es dir erzählt habe, wirst du nicht denken, du liebst mich nicht mehr?«, sagt sie warnend. »Oder magst mich nicht mehr?«

»Das bezweifle ich«, sagt Sam und streckt wieder die Hand aus. Diesmal berührt er ihren Ärmelsaum. »Aber probier's aus.«

Fiona nimmt instinktiv den Arm weg, zieht ein Knie an die Brust und den anderen Fuß zu sich hin, um sich möglichst klein zu machen. Sie hat sich nie vorgestellt, ihm das zu erzählen. Sie hat es nie jemandem erzählt außer Pam, und selbst die musste sich das meiste zusammenreimen. Und nun, da sie so weit gekommen ist, weiß sie nicht so recht, wie sie es anstellen soll. Es ist sehr wahrscheinlich, dass er ihr nicht glauben wird. Sehr wahrscheinlich wird das niemand glauben.

Sie schweigt noch einen Moment lang und streicht mit dem Daumen über den ausgefransten Rand ihres Hosenbeins. »Ich war tatsächlich ein Spätentwickler«, beginnt sie schließlich. »Aber du warst nicht mein erster Kuss.«

Sam sieht sie neugierig an. »Okay …« Er nickt nachdenklich, als glaubte er, dass sie ihn raten lassen will. »Wer war dein erster Kuss?«

»Jamie Hartley.«

Er starrt sie an, als hätte sie sein Mainboard gegrillt, als hätte sein Gehirn eine Störung und er müsste den Stecker ziehen, dreißig Sekunden warten und wieder einschalten. »Ich … Was?«, sagt er schließlich.

Fiona zögert. Sie möchte das eigentlich nicht wiederholen. Aber sie überwindet sich. »Jamie Hartley war mein erster Kuss.«

»Jamie Hartley ist fast fünfzig.«

»Ach ja?« Fiona lacht laut und trocken, und es klingt brüchig. »Was du nicht sagst.«

Und … ja, diesmal kapiert er. Fiona sieht ihm an, wie sich die vielen Details in seinem Kopf plötzlich anders zusammenfügen, wie in den Magic-Eye-Büchern, die sie als Kind geliebt hat. Sie sieht ihm an, wie er das verborgene Bild erkennt und begreift, was an jenem Tag auf dem UBC-Gelände passiert ist. Und was in ihr vorgegangen ist, als sie ihn an jenem Morgen mit Hartley telefonieren hörte.

Was am Ende ihrer Karriere passierte.

»Scheiße«, sagt er langsam und streicht sich unsanft über die Haare, rauft sie ein wenig. »Ich … Scheiße, Fiona.«

»Ja«, pflichtet sie bei, und ihre Lippen zittern. Sie versucht, taff und locker zu klingen, doch ihre Stimme schwankt bedenklich. »Das ist es.«

Sam schweigt für ein paar Augenblicke. Fiona schaut auf ihre Sneaker und möchte das Unvermeidliche hinausschieben, wie auch immer er reagieren wird, mit Beschuldigungen oder Unglauben oder Abscheu. Doch als sie sich überwindet und ihn anblickt, sieht sie in seinem Gesicht nur …

»Erstens hast du unrecht«, sagt er leise. Er sieht ihr fest in die Augen. »Ich liebe dich noch genauso wie vorher. Ohne jede Relativierung. Und es tut mir wirklich aufrichtig leid, dass dir das passiert ist.«

Fiona blinzelt. Sie dachte, sie sei auf jede mögliche Reaktion von seiner Seite vorbereitet und nichts könne sie mehr überraschen, doch damit hat sie nicht gerechnet. »Ich hätte Nein sagen können«, stellt sie heraus, besorgt, dass er es vielleicht falsch versteht. »Ich wusste, dass das falsch war. Dass das verkorkst war. Ich habe mir nicht eingebildet, er will unsere wahre und ewige Liebe schützen, als er sagte, ich soll es keinem verraten. Ich war nicht derart neben der Spur. Ich hätte Nein sagen können. Und habe es nicht getan. Jedenfalls nicht zu Anfang.«

»Willst du mich auf den Arm nehmen?« Sam schüttelt den Kopf. »Wie alt warst du? Siebzehn? Achtzehn? Wenn das deiner Schwester passiert wäre, hättest du ihr vorgehalten: Tja, du hast nicht Nein gesagt?«

»Natürlich nicht!«, sagt Fiona sofort. Der Gedanke an Claudia wirkt wie ein Eimer kaltes Wasser. »Das ist etwas anderes.«

»Wie könnte das etwas anderes sein?«

»Ist es eben, Sam!« Sie reibt sich das Gesicht. Natürlich weiß sie, dass da im Grunde kein Unterschied besteht. Aber zwischen der Erkenntnis des Verstandes und dem emotionalen Erkennen liegt eine immense Kluft aus Scham und Fassungslosigkeit. »Wie auch immer. Das ging so ... eine ganze Weile. Und ich wusste nicht, wie ich ihm sagen sollte, dass ich das nicht mehr will. Stattdessen habe ich dann gesagt, ich will aus der Serie aussteigen.«

Sam zieht die Brauen hoch. »Und ich wette, er hat sich

vor Begeisterung überschlagen und wollte dich aus dem Vertrag rauslassen.«

»Er hat mich ausgelacht.« Fiona bekommt vor Scham heiße Wangen, als sie daran zurückdenkt. Sie hat sehr lange nicht mehr daran gedacht. »Er erzählte dann meinen Eltern, dass ich aufhören wollte, aber da hatte ich schon angefangen, mich wie eine Irre aufzuführen ...«

»Verständlicherweise«, sagt Sam.

»Sicher«, räumt Fiona ein, »aber meine Eltern waren meinen Scheiß allmählich leid. Besonders meine Mutter, obwohl sie da schon in Seattle lebte. Sie sagte zu mir, ich hätte einen Vertrag unterschrieben, ich hätte mich dafür entschieden. Ich bräuchte ihn nicht zu verlängern, aber ich müsse bis zum Vertragsende durchhalten.«

Sam verzieht das Gesicht. »Also war das ...«

»Gegen Ende deiner letzten Staffel, ja.« Sie erinnert sich an den Abend der Cast-Party, als Sam ihre Hand nahm und sie an sich zog, sein warmes Lächeln auf ihren Mund drückte. Und dass er ihr für den Moment das Gefühl gab, ein normaler Mensch zu sein. Vergessen zu können.

»Danach bin ich vollends durchgedreht«, sagt sie und unternimmt die bewusste Anstrengung, ihre schmerzenden Schultern zu entspannen. Sie hat sie unabsichtlich bis zu den Ohren hochgezogen und verkrampft. »Ich habe Mist gebaut – habe geklaut, jeden angeschrien, mein Auto zerbeult –, und dann konnte ich nicht mehr damit aufhören.«

»Du wolltest gefeuert werden«, sagt Sam in nüchternem Ton, doch Fiona schüttelt den Kopf.

»So war es nicht«, gesteht sie. »Ich hatte keinen Plan, ich habe das nicht aus Berechnung getan. Ich habe ... nur um mich geschlagen.«

»Und keiner hat dir geholfen?«

»Es wusste ja keiner wusste davon. Na ja, Thandie hat es vermutet. Sie hat mich unverblümt danach gefragt. Aber ich habe erwidert, sie wäre verrückt und würde etwas projizieren und dass sie wohl in Jamie verknallt sei. Ich habe sie weggestoßen, immer wieder, bis sie schließlich ... du weißt schon, gegangen ist.« Sie räuspert sich. »Jedenfalls wurde ich tatsächlich gefeuert, aber da hatte ich mir schon diesen anderen Charakter zugelegt und wusste nicht, wie ich den wieder abstreifen kann. Oder ob ich das überhaupt will.« Sie zuckt mit den Schultern und schaut in das leere Theater. Erinnert sich, wie sicher sie sich fühlte, wenn sie in eine Rolle geschlüpft war. »Manchmal möchte ich diese Fiona noch sein, wenn ich ganz ehrlich sein soll. Weil sie taff ist.«

»Das bist du so oder so«, erwidert Sam. »Du bist grimmig. Und dieser Scheißkerl verdient ...«

Sie hebt die Hände. »Nicht.«

Sam runzelt die Stirn. »Was soll ich nicht?«

»Was immer du sagen wolltest ...« Sie schüttelt den Kopf. »Ich habe dir das nicht erzählt, damit du mich retten oder meine Ehre verteidigen kannst.«

»Ich kenne niemanden, der das weniger nötig hätte als du«, sagt er sofort. »Und deine Ehre ist makellos. Dieser Scheiß-Hartley dagegen ...« Er unterbricht sich. »Ich kann nicht glauben, dass das Arschloch die ganze Zeit über alle mit seiner Herzlichkeit geblendet hat.«

Fionas Schuldgefühle flammen auf. Seit Jahren schon beschleicht sie der Verdacht, dass er alle geblendet hat, um ungestört zu bekommen, was er will. Wieder denkt sie an die Mädchen der St. Anne's und wie viele es gewesen sind. »Ich kann«, sagt sie leise.

Sam nickt. »Ja.« Mehr sagt er nicht, und danach ist er eine ganze Weile still. »Gut. Ich bin wirklich froh, dass du mir das erzählt hast. Und was auch immer du tun willst oder nicht tun willst, es ist das Richtige. Das heißt nicht, dass ich nicht zu seinem Haus fahren und ihn zu Brei schlagen will.«

Fiona grinst. »Wie heißt das noch mal? Eine Wisconsin-Begrüßung?«

»Eine Green-Bay-Packers-Umarmung«, sagt Sam geistesabwesend.

Fiona nickt ernst. »Ich glaube, ich habe eine bessere Idee. Aber dafür brauche ich Erins Nummer.«

»Ach ja? Wieso?« Sam neigt den Kopf zur Seite.

Fiona will gerade antworten, als die Tür zum Zuschauerraum aufgeht und Georgie und Pamela hereineilen. »Wir müssen absagen, stimmt's?«, ruft Pamela. Ihr Gesicht liegt im Schatten ihres enormen schwarzen Schlapphuts. »Eine andere Möglichkeit bleibt uns nicht.«

Fiona stemmt sich vom Boden hoch und steht stolz und aufrecht in der Bühnenmitte. »Das ist Sam Fox«, sagt sie, greift nach seiner Hand und zieht ihn auf die Beine. »Er wird unser neuer Torvald.«

Sam

Eine Woche später steht Sam in der feuchten Dunkelheit hinter der Bühne des Angel City Playhouse und schwitzt in seinem nach Mottenkugeln stinkenden Goodwill-Anzug. »Kann ich nicht doch meinen eigenen tragen?«, hat er Fiona heute Morgen wieder angefleht, doch sie hat darauf bestanden, dass das nicht in Frage kommt.

»Den Leuten wird es sowieso schon schwerfallen, zu vergessen, wer du bist.« Sie zeigte auf seinen Kleiderschrank. »Wenn du einen eng geschnittenen Hugo Boss trägst oder was für einen teuren Fummel du da drin hängen hast, werden sie niemals Torvald in dir sehen.«

Sam zog die Brauen hoch. »Es ist eigentlich ein Tom Ford«, sagte er und konnte sich das Lächeln nicht verkneifen. »Und es tut mir leid, aber warst du es nicht, die unlängst meinte, mein gutes Aussehen sei total ablenkend?«

»Nein«, widersprach Fiona, und weil sie dabei nackt auf ihm saß, ließ er es dabei bewenden. »Ich habe dir gesagt, dass ich die Regie führe und du tun musst, was ich sage.«

Sam nickte und schluckte mühsam, während sie mit ihren kurzen Fingernägeln durch seine Nackenhaare strich. »In Ordnung, Ma'am«, sagte er und drehte sie auf den Rücken.

Jetzt atmet er noch mal tief durch, als der Inspizient »Zwei Minuten!« ruft, und fährt mit der Zunge über die Schneidezähne. Seit er in der achten Klasse als der Zinnmann im *Zauberer von Oz* sein Bühnendebüt gab, hat er nicht mehr Theater gespielt. Und er hat seitdem auch nicht mehr solches Lampenfieber gehabt wie jetzt.

»Wirst du dich übergeben?«, fragt Fiona leise. Sie tritt in Yogakleidung auf als Millennium-Nora, als Helikopter-Mom des 21. Jahrhunderts. »Denn du siehst ganz so aus.«

»Vielleicht«, sagt Sam, »aber nur weil der Anzug von meinem Vorbesitzer in Formaldehyd getränkt wurde.«

Fiona schiebt lächelnd die Hand in seine hintere Hosentasche und kneift ihn. »Das ist ziemlich sicher dein Rasierwasser, Cowboy.«

»Süß.« Sam drängt sie in die Ecke. »Hieß es nicht gerade, noch zwei Minuten?«, murmelt er und schiebt die Fingerspitzen unter ihren Hoodie. »Solltest du dich nicht zentrieren oder was immer ernstzunehmende Theaterschauspieler tun?«

Fiona nickt. »Gleich«, verspricht sie und hält ihm ihren Mund hin. »Aber verschmier mir nicht den Lippenstift.«

Sam lächelt an ihren Lippen. Er sieht sie gern so – heiterer vielleicht, voller Energie.

Anfang der Woche haben sie sich für das erste Interview mit Erin zusammengesetzt. Sie wird eine Artikelserie für das *New York Magazine* schreiben, in der es um den Ausstieg aus der Filmbranche geht – und darum, was Fiona mit Jamie passiert ist. »Ich werde sicher nicht die Einzige sein, der er das angetan hat«, sagte sie, als sie Sam um Erins Nummer bat. »Oder wenn doch, dann ist das keine Garantie, dass er es nicht wieder tun wird. Wenn ich es ihm ein kleines bisschen schwerer machen kann, dann ist es das wert.«

»Das wird ein Albtraum«, warnte Erin sie sofort. »Er wird versuchen, dir das Leben zur Hölle zu machen. Und um es ganz klar zu sagen …«

»Ich bin nicht gerade die Unschuld in Person?« Fiona zuckte nicht mit der Wimper. »Was auch immer er über mich sagen kann, ich habe schon Schlimmeres erlebt«, sagte sie, und Sam glaubte ihr. »Ich habe keine Angst.«

Erin nickte. »Also gut.« Sie holte ihr Notebook aus ihrer riesigen Handtasche. »Wenn das so ist, holen wir uns den Bastard.«

Nun knistern die alten Lautsprecher hinter der Bühne, und Sam verzieht das Gesicht »Eine Minute« lautet die Durchsage des Inspizienten. »Hals und Beinbruch euch allen. Wir haben ein volles Haus.«

Fiona grinst. Das ist die erste ausverkaufte Vorstellung in der Geschichte der Angel City Players. Claudia und Estelle sitzen im Publikum. Erin in der ersten Reihe. Thandie ist gestern Abend von Paris angekommen und hat gerade noch das Ende der Generalprobe gesehen, als sie sich hinten in den Zuschauerraum schlich. Sam sah Fiona von der Bühne springen. Sie rannte den Mittelgang hinauf zu ihr. Sie fielen einander um den Hals und hielten sich fest. Und eine Weile konnte keine etwas sagen.

Jetzt greift Fiona in die Tasche ihres Hoodies und holt etwas hervor, das wie ein zerknüllter Zettel aussieht. Sie gibt es ihm. »Das habe ich für dich gemacht«, sagt sie leise. »Jedenfalls dachte ich das zu der Zeit. Und jetzt ist es tatsächlich für dich.«

Sam betrachtet es im Halbdunkel und erkennt, dass es ein kunstvoll gefalteter Vogel ist – mit einem langen, stolz erhobenen Schwanz und einem schmalen, messerscharfen Schnabel. Er schüttelt verwundert den Kopf, und bevor er fragen kann, was das bedeutet: »Sag es noch einmal«, verlangt Fiona gedämpft an seiner Schulter. Sams Herz setzt einen Schlag aus.

»Fiona …«, beginnt er, doch sie zieht den Kopf zurück und sieht ihn an, ganz ruhig und selbstsicher.

»Sam. Wenn du es ernst meinst, sag es noch mal.«

Er braucht nicht zu fragen, was sie meint. Er hat es in der letzten Woche ein halbes Dutzend Mal gesagt, im Auto und am Morgen und im Bett tief in ihr. Er wird es noch so oft zu ihr sagen, wie sie ihn lässt. Er wird es ihr sagen, bis sie es glaubt.

»Ich liebe dich«, sagt er, als das Licht im Theater gedimmt wird, und ist bei dem Applaus kaum zu verstehen. »Fiona, ich liebe dich so sehr.«

Sie lächelt wie die Morgendämmerung, die über den Hügeln aufscheint. Dann flüstert sie ihm ins Ohr. Sie drückt seine Hand, und sie treten gemeinsam auf die Bühne und nehmen ihre Plätze ein.